ー傑作選3　ブラックユーモア編

# Xだらけの社説

エドガー・アラン・ポー
河合祥一郎＝訳

角川文庫
23597

# 目次

# Xだらけの社説

聖書の「三人の賢者たち」が「東方から」やってきたことは周知のとおりであり、タッチ‐アンド‐ゴー弾丸頭《ブレット・ヘッド》氏〔「タッチ‐アンド‐ゴー」には「一触即発の」の意味がある〕は東方からやってきたので、弾丸頭氏は賢者ということになる。更なる情況証拠が必要なら、弾丸頭氏は新聞の主筆であると付け加えよう。怒りっぽいのが玉《たま》に瑕《きず》。とは言え、人々が彼を責めるその頑固さこそ実は彼の強みであり、自身もまた頑固さこそ自分の強みだと正しく考えていた。それが長所、美徳であった。「そうではない」と彼に納得させるには、ブラウンソン〔巻末の「ポーを読み解く人名辞典」参照〕級の論理が必要になるだろう。

タッチ‐アンド‐ゴー弾丸頭氏が賢者であることは示した。彼が唯一犯した誤りは、賢者がいるべき東方を去って、アレグザンダー・ザ・グレイト・オ・ノポリスとか何とかいう西外れの町へ出てきてしまったことだ。

しかし、彼の名誉のために言えば、彼がその町に腰を落ち着けようとしたのは、その田舎のその地域には新聞もなければ編集者もいないと思ったればこそであった。『ティーポット』紙を始めようとしたのは、その地域をすっかり自分のものとできると見込んでのことだった。まさか、アレグザンダー・ザ・グレイト・オ・ノポリスにジョン・スミス（確かそんな名前だったと思う）なる紳士が住んでいて、もう何年も『アレグザンダー・ザ・グレイト・オ・ノポリス・ガゼット』紙を編集・刊行しながら静かに肥え太っていたなんてわかっていたら、アレグザンダー・ザ・グレイト・オ・ノポリスくんだりに引っ越してこようなんて夢にも思わなかったはずなのだ。つまり、弾丸頭氏がアレグ――まあ、短くノポリス〔no city という意味になる〕とだけ呼ぶことにしよう――に来たのは勘違いゆえだったわけだが、来た以上は、頑――いや、毅然《きぜん》としてここに居続ける決意をしたのである。そして滞在しただけではない。持ってきた印刷機や活字をひろげて、『ガゼット』紙の真向かいにオフィスを借りて、到着して三日目の朝には『アレグザン』――いやさ、『ノポリス・ティーポット』紙第一号を発刊してみせたのだ。確か、そんな名前だったと思う。

その社説は、手厳しいとまでいわなくとも、見事なものだった。舌鋒《ぜっぽう》鋭く、『ガゼット』紙の編集長ジョン・スミス氏なんぞは、もうけちょんけちょんにやられてしまっていた。弾丸頭氏の発言は実に強烈で、それでもまだスミス氏が死んでいないなんて、炎の中でも生きるという伝説のサラマンダーか何かかと思わざるを得なかった。『ティーポット』紙の社説を一字一句そのままここに引用するわけにはいかないが、次のようなことが書かれていた。

「よよ、そうだよ！　よくわかったよ！　ようし、よろしい、向こう側の編集長は天才でいらっしゃる——よお！　驚いたもんだよ！——まさに世も末。よよ、時代よ！　よよよ、モーゼよ！〔キケロが言ったとされるラテン語 "O tempora! O mores!"〔何たる時代、何とひどい風習か〕をわざと読みまちがえた表現〕」

　こんなにも激しく古典的な攻撃《ピリッピカ》が、これまで平穏に暮らしていたノポリス市民に爆撃弾のように落ちたのである。昂奮《こうふん》した何人かは街角に集まり、心底心配して、威厳あるスミス氏の返答を待った。翌朝、それは次のように公表された。

「昨日の『ティーポット』紙より次の一節を引用する——『よよ、そうだよ！　よくわかったよ！　ようし、よろしい——よお！——まさに世も末。よよ、時代よ！　よよよ、モーゼよ！』なんと、この人は『よ』ばっかりだ！　ひ、ふ、みと数えて次で行き止まり。『よ』がなければ夜も明けず、『よ』に酔いしれるこの与太郎に『よ』がつかぬ文が書けるとは思えない。この『よ』尽くしは彼の癖なのだろうか。ところで、彼は大あわてで東から来たが、東でもやはり『よ』っていたのだろうか。よよ、哀れよ！」

　このスキャンダラスな当てこすりに弾丸頭氏が怒ったのなんの、とても言い表せはしない。しかし、意外なことに、その高潔な人柄は傷つかなかったようだ。傷つくほどの高潔さはなかったので。彼が逆上したのは、その文体への冷笑だった。何だと！——この俺に向かって？　タッチ－アンド－ゴー弾丸頭様に向かって！『よ』がつかぬ文が書けないだと！　そんなことはないと、この高慢ちきに教えてやろうじゃないか。そうだ！　どれほどまちがっているか教えてやる、この青二才め！　この「蛙が池《フロッグポンデイウム》」〔ボストンを指す）出身のタッチーアンドーゴー弾丸頭様がジョン・スミス氏に教えてやる、この弾丸頭様はその気になれば、あの憎むべき文字を一度も――たったの一度も――使わずに書いてみせる、段落丸ごと、いや、記事まるまる一つ、あの文字なしで書いてやる。だが、待てよ――そんなことをしたら、このジョン・スミスの言いなりじゃないか。この弾丸頭様は、自分の文体を変えたりして、この世のどんなスミス野郎の気まぐれにも従ったりするもんか。そんなことは思っただけでおぞましい！「よ」よ、永遠にだ！「よ」を使いまくってやる。よっしゃ、余は「よ」を使いまくるぞよ。よく見てろよ。

こうして一騎打ちに臨むがごとき決意に燃えて、偉大なる弾丸頭氏は次の『ティーポット』紙に以下のような簡潔にして断固たる文章で、この不幸な事件に言及したのである。

『『ティーポット』主筆は、『ガゼット』主筆に以下を忠告仕《つかまつ》る。すなわち、彼（『ティーポット』主筆）が自分の好きな文体で書くことを納得せしめ、彼（『ガゼット』主筆）は明日の朝刊で彼（『ティーポット』主筆）の批評が彼（『ティーポット』主筆）の不羈《ふき》独立の胸中に極度の、人を萎《な》えさせるほどの軽蔑《けいべつ》の念を植え付けたことを彼（『ガゼット』主筆）に示すべく、彼（『ティーポット』主筆）はそれ相当の長さの社説を書くに当たり、あの美しき文字――この「世」の象徴であるが、彼（『ガゼット』主筆）の超敏感な感性には不快な文字――を決して避けたりはせぬものなり。敬具。『ティーポット』主筆。『これでバッキンガムもおしまいだ！』〔当時上演されていたコリー・シバー版のシェイクスピア作『リチャード三世』に於《お》いて、バッキンガム公爵の首をはねよと命じるときのリチャードの台詞《せりふ》〕」

明言を避けて不穏に仄《ほの》めかされたこの脅迫を遂行すべく、偉大なる弾丸頭氏は、「原稿」を求める印刷所の声に一切耳を貸さず、もう「印刷に回す」時間ですから、と親方が彼（『ティーポット』主筆！）に言っても、親方に「くXXりやがれ」と言うのみだった。偉大なる弾丸頭氏は、すべてに耳をふさいで夜明けまで徹夜して、前代未聞の社説を以下のように書き上げたのである。

「いよいよだ。よろしく、ジョン、よいか？　よこくしたよな。窮地をよろよろと脱するまでは、よろこぶな！　おまえの母さんは、おまえがおうちにいないって知ってるのかよ。おやおや、そりゃよくない——じゃ、すぐおうちに帰れ。よせ、よせ、ジョン。尻《しり》をまくってコンコルド〔エマソンら超絶主義者の本拠地で、ボストンに近い〕の古巣へ帰れ。はよ帰れ、このひょっとこ野郎——あばよ！　さよなら！　よう帰らんか。よおよお、ジョン、ちょっとちょっと！　よいこは帰れ。ここじゃ人はよそよそしいよ。よお、ジョン、ジョン、帰らないなんてよくよくのことだ。なら君は人じゃない。ひよこだ。コヨーテだ。ぶよぶよのレイヨウだ。よろよろのようかいだ。ひょろひょろのヨーヨーだ。ひょうたんだ。にんぎょうだ。びしょびしょでふにょふにょでべちょべちょの蛙がうようよしているコンコルドの沼からきた蛙だ。蛙は帰れ。よお、落ち着け——くよくよするな！　なよなよするな！　身をよじるな。よお、ジョン、なんて顔だよ！　よこくしたよ――よれよれの顔引っ込めて、よをすねて、よよと泣け」

かくも途方もなき努力に、当然疲れ果てた偉大なるタッチ－アンド－ゴー氏は、その夜はもう何もできなかった。待ち受けていた印刷所の見習いに、最後の力を振り絞って、しっかりと落ち着いて原稿を手渡すと、氏は悠然と帰途につき、得も言われぬ威厳をもって床についたのである。

一方、原稿を預かった見習いは、階段を駆《か》け上がって、あわてふためいて活字の棚の前へ行き、原稿を活字に組み始めた。

まずは、もちろん、冒頭の言葉は「いよいよ」なので、「い」の箱に手を伸ばし、得意げに「い」の活字を拾った。うまくいったのに気をよくして、次にすぐさま「よ」の箱にぐいっと闇雲に手を突っ込んだ――だが、その指でつかめたはずの活字が一つもなかったときの彼の恐怖を誰が描写し得ようか。箱の底にむなしくゴツンとぶつけて痛めたげんこつをさすりながら、箱が空っぽだと気づいた彼の驚愕《きょうがく》と怒りたるや、誰に想像し得ようか。「よ」の活字は「よ」の箱に一つもなく、恐る恐る「ョ」の箱を覗《のぞ》いてみると、ぎょっとしたことに、これまた同じ惨状であった。怯《おび》えた見習いは、何はともあれ、親方のもとへ走った。

「親方！」喘《あえ》ぎながら彼は言った。『よ』がなかりゃあ、なんも組めんとよ」

「どういうことだ？」と、遅くまで仕事をさせられて不機嫌になっていた親方はうなった。

「印刷所に『よ』ん字がなかとです。ひらがなもカタカナも」

「何だって――棚にあった活字はどうなっちまったんだ？」

「知らんばい」と、少年。「ばってん、『ガゼット』紙ん連中が、一晩じゅう、ここいらへん、うろついとったけん、きっとやつらが全部くすねちまったんやなかとね」

「ちくしょうめ！　それにちげえねえ」親方は怒りで真っ赤になりながら応《こた》えた。「だが、いいか、ボブ、いい子だから――機会があったら向こうの印刷所に忍び込んで、やつらの『め』を全部かっぱらって、それから『ち』を全部棚から抜いてこい」

「合点ばい」ボブは、ウィンクして顔をしかめて応えた。「忍び込んで、やつらにちょいと物ば教えてきてやるとよ。ばってん、社説はどうすると？　今晩入れなならん。しゃもなかと、えらいことなるばい」

「ひどくどやしつけられるだろうな」親方は深い溜《た》め息《いき》をついて「ひどく」という言葉を強調した。「かなり長い社説か、ボブ？」

「そげん長かとは言えん」

「ああ、じゃあよし！　何とか仕上げちまいな！　とにかく入稿しなきゃならねえんだから」自分の仕事で頭が一杯だった親方は言った。「『よ』の代わりに他の字を突っ込んどけ。あいつのゴミみたいな記事なんて、誰も読みゃしねえよ」

「了解。やっつけたる！」そう言うと、ボブは活字の棚へ急いだ。こんなことをぶつぶつ言いながら――「ようし、やっちゃるぞ。親方ん言うとおり、やつらん目ん玉全部くりぬいて、血ばすっかり抜いてきてやろやないか」ボブは齢《よわい》十二にして、身の丈もまだ四尺しかなかったが、小さいなりに喧嘩《けんか》っ早《ぱや》かったのである。

今、親方が指示した対応策は、印刷所では珍しいことではなかった。活字が足りなくなると、どういうわけか、たいていXの文字が代わりに挿入される慣習になっていたのだ。たぶん、Xという文字が活字の棚で余り気味になるか、少なくとも昔はそうだったというのが、その真の理由であろう。ずっとそういう状態がつづいたため、植字工はXで代用するのが常套手段《じょうとうしゅだん》となっていたのである。ボブにしても、こういった場合、X以外の文字で代用するなんてありえないと思ったはずだ。

「この社説はXで組まなな」ボブは原稿にざっと目を通して驚いて言った。「ばってん、それにしたっちゃ、ばり『よ』ばっかりばい。こげなと見たことなか」こうして、ひるむことなく、原稿はXで組まれ、X入りで印刷所に回されたのである。

翌朝、ノポリスの人々は、『ティーポット』紙上に、次のような異様な社説を読んで、度肝を抜かれた。

「いXいXだ。Xろしく、ジXン、Xいか？　Xこくした Xな。窮地をXろXろと脱するまでは、Xろこぶな！　おまえの母さんは、おまえがおうちにいないって知ってるのかX。おやおや、そりゃXくない――じゃ、すぐおうちに帰れ。Xせ、Xせ、ジXン。尻をまくってコンコルドの古巣へ帰れ。はX帰れ、このひXっとこ野郎――あばX！

さXなら！　Xう帰らんか。XおXお、ジXン、ちXっとちXっと！　Xいこは帰れ。ここじゃ人はXそXそしいX。Xお、ジXン、ジXン、帰らないなんてXくXくのことだ。なら君は人じゃない。ひXこだ。コXーテだ。ぶXぶXのレイXウだ。Xいのいの
Xうかいだ。ひXろひXろのXーXーだ。ひXうたんだ。にんぎXうだ。びしXびしX
でふにXふにXでべちXべちXの蛙がうXうXしているコンコルドの沼からきた蛙だ。
蛙は帰れ。Xお、落ち着け――くXくXするな！　なXなXするな！　身をXじるな。
Xお、ジXン、なんて顔だX！　XこくしたX――XれXれの顔引っ込めて、Xをすねて、XXと泣け」

この謎めいた摩訶不思議《まかふしぎ》な社説が出ると、凄《すさ》まじい大騒動が起きた。世間の人々は、この象形文字を用いたような怪文中には何か極悪な謀叛《むほん》が隠されているにちがいないと考えた。人々は、弾丸頭氏を吊《つ》るし上げにしようとその住居へ押しかけたが、どこにも見当たらなかった。いかにして消えたのか、誰にもわからなかった。それっきり影も形も見えなくなったのである。

世間の憤怒《ふんぬ》は、それを向けるべき相手が見いだせないまま、次第におさまっていった。その残り滓《かす》のように、この不幸な事件についてさまざまな憶測があとに残った。

ある紳士は、これはすべて卓バツな冗談だったと考えた。

別の紳士は、弾丸頭氏はバツ群の想像力を示したのだと言った。

三人目は、確かに奇バツな人だったけど、それだけのことだと言った。

四人目は、相手の顔面にXをつけたいほどの怒りのX《エクス》プレッションでしかないと言った。

五人目は、後代への戒めにしようとしたX《エクス》クラメーション・マークのようなものだろうと言った。

いずれにせよ、弾丸頭氏が極端《エクストリーム》に走ったことは、誰の目にも明らかだった。実は、当の主筆が見つからないなら、代わりに相手方の主筆を血祭りにあげようという噂さえあった。

しかしながら、より一般的な結論は、この事件はどんな説明をしてもXがつくような罰《ばち》当たりなものだというものであった。この町の数学者でさえ、これほど難解な問題は歯が立たないと白状した。Xとは、誰もが知るように未知数だが、この場合Xが多すぎてわけがわからなくなっている（と数学者は考えたらしい）。

見習いボブ（彼は自分がこの社説をX化したことを黙っていた）の意見は、とても正直に、恐れることなく表明されたのに、注目されなかった。私は注目すべきだと思うのだが。ボブはこう言ったのである——「自分としては、事は、ばりはっきりしとって明快や。すなわち、弾丸頭氏はほかん人んごたぁる酒ば呑《の》むことはしぇんで、いつもあんすばらしかXXXマーク〔Xはビールの品質を示す記号で、多いほどうまい〕の、ばってんが三つ並んどるエール酒ば呑みつけとうばってん、そいが頭に回って、殺バッとした気分になって、バッの悪い思いばしたっちゃん」

# 悪魔に首を賭《か》けるな——教訓のある話

ドン・トマース・ド・ラス・トーレス〔スペインの詩人〕は、その『恋愛詩集』〔一八二〇年刊『カスティーリャ韻文譚』のこと〕の序文で、“*Con tal que las costumbres de un autor sean puras y castas, importa muy poco que no sean igualmente severas sus obras*”と述べている。わかりやすく訳せば、「著者その人が真に有徳の士であるなら、その著書の教訓など大した問題ではない」となる。こんな放言をしたドン・トマースは今頃煉獄《れんごく》で苦しんでいることだろう。詩的正義〔作品内で悪人は罰せられ、善人は報われるべきとする考え方〕から言っても、彼の『恋愛詩集』が絶版になるか、誰も読まなくなって本屋から一掃されるまで、彼には煉獄にいてもらったほうがよさそうだ。どんな小説にも教訓がないければならないのは当然のことだ。さらに、批評家らに言わせれば、どんな小説にも教訓はある。フィリップ・メランヒトン〔マルティン・ルターの同僚の宗教改革家〕は、昔「蛙鼠合戦《バトラコミュオマキア》」〔古代ギリシャの滑稽《こっけい》詩で『イーリアス』のパロディー〕を批評して、この詩の目的は騒動に対する嫌悪感を起こすものであると証明した。ピエール・ラ・セーヌ〔十七世紀のイタリア人学者〕は、さらに一歩進んで、作者の意図は、若者に飲食の節度を勧めることにあったと示した。同様にして、ヤコブス・フゴ〔『真ローマ史』（一六五五）の著者ジャック・ヒューズのこと〕に言わせれば、ホメロスは、エウニス〔『オデュッセイア』に登場する豚飼い〕によってジョン・カルヴィンを揶揄《やゆ》しており、アンティノオス〔ギリシャ神話の人物でペネロペーの求婚者の一人〕によってマルティン・ルターを、ロートパゴス人〔ギリシャ神話の伝説的な民族でロートスの果実を食べる〕によって新教徒一般を、ハーピー〔ギリシャ神話の女面鳥身の怪物ハルピュイア〕によってオランダ人を揶揄しているそうだ。より近代の注釈者たちも同様に鋭い分析をしている。こうした学者連中は、物語詩『ノア以前の話』に隠れた意味を見出《みいだ》し、小説『パウハタン』に寓話《ぐうわ》を、マザーグースの「コック・ロビン」に新思想を、童話「一寸法師《ホプ・オブ・マイ・サム》」に超絶主義思想〔エマソンらが提唱した思想。主観的観念や直観を強調する〕を発見するのである。要するに、非常に深遠な意図のない作品を書くことなどありえないと証明されたのである。かくして、著述家たちはずいぶん気が楽になった。小説家は、もはや教訓など気にしなくてもいいのだ。それは作品のどこかにあるはずなのだから——教訓なんて批評家たちが見つけてくれる。しかるべき時がくれば、作家が意図したことも意図しなかったこともひっくるめて、『ダイヤル』誌だの『ダウン・イースター』誌だのが、すべて明らかにしてくれる。作家が意図すべきだったことも、意図しようとしていたはずだったことも教えてくれて、最後には万事すっきりするというわけだ。

それゆえ、僕が教訓譚《たん》——厳密に言えば、教訓のある話——を一つも書いてこなかったなどと無学の連中が批判するのには、正当な根拠がない。そういった連中は、僕の作品を分析して教訓を引き出す批評家ではない——そこに秘密がある。そのうちに『ノース・アメリカン・クォータリー・マンネリ』〔ポーが敵視した『ノース・アメリカン・レビュー』のこと〕が、連中にその愚かしさを恥じ入らせてくれるだろう。さしあたっては処刑を中止してもらい、僕への非難を抑えてもらうためにも、以下に悲しい物語をご披露しよう。この話の教訓が明らかである点に疑問の余地はない。なにしろ、作品のタイトルにはっきり書いたのだから、走っている人にだってわかるはずだ。このやり方は褒められてもいいだろう——最後の瞬間まで言いたいことを隠しておいて、寓話が終わるぎりぎりに滑り込ませるラ・フォンテーヌ〔十七世紀後半のフランスの寓話作家〕らのやり方よりもずっと賢いと思う。

***Defuncti injuriâ ne afficiantur***（死者を辱めるなかれ）とは十二表法の一つの規則であり、***De mortuis nil nisi bonum***（死者に関しては善き事のみ語れ）はすばらしい禁令である——たとえ死んだとされるのが、生気の失《う》せた薄口ビール（dead small beer）であろうとも〔この場合deadは「気の抜けた」の意〕。であるからして、わが亡き友トービー・ダミットをけなすつもりは毛頭ない。彼は確かに放蕩者《ほうとう》（sad dog）だったし、犬死にしたけれども、その悪徳のせいで責められるべき男ではない。悪徳は、母親の欠点から生まれたのだ。彼が幼児のとき、母はよかれと思って一所懸命、彼をひっぱたいたのである。というのも、母は賢くも考えたのだ——親としての務めを行うのはいつも快いことだし、赤ん坊というものは、硬いステーキや現代ギリシャのオリーブの木と同様に、叩《たた》

けば叩くほどよくなるに決まっている——だが、ああ可哀想に！　母はたまたま左利きであり、左から右へ赤ん坊をひっぱたくなどという不幸な目に遭わせるくらいなら、一切ひっぱたかないほうがよかったのだ。世界は右から左へ回転しているのだから、赤ん坊を左から右へ叩いても意味がない。正しい方向で叩けば悪い癖が叩き出せるとしたら、逆方向で叩くと、どんどん悪くなってしまう。僕はトービーの折檻《せっかん》の現場にしばしば立ち会ったが、彼が足をばたつかせる様子からも、毎日彼が悪化していくのが見てとれた。ついに、僕は目に涙を浮かべながら、この悪い子にはまったく希望がないと思ったのである。ある日、顔が真っ黒になるまで叩かれてアフリカの子供にまちがえられそうになるくらいになっても、何の効果もなく、ただ激しく身もだえするばかりなのを見て、僕はもう耐えきれなくなって、膝《ひざ》をついて、声をあげ、彼の破滅を予言したのだった。

実を言えば、彼の悪徳の早熟ぶりはひどいものだったのだ。生後五か月で、言葉をはっきりと言えなくなるくらい激しい感情に身を任せたし、六か月でトランプのカードを嚙《か》んでいた。七か月で、女の赤ん坊を見るとしょっちゅうキスをしていたし、八か月では、禁酒の誓約書に署名するのを頑として拒んだのである。かくして、その悪徳は毎月募っていき、ついに満一歳となるや、口髭《マスタッシュ》〔牛乳を飲んだあとに上唇の上にできる白い跡のことか。『オックスフォード英語辞典』mustache の１c〕を生やすといってきかないばかりでなく、悪口雑言を言う癖がつき、自分の主張の正しさを強調して「賭けてもいい」と言うようになったのである。

この賭け癖という、実に紳士にふさわしくない習慣によって、ついには僕が予言したとおり、トービー・ダミットは破滅に至った。その習慣は〝彼の成長とともに育ち、彼の力とともに強まった〟〔アレグザンダー・ポープの『人間論』第二巻一三六行にある表現〕ので、成人したときには、ギャンブルの提案をせずに何かを発言することはありえなかった。実際に賭けをしたわけではない――そういうことではない。わが友の名誉のために言っておくが、彼はかけっこはしても、賭けっこはしない男なのだ。ただの口癖に過ぎず――それだけのことだ。「賭けてもいい」と言ったところで、何の意味もない。無邪気とまでは言わないまでも、単純な強調の表現であり、文章に勢いをつけるだけの想像力豊かな文句だ。彼が「何々を賭けよう」と言っても、誰もその賭けを受けて立とうなどと思ったことはないが、それでも賭けをやめさせるのが僕の務めだと思わざるを得なかった。賭けは不道徳である。そう言ってやった。下品であるとも言い聞かせた。社会的にもよろしくないと考えられており――この点で、僕はまさに真実を述べていた。法律でも禁じられている――この点でも嘘を言うつもりなどさらさらなかった。僕は諌《いさ》めたが――無駄だった。言い聞かせたが――だめだった。懇願したが――ニヤリと笑われた。哀訴したが――笑われた。説教したが――嘲笑《ちょうしょう》された。脅したが――罵倒《ばとう》された。蹴《け》っ飛ばしたが――警察を呼ばれた。鼻を引っ張ったが――やつは僕の手で洟《はな》をかみ、悪魔に首を賭けても二度と僕にこんな真似はさせないぞと言った。

貧困という、ダミットの母親の具体的な欠点が、息子に及ぼしたもう一つの悪徳だった。彼はおぞましいほどに貧乏で、だからこそ、あの賭けに関する調子のいい文句を言うとき、金銭に言及することがなかった。「一ドル賭《か》けてもいい」などという言い回しをするのを聞いたことがない。たいていは「何だって賭けてやる」とか「何を賭けてもいいぞ」とか「ちょっと賭けてもいい」とかであり、大きな口をきくときは「悪魔に首を賭けてもいい」となるのだった。

この最後の表現は彼のお気に入りだったようだ――最も危険が少ないからだろう。なにしろ、ダミットという男はひどくケチだったのだ。誰かがその賭けに応じたところで、彼の首は小さかったから、負けても損失は小さかったというわけである。しかし、そう考えたのは僕であって、彼がそう考えていたかどうかはもちろんわからない。ともかく、彼はこの表現を日々頻繁に用いるようになった。自分の頭を紙幣であるかのように賭けるなんて、まったくもって不適切であるのに、そこのところが、性格の悪いダミットにはどうにもわからないのだ。最後には、ほかの賭けの形式をすべてやめてしまい、「悪魔に首を賭ける」一辺倒になってしまい、その偏屈さ、頑迷さに僕は驚き、不愉快になった。わけのわからないことに直面すると、僕はいつも不愉快になってしまう。説明のつかないものに直面すると、人は考えてしまい、考え込むと健康によくない。実は、ダミット氏がこの嫌な表現を口にするときの感じ――その言い方に、僕は何かを感じたのだ。最初、僕はそれに興味を覚えたが、やがてたまらなく不安になってきた――差し当たってよい言い方がないので、奇妙とだけ言っておくが、コールリッジ氏であれば神秘的と言うだろうし、カント氏であれば汎神論《はんしんろん》的と言うだろうし、カーライル氏であれば歪《ゆが》みと言うだろうし、エマソン氏であれば超絶奇抜と言うだろう。こいつはまずいぞと思うようになってきた。ダミット氏の魂が危険な状況にあったのだ。僕は自分の雄弁術を駆使して、彼の魂を救おうと決意した。アイルランド年代記で聖パトリックが蛙のために頑張ったとされるように、僕は彼のために頑張ろう——つまり、「彼に自分の状況をわからせてやろう」と思った。僕は早速仕事にかかった。もう一度彼を諫めることにした。再度全力をあげて、最後の訓戒を試みたのである。

僕が説教を終えると、ダミット氏は反省したのかしないのかわからない態度を取った。しばらくのあいだ黙ったまま、僕の顔をただ探るように見ていたが、やがて、一方に首を傾け、大きく眉《まゆ》を上げた。それから両の掌《てのひら》をひろげると両肩をすくめてみせた。そして、右目でウィンクをし、次に同じことを左目で行った。それから、両目をぎゅっと閉じてから両目をかなり大きくあけたので、僕は一体どうなるのかと非常に心配になった。次に、親指を鼻に当てると、残りの指で描写しがたいひらひらとした動きをしてみせた。とうとう、両腕を横に開いて両手を腰に当てると、ついに僕に口をきいてくれた。

彼の話は断片しか思い出せない。彼は、僕に黙っていてくれたら大変ありがたいと言った。僕の忠告など聞きたくないし、あれこれ当てこすりを言われるのはうんざりだと言った。もう大きいのだから、自分で自分の面倒を見られる。俺をまだ赤ん坊だと思っているのか。俺の性格にケチをつけたいのか。侮辱するつもりか。馬鹿じゃなかろか。おまえの母さんは、おまえがおうちにいないって知ってるのか。今の質問は、君を正直者と見込んで尋ねるのだから、ちゃんと答えてくれたら信じるよ。もう一度はっきり聞くけど、おまえの母さんは、おまえがおうちにいないって知っているのかい。どぎまぎしているところを見ると、答えは明らかだな。悪魔に首を賭けてもいいが、おまえの母さんは知らないんだ。

ダミット氏は僕の反論を待ちもせず、さっと踵《きびす》を返すと、あたふたと去ってしまった。そうしたのは、彼のためにはよかったことだ。僕は傷ついて、怒りさえ感じていた。こうなったら、彼の侮辱的な賭けに応じてやろうじゃないかとさえ思った。閻魔《えんま》大王《だいおう》のために、ダミット氏の小さな首を勝ち取ってやる。だって、僕のママは、僕がほんのちょっとおうちを留守にしていたことをちゃんと知っていたんだもん。

だけど、足を踏まれたときに、イスラム教徒たちが言うように、*Khoda shefa midêhed*――天は赦《ゆる》しを与えたもう。僕が侮辱を受けたのも、自分の義務を遂行したからであり、僕は男らしくその侮辱に耐えた。しかし、僕は、この惨めな人に対して自分にできることはもうすべてやりつくしたと思えたので、これ以上忠告をして余計な世話を焼くのはやめ、本人の良心に任せて、なるようになればいいと思った。だが、もう忠告はやめようとは思っても、彼との付き合いを一切避けるわけにはいかなかった。さほどひどくはない彼の性癖に調子を合わせようとさえしたのだ。彼の邪悪なジョークをおもしろがってやりさえした。美食家が辛子を楽しむように、目に涙を浮かべて。彼の邪悪な話を聞くのは、僕にはそれほど悲しいことだったのである。

ある晴れた日、腕を組んで一緒に散歩に出たとき、いつしか川の方へ出てきていた。橋があったので、それを渡ろうとした。雨をよけるための屋根と壁がある橋で、窓が少なかったため、中はかなり暗くて陰気だった。入ってみると、外のまぶしさと中の暗さの落差が大きくて、僕は気が滅入《めい》ってしまった。不幸なダミットはそうではなかった。僕がふさぎの虫に取り憑《つ》かれたにちがいない、悪魔に首を賭けてもいいと言うのである。いつになく機嫌がよく、ものすごく元気で——あまりにもはしゃいでいたので、僕はつい不安な疑念を覚えてしまった。やつが超絶主義とかに罹《かか》ってしまったなんてこともありえなくはなかった。もっとも、この病気の診断ができるほど僕に専門知識はなかったし、運悪く『ダイヤル』誌に勤める僕の友達の誰一人今ここにいるわけではなかった。それでも僕が不安を覚えたのは、わが友が何らかのお気楽病に罹って、とんでもない馬鹿な真似をするように思えたからだ。彼は、行く手を阻むどんなものでも身をよじってくぐりぬけ、ぴょんと飛び越えていった。奇妙な、つまらないことをぼそぼそ言ったり、むずかしそうな言葉を怒鳴ったりし、そのあいだじゅうずっとひどくまじめな顔をしている。こいつを蹴っ飛ばしたものか、哀れんだものか、どうしていいのか見当がつかなかった。とうとう橋をほぼ渡り切り、歩道の終わりに近づくと、少し高さのある回り木戸《スタイル》〔人が一人ずつ通れるように設けた回転式木戸〕が行く手をふさいでいた。それを僕は普通にそっと押して通ったが、ダミット氏はそれでは満足できないようだった。彼は木戸《スタイル》を飛び越えると言ってきかず、しかも木戸《スタイル》の上で鳩のように優雅に両脚を開いて合わせる「ピジョン・ウィング」という芸当をしてみせると言う。そんなこと、正直言って、できるとはとても思えなかった。あらゆる文体《スタイル》に於《お》いて最も「ピジョン・ウィング」が決まるのはわが友カーライル氏だけであり、彼にだってできない芸当だと僕にはわかっていたので、トービー・ダミットにできるとは思えなかった。そこで、はっきりと、君は法螺《ほら》吹きであり、そんなことはできやしないと言ってやった。言わなければよかったと後悔する羽目になるのだが。というのも、彼はすぐ、できなきゃ悪魔に首を賭けてもいいと言ったのだ。

もう諫《いさ》めるのはやめにしようと決意をしていたにも拘《かか》わらず、そんなことを言うもんじゃないと僕が言い返そうとしたそのときだった。僕のすぐ傍らで、微《かす》かな咳払《せきばら》いがした。まるで「えへん！」と言っているように聞こえた。僕はビクッとして、面喰《めんく》らったままあたりを見回した。ついに屋根付き橋の奥を覗《のぞ》いてみると、そこに立派な風采《ふうさい》の小柄で足の悪い老紳士が立っているではないか。実に威厳のある風体の人だった。黒いスーツに身を包み、シャツは完璧《かんぺき》にきれいで、襟は白いボウタイの上にきちんと折り返され、前髪を女性のように真ん中で分けていた。両手は物を思うようにお腹の上で握られており、両目はじっと上を見つめていた。

よくよく見ると、半ズボンの上に黒い絹のエプロンをつけているではないか。これはまた奇妙なことだと、僕は思った。しかし、この奇怪な状況にこちらが何か言おうとするより先に、男が再び「えへん!」と言った。

そう言われても、すぐには返事ができなかった。実際、そんな簡潔な発言には、返事のしようがなかった。『クォータリー・レビュー』誌の或《あ》る編集者が「たわごとだ《ファッジ》!」と言われて途方に暮れた話もある。であるからして、僕が助けを求めてダミット氏を振り返ったのは何ら恥じることではなかった。

「ダミット」と僕は言った。「何をしている? 聞こえなかったのか?——こちらの紳士は『えへん!』とおっしゃったんだ」僕はそう声をかけながら、わが友を厳しく見つめた。実を言えば、僕は困ってしまっており、困ったときには眉をしかめてむずかしい顔をしなければならない。でないと、馬鹿に見えてしまう。

「ダミット」と僕は呼びかけた。「ちくしょう《ダミット》(Damn it)」にも聞こえてしまう言葉だが、僕には罵《ののし》るつもりはさらさらなかった。「ちくしょう《ダミット》、こちらの紳士は『えへん!』とおっしゃったんだ」

僕の発言が深遠なものであったと弁護するつもりはない。僕だって深遠なことを言ったつもりはない。でも、発言の効果なんて、自分が思っている発言の重さと必ずしも比例しないものだ。ダミット氏をペクサン砲〔炸裂《さくれつ》弾を発射できる艦砲〕で撃ち抜こうと、『アメリカの詩人と詩歌』〔グリズウォルド編の鈍器本〕で頭をぶん殴ろうと、僕がこの単純な言葉で呼びかけたときほど狼狽《ろうばい》することはなかっただろう。僕はただ言っただけなのだ、「ちくしょう《ダミット》、何をしている?——聞こえなかったのか?——こちらの紳士は

『えへん!』とおっしゃったんだ」と。

「まさか、そんな」と、ついにダミットは喘《あえ》ぎながら言った。目を白黒させ、顔色を次々に変えて色《カラー》をなすさまは、軍艦に追われた海賊が旗《カラー》を掲げるのといい勝負だった。「本当にそう言ったのか？　それなら、受けて立とう。何食わぬ顔をしてやってやるよ。じゃあ、こうだ——えへん!」

　このとき、小柄な老紳士はうれしそうな顔を見せた——なぜかは神のみぞ知るだ。彼は橋の隅から足を引きずりながらも優雅に歩み寄って、ダミットの手を取ると、心から握手した。その際、人間には想像もできないほどの完璧な優しさをもって、ダミットの顔をまっすぐ見上げていた。

「あなたがお勝ちになるでしょう、ダミットさん」老紳士は満面の笑みを浮かべて言った。「でも、ほんの形式上とはいえ、試してみなければなりません」

「えへん!」とわが友は応《こた》え、深い溜《た》め息《いき》とともに上着を脱ぎ、ポケットのハンカチで腰を縛り、両目を吊《つ》り上げ、口の両端を下げて、何とも説明のつかない顔をして「えへん!」と言った。それから、間をおいてもう一度「えへん!」と言った。それ以降は「えへん!」以外の言葉を言うことはなかった。「へえ!」と僕は声に出さずに考えた。「トービー・ダミットがこんなに黙り込むなんて珍しい。これまで喋《しゃべ》りすぎたせいだろうな。極端は極端を呼ぶってやつだ。僕が最後に説教をしてやった日に、あれほどすらすらと僕に投げかけた解答不能の問いの数々を忘れちまったのかな。ともかく、超絶主義は治ったようだ」

「えへん！」トービーは、僕の考えを読み取ったかのように返事をし、夢想に耽《ふけ》る老いた羊のような様子となった。

老紳士は彼の腕を取り、橋の陰へ――回り木戸から数歩下がったところまで導いた。

「よろしいですか」と、老紳士。「これぐらいは助走していただいてかまいません。私が木戸のところへ行くまで、ここでお待ちください。じょうずに超絶主義的に飛び越えられるか確認しますからね。『ピジョン・ウィング』の芸をお忘れなく。ほんの形式的なことです。私が『一、二の三、それ』と言いますから、『それ』で走り出してください」

そう言うと老紳士は木戸の近くに位置を占め、深い瞑想《めいそう》に耽るかのように少し間をとると、上を見てとても微かに微笑んだように思えた。それからエプロンの紐《ひも》をしめると、遠くからダミットを見、とうとう約束したとおりの言葉を発した。

一――二の――三――それ

ちょうど「それ」のところで、哀れな友はダッシュを始めた。木戸《スタイル》はロード氏〔ポーの詩「幽霊宮殿」のパロディーを書いたウィリアム・W・ロード〕の文体《スタイル》ほど高いものではなかったし、ロード氏をこき下ろした批評家たち〔ポーはその一人〕の文体《スタイル》ほど低いものではなかったので、たぶん飛び越せるだろうと僕は思った。だけど、飛び越せなかったら？　ああ、それが問題だ――できなかったら、どうなるのだろう。「あの老紳士は何の権限があって、ひとに跳躍などやらせるのだろう」と僕は言った。「山羊みたいな脚をしたちっぽけな老いぼれめ、何者だ、あいつは？　あいつが僕に跳べと言っても、僕は跳ばないぞ、絶対。あんなやつ、たとえ悪魔であろうと気にするもんか」橋は、言ったとおり、アーチ形の覆いでおおわれていた。とてもおかしな構造で、常に不気味なこだまがしていた。僕が今言った「悪魔」という言葉が反響するまでは、声が響くことに気づかなかったのだけれど。

しかし、何を言おうと、何を考えようと、何が聞こえようと、一瞬のことだった。ダッシュして五秒もしないうちに、哀れなトービー・ダミットはジャンプしていた。身軽に走って、橋の床からすごいジャンプをして、跳び上がりながら両脚を大きく動かした。木戸の上で宙高く、それは見事なピジョン・ウィングをしてみせたので、彼の体がそのまま木戸を越えないのは奇妙だと、もちろん思った。しかし、跳躍は一瞬であり、僕が深く考える暇もないうちに、ダミット氏は背中から、駆け込んでいった側と同じ木戸の手前に落下した。その瞬間、老紳士が全速力で足をひきずりながら駈《か》け寄り、木戸の上のアーチの暗がりからどさりと落ちてきた何かをサッとエプロンにくるんだ。僕は呆気《あっけ》にとられていたが、ぐずぐず考えている場合ではなかった。ダミット氏がじっと動かないので、すっかりしょげ込んでいて、助けが必要なのではないかと思った。急いで行ってやると、どうも重傷を負っているようだった。実は、首がなくなっていたのだ。あたりをよく調べて見ても、どこにも見つからない。彼をすぐ家へ連れて帰って同種療法《ホメオパシー》の医者を呼びにやらなくちゃと思った。そのとき、あることを思いついて、僕は橋の窓を一つ開け放ってみた。するとたちまち、悲しい事実が明らかになった。木戸のちょうど五フィート〔約百五十二センチ〕ほど上に、アーチの端から端まで水平に平たい鉄棒が渡っていた。橋の構造を支えるために出口から入り口まで何本も渡してある棒の一本だ。この棒きれの鋭いへりが、わが不運な友の首にスパッと当たって、首が切れてしまったというわけだ。

首をなくしてしまった友は、あまり長くは生きられなかった。同種療法の医者たちが与えてくれたわずかの薬も、ほんのわずかであるにも拘《かか》わらず〔少量の薬で治療ができると主張する同種療法への揶揄《やゆ》〕、彼は受け付けようとしなかった。こうして容態は悪化の一途を辿《たど》り、とうとう死んでしまった。棒で人生を棒に振ったのだ。人生を乱暴に生きる貧乏人には、よい教訓となるだろう。僕は相棒の墓を滂沱の涙で濡《ぬ》らし、彼の家の紋章に棒を横たえてやった。葬儀の総費用については、超絶主義者たちへ控え目な請求書を送りつけたところ、わが友の負け犬人生のお先棒を担いでおきながら、悪党どもはぶっきら棒に支払いを拒んだので、僕は失態を犯したわが友の死体を墓から掘り起こし、犬の肉として売り払ってやった。

# アクロスティック

エリザベス、そなたが「愛するなかれ」と言うは虚《むな》し。
りっぱで素敵な言い方をそなた或《ある》いはL・E・Lがしても甲斐《かい》なし。
ざんねんながらクサンティッペとはちがう。エンディミオンに対して
べた惚《ぼ》れした月の女神は——思い出し給え——癒《い》えぬ恋を癒《いや》そうとして、
すっかり、愚行も誇りも熱情も治してしまった。消えたのだ、彼は死して。

訳注「アクロスティック」とは、各行頭の文字をつなげると言葉が浮かび上がる折句。作品解題を参照のこと。クサンティッペはソクラテスの悪妻。エンディミオンは、ギリシャ神話で月の女神に惚《ほ》れられた美男子。

# 煙に巻く

なんてこった《スリッド》、今のがあなたの言う「突き」や「面《めん》」なら、そんなものには
用はない——

ネッド・ノウルズ

リッツナー・フォン・ユング男爵は、気高いハンガリーの貴族であり、その一族は（記録を遡《さかのぼ》れるかぎりに於《お》いて）誰もが何らかの才能に秀でていた——その多くは「グロテスク」と呼べる類《たぐい》の才能であり、この一族の血を引くティーク（「アッシャー家の崩壊」で語り手がアッシャーとともに読んだとして言及されるドイツ・ロマン派の詩人・作家）が「グロテスク」とはどういうものかについて、極めて明確とは言えないまでも、それなりに明確な実例を示している。私がリッツナーと知り合うようになったのは、壮麗なユング城でのことだった。一八＊＊年の夏、公にはできないが、ある一連の滑稽《こっけい》な冒険ゆえに、その城を訪れる仕儀となったのである。男爵に一目置かれるようになったのもそこだったし、少々難儀をしたけれども、男爵の精神構造を些《いささ》かなりとも洞察し得たのもそこだった。この洞察は、親密さの度合いが深まるにつれ、腑《ふ》に落ちてきた。そして、三年ぶりにゲ＊＊＊＊ン大学で再会したとき、私はリッツナー・フォン・ユング男爵の人となりについて知悉《ちしつ》していたのである。

　六月二十五日の晩、男爵が来訪するというので大学構内の噂の喧《かまびす》しかったことを覚えている。さらにはっきりと覚えているのは、初対面の誰もが男爵に会うや「世界一すばらしいお方」と褒《ほ》めるのに、どうしてそう言えるのか誰も説明しようとしなかったことだ。人とちがっていることはあまりにも歴然としていたので、どうちがっているのか詮《せん》索《さく》するのは僭越《せんえつ》と思われたのだ。しかし、この問題はひとまず措《お》いておき、大学内に一歩踏み入れた瞬間から、男爵は周りの人々の習慣、態度、性格、資力、性癖に対して影響を与えたとだけ言っておこう。実に幅広く専制的な影響力なのだが、漠として説明しがたいものだった。こうして、男爵の短い滞在は、大学の歴史に一時代を築き、大学及びその付属機関関係者によって「リッツナー・フォン・ユング男爵が支配したあの極めて特異な時代」と呼ばれたのである。

男爵はゲ＊＊＊＊ンにやってくると、まず私のアパートを訪ねてくれた。当時、男爵の年齢は不詳だった。その風貌《ふうぼう》からはとても年齢を推測できなかったという意味である。十五にも五十にも見えたが、実際は二十一歳と七か月だった。決して美男子ではない——むしろ逆だ。顔の輪郭は角張っていて荒々しかった。額は高く、かなり白かった。獅子《しし》鼻で、目は大きくて、どんよりと生気がなく、無表情だった。口についてはもう少し特徴があった。唇がふっくらと突き出していて、上唇が極めて複雑に下唇の上に載っていたため、こんなにも純然たる重々しい威厳と貫禄《かんろく》を、かくも厳然と印象付けられる人間の表情は他にありえなかった。

以上の私の説明から、男爵が人を煙《ミスティフィケーション》に巻くことを生涯の課題としている変人奇人の一人であると、もうおわかりであろう。堂々たる風貌ゆえに、この目的を達するのは非常に容易であるし、その独特の性分ゆえに男爵は本能的にコツをつかんでいた。リッツナー・フォン・ユング男爵専制時代と妙な名をつけられたあの時代、ゲ＊＊＊＊ン大学生の誰一人として、男爵の人となりを覆っていた謎に正しく足を踏み入れた者はいないと私は固く信じている。大学の誰も、私を例外として、男爵に冗談が言えるとか、いたずらができるとは決して思わなかったはずだ。いたずらの犯人として男爵を疑うくらいなら、人は庭園の門の老いぼれ番犬を疑うだろう――ヘラクレイトス〔「泣く哲学者」「暗い哲学者」の異名を持ち、「万物は流転する」とした古代ギリシャの哲学者〕の亡霊や、神学の名誉教授の厳粛なるかつらが人をひっかけることが仮にあったとしても、男爵がそんなことをするはずはないと思われた。それも、ありとあらゆるいたずら、気まぐれ、おどけの中で最も言語道断で許しがたい事件に、男爵が直接手を下さずとも裏から手をまわしてほくそ笑んでいるときに、である。その煙に巻く術《アート・ミステイフイーク》の惚れ惚れするところ――と呼んでもよければ――がどこにあるかと言えば、そんな馬鹿な事件が起こらないように、母校の秩序と威厳を守るべく、男爵が立派な努力をしているにも拘《かか》わらず、その努力のせいで事件が起きてしまったと見せかける完璧《かんぺき》なる能力にこそあった（男爵が人間の本性をほとんど直感的に理解し、驚くほど沈着冷静でいたために、そんな芸当ができたのだ）。男爵の称賛に値する努力が失敗するたび、その顔に刻まれる深く厳しい無念の表情たるや、いかに懐疑的な友であろうと、その真摯《しんし》さを毫《ごう》も疑うことはあり得なかったほどだ。しかも、グロテスクなのはそれを起こした者ではなく起きた事件のほうなのだとして、注意を自分から滑稽な事件のほうへ移してしまう男爵の手口も見事なものだった。人をいつも煙《けむ》に巻いて楽しむ者には、当然ながらその性格に滑稽さがつきまとうと思われるものだが、それを免れ得たのは男爵が初めてである。常にいたずらな気分に包まれていながら、わが友は社会の厳格さのために生きているかのように見えていた。リッツナー・フォン・ユング男爵家の者たちでさえ、男爵を思い出すとき、厳格で威厳あるもの以外を連想することなど一瞬もなかったのである。

ゲ＊＊＊＊ン大学に男爵が滞在していたあいだ、まるで「何もしない逸楽《ドルチェ・ファール・ニエンテ》」の権化が悪霊さながら大学に居座ったようだった。少なくとも、飲んで食って騒ぐ以外、何も為《な》されなかった。学生の宿舎は居酒屋と化したが、男爵の居酒屋ほど有名で、人の集まるところはなかった。我らがそこで上げた祝杯は数えきれず、いつまでも騒々しく、事件の起こらぬ夜はなかった。

あるとき、夜明け近くまで騒いで、尋常ならざる量のワインが干されていた。集まっていたのは、男爵と私のほかに七、八人だった。たいていは、有力な名家の金持ちの若者で、みな名誉を過度に重んじており、決闘《デュエッロ》のやり方に関して極めて厳格な意見を持っていた。最近ゲ＊＊＊＊ン大学で起こった三、四件の凄《すさ》まじく致命的な決闘を実例にしてパリで新刊書が出たところだったので、若者らのドン・キホーテ風な名誉熱の火に新たに油が注がれた。こうして、その夜の大半は、当時もちきりだった話題で喧々囂々《けんけんごうごう》となった。初めのうち男爵は、いつになく静かで放心していたが、ようやく目が覚めたようになって会話を牽引《けんいん》し、剣の扱いの礼儀作法《エチケット》に関する通例の慣習の利点、特にその美点について熱く雄弁に朗々と語り出し、その様子がいかにも熱心なので、聞いている者たちはみな大いに情熱を掻《か》き立てられ、私ですらもう少しで騙《だま》されるところだった。男爵は心の奥では、今論じている内容を何から何まで馬鹿にしており、とりわけ決闘の礼儀作法というこけおどし《ファンファロナド》全般を、当然ながらこの上なく軽蔑《けいべつ》していたのだ。

　男爵の話（コールリッジの熱のこもった、歌うような、単調だが音楽的な説教調に似ていたと言えば、読者諸賢には何となくおわかりいただけるだろう）に一区切りついたとき、あたりを見まわした私は、聴衆の一人の表情に、並々ならぬ興味の兆候を認めた。この紳士は——仮にヘルマンとしておく——あらゆる点で独創的だったが、ただ一つ残念なことに大馬鹿者だった。しかし、大学の仲間内では、深い形而上《けいじじょう》学的思考ができて論理的才能もあるという評判を得ていた。決闘の経験者として、ゲ＊＊＊＊ン大学に於いてすら大変な名士として通っていた。その手で倒された犠牲者は、正確な数は忘れたが、大勢いた。疑いなく勇敢な男だ。しかし、彼が最も誇りにしていたのは、決闘《デュエッロ》の礼儀作法《エチケット》を隅々まで熟知し、絶妙なる名誉心を持っていることだった。礼儀作法の詳細を語るのが彼の十八番《おはこ》であり、語り出したら死ぬまで止まらぬほどの熱弁をふるう。グロテスクなものはないかと常に目を凝らしていた男爵にしてみれば、この奇人はいいカモになると、疾《と》うに目をつけていたようだ。しかし、私はそれに気づいていなかった。ただ、わが友が何やらまた気まぐれを起こしそうだぞということと、その標的はヘルマンだということだけはわかった。

男爵が話というか独《ひと》り語りをつづけると、この男が興奮してきたのがわかった。とうとう男は口をきいた。男爵が主張した或《あ》る点に、詳細な理由を挙げて反論したのだ。それに対して男爵は、長々と(相変わらず昂奮《こうふん》状態を装いながら)返答し、極めて悪趣味だと思ったが、皮肉と冷笑で締め括《くく》った。ヘルマンのプライドが刺激され、お尻《しり》に火がついた。十八番《おはこ》の始まりだ。彼の反論が細かなところにごちゃごちゃこだわっていることから、そうと知れた。彼の最後の言葉ははっきりと記憶に残っている。「失礼ながら、リッツナー・フォン・ユング男爵、あなたのご意見は大筋では正しいですが、多くの細かな点で、あなたや、またあなたが所属するこの大学の評判を傷つけるものです。いくつかの点では、それらは真剣に反駁《はんばく》するにも価しないものです。失礼になるといけませんので、これ以上申し上げるのは差し控えますが(ここで男は平然と微笑んだ)、あなたのご意見は紳士の意見とは思えませんよ」

ヘルマンがこの回りくどい発言を終えると、全員の目が男爵に注がれた。男爵は真っ青になり、それから異様に紅潮し、次にポケット・ハンカチーフを取り落とし、それを拾おうとかがんだとき、彼の表情が、そこにいた他の誰にも見えなかったはずだが、私には垣間《かいま》見えた。人をからかうような、ほくそ笑みで輝いていたのだ。それは男爵本来の表情だが、私と二人きりですっかりくつろいでいるときにしか見せないものだった。一瞬後、男爵は直立し、ヘルマンに向き直った。あんなに瞬時に顔つきが変わるのを私は見たことがない。自分は何か誤解していて、男爵は真剣そのものなのかとちらりと思ったほどだった。激怒して口がきけない様子で、顔は死人のように真っ青だったのだ。しばし、黙り込んで、感情を抑えようとしている風情だった。とうとう冷静さを取り戻した様子で、近くにあったデカンターに手を伸ばすと、それをギュッと握りしめて言った——「ヘルマン君、君が私に対して用いた言葉遣いはあらゆる細かな点に於《お》いて不愉快であり、いちいち論《あげつら》う暇も落ち着きも持ち合わせない。しかしながら、私の意見が紳士の意見ではないとの発言は、直接的に私を侮辱するものであり、私がこれに対して取れる対応は一つしかない。けれども、ここにいるみんなも君も私の客であるから、礼を尽くさねばならない。それゆえ、その点を考慮して、こうした個人的対立の場合の紳士の通例から些《いささ》か逸脱するのをご容赦いただきたい。想像力を少々働かせていただくことにして、少しのあいだだけ、向こうの鏡に映った君の姿を本物のヘルマン君その人とお考えいただきたい。それができたら、事は簡単だ。私はこのデカンターのワインを向こうの鏡の中の君にむかってぶちまけ、それによって君の侮辱への嫌悪の念を直接ではないにせよ晴らし得て、かつ、君自身への肉体的暴力行使を回避できるわけだ」

こう言うと、男爵はワインに満ちたデカンターを、ヘルマンのすぐ向こうにかかっていた鏡めがけて投げつけた。それは正確に鏡像に命中し、もちろん鏡はこなごなに砕けた。その場にいた全員が一斉に立ち上がり、私と男爵を残して立ち去り始めた。ヘルマンが出て行くとき、男爵が私に耳打ちし、あとをつけていって面倒をみてやってくれと言った。私は同意したものの、こんな奇妙な出来事をどう扱っていいのかよくわからなかった。

決闘家は、いつもの堅苦しい気障《きざ》ったらしい態度で私の助力を受け入れ、私の腕を取ってアパートへ導き入れた。彼が自分の受けた侮辱の「微妙なる特異点」と称する点について真面目腐って論じ始めたので、私は相手を前にしながら笑いを堪《こら》えるのがやっとだった。彼はしばらくいつもの退屈な長広舌をふるったのち、本棚から決闘に関する埃《ほこり》臭《くさ》い本を何冊も取り出して、その内容について長いこと私に解説してくれた。音読しながら、真剣なコメントを加えていったのだ。何冊か題名を覚えている。『決闘裁判に関する端麗王フィリップ四世の布告』とか、フェイヴィン〔十七世紀初頭のフランスの作家〕著『名誉の劇場』、オディギィエ〔一六二四年に喧嘩《けんか》で殺されたフランスの詩人〕の論考『決闘の許可について』などがあった。それからヘルマンは、ひどく偉そうに、一六六六年にエルゼビル活字〔十六～十七世紀のオランダの出版者に因《ちな》んで名づけられたフォント〕を用いてコローニュで刊行されたブラントーム〔『艶婦伝』で知られる十七世紀のフランスの作家〕著『決闘回想録』も見せてくれた。しっかりと余白の入ったベラム紙に印刷され、デローム〔十八世紀フランスの有名な製本業者〕に製本された稀覯本《きこうぼん》だ。しかし、賢《さか》しらそうに謎めいた態度で特に注意を向けてほしいと差し出したのは、エドランというフランス人がひどいラテン語で書いた分厚い八折り本《オクテーボ》であり、“*Duelli Lex scripta, et non; aliterque*”〔決闘について書かれた規則そして否、それ以外〕という奇妙な題がついていた。この本から彼が読み上げてくれたのは、滑稽《こっけい》極まる章であり、*"Injuriæ per applicationem, per constructionem, et per se"*〔適用による、構成による、それ自体による侮辱〕について書かれてあり、その約半分はまさに彼自身の「微妙なる特異点」にぴたりと当てはまるのだと言うのだが、私には一語たりともまったく理解できない代物だった。その章を読み終わると、彼は本を閉じ、どうすべきだと思うかと私に尋ねた。私は、「あなたの感情の繊細さには全幅の信頼を寄せているので、言うとおりにしますよ」と答えた。そう言われると気をよくしたらしく、彼は座って、男爵宛ての手紙を書いた。こういう内容だ。

前略――わが友ポ＊氏からこの手紙をお受け取りになることと存じます。今晩あなたの部屋で起こったことの説明を、できるだけ速やかに求めるにしくはありません。これを拒絶なさるなら、あなたがご指名になるご友人とポ＊氏によって、決闘に必要な手続きが進められる仕儀となりましょう。

敬意をこめて
敬具
ヨハン・ヘルマン

リッツナー・フォン・ユング男爵閣下
一八＊＊年八月十八日

どうしたものかわからぬまま、私はこの手紙を持って男爵を訪ねた。手紙を差し出すと、男爵はお辞儀をして、真剣な表情で私に座るように手で示した。決闘状を読み終えると、男爵は次のような返事を認《したた》め、それを私はヘルマンのもとへ運んだ。

拝復

今夕、我らが共通の友ポ＊氏より貴殿の手紙を拝受しました。熟慮の末、貴殿が説明を求めるのは当然であろうと率直にお認めします。お認めはしますが（我らの不和と私が加えた個人的侮辱の微妙なる特異点に鑑《かんが》み）、あらゆる細かな必要を満たし、事件の多様な意味合いに適応するような説明を謝罪として申し上げるのは極めて困難と考えます。しかしながら、貴殿が礼儀作法の規則に関して繊細精緻《せいち》な究極の眼識をお持ちであることについて、貴殿の夙《つと》に知られた抜群のご高名もあり、絶大な信頼を寄せております。それゆえ、ご理解いただけると確信して、私の意見を申し上げる代わりに、エドラン氏が“*Duelli Lex scripta, et non; aliterque*”の中の“*Injuriæ per applicationem, per constructionem, et per se*”の章の第九段落に記した意見をどうかご参照いただきたいと思うのです。その本が論じる内容について貴殿ほどの絶妙な見識がある方なら、そのすばらしい一節をお読みいただきさえすれば、名誉を重んじる男として説明を求める貴殿の要求を満足させるものと確信しております。

満腔《まんこう》の敬意とともに
敬具
フォン・ユング

ヨハン・ヘルマン様
一八＊＊年八月十八日

ヘルマンは眉《まゆ》をしかめてこの手紙を読んでいたが、*Injuriæ per applicationem, per constructionem, et per se* というわけのわからないくだりまでくると、実に滑稽な自己満足の微笑に変わった。手紙を読み終えると、これ以上はない満面の笑みを浮かべて、私に着座を求め、問題の論考を取り出した。指定された段落のあるページを開き、かなり慎重に黙読してから本を閉じ、私に対して、まず信頼のおける友として、フォン・ユング男爵にその騎士道精神に大いなる敬意を払うと伝えてほしい、次に決闘の介添え人としての立場から、男爵の説明は完璧《かんぺき》にして最も名誉あるものであり、すっかり満足のいくものであると伝えてほしいと依頼した。

私は幾分面喰《めんく》らいながらも、男爵のもとに帰ってきた。男爵はヘルマンの愛想のいい返答を当然のように受け取り、何気ない会話を少ししたのち、奥の部屋から不朽の論文 *"Duelli Lex scripta, et non; aliterque"* を持ってきた。男爵は、私にその本を渡すと、読んでごらんと言う。読んでみたが、まったく意味がわからず、歯が立たなかった。男爵は自分でその本を手に取ると、ある章を読み上げてくれた。驚いたことに、それは二匹の狒々《ひひ》の決闘に関するおそろしく馬鹿げた説明であるとわかった。男爵はようやく謎解きをしてくれた。この本は一見普通の本に見えるが、デュ・バルタス〔十六世紀のフランス人詩人〕のノンセンス詩の手法で書かれており、耳で聞けば深い意味があるかのように聞こえるが、実は何の意味もないのだという。全体の謎を解く鍵《かぎ》は、二つ目の単語と三つ目の単語を交互に飛ばして読んでいくと見つかる。そうすると、近代の一騎打ちを揶揄《やゆ》した滑稽な諷刺《ふうし》が現れてくるのである。

男爵は後で、事件の二、三週間前にヘルマンの目につくところにその本をわざと置いておいたのだと教えてくれた。そして、ヘルマンがそれを夢中で読んで、優れた書だと固く信じていることを、彼との会話の流れから確かめておいたのだという。そのうえで、男爵は事に及んだのだ。ヘルマンなら、決闘について書かれた書物で理解できないものがあるなどと、死んでも認めたりしないのだから。

リトルトン・バリー〔巻末の「ポーを読み解く人名辞典」参照〕

# 一週間に日曜が三度

「このわからず屋、頭の悪い頑固者！　へそ曲がり、根性曲がりの、意地っ張り！　意地悪の、いじけた老いぼれめ！」と、ある日、僕は大伯父《おおおじ》のラムガッジャンに向かって拳《こぶし》を振り上げているつもりになって、心の中で呟《つぶや》いた。

そう想像しただけだ。実は、そのとき僕が本当に口にしたことと、勇気がなくて言えなかったこと――つまり、僕の実際の行動と、もう少しでやってやろうかと思ったこととのあいだには、些《いささ》かの相違があった。

僕が客間のドアを開けたとき、この老いぼれ海豚《いるか》は、両足を暖炉の飾り棚《マントルピース》の上に乗せてふんぞり返り、ポートワインをなみなみ注いだグラスを手にして、小唄《こうた》を完成させようと奮闘していた。

空《から》のグラスになみなみ注《つ》いで
溢《あふ》れるグラスをぐいと乾《ほ》せ

「ねえ、伯父さん」僕はドアをそっと閉めて、とびきりの笑顔を浮かべて近づきながら言った。「伯父さんは、いつもとても優しくて、思いやりがあって、いろんな――そりゃあもういろんなことでご親切にしてくださっているので――ご承認くださっていることをもう一度ちょっと確かめておきたいんですが」

「ふむ！」と大伯父。「言ってごらん！」

「大好きな伯父さん（くたばりやがれ、この老いぼれ悪党！）、まさかほんとに、僕とケイトの結婚に反対なさってるわけじゃないですよね。ただのご冗談だってことはわかっています――ハハハ！――伯父さんって、ほんと、ときどきおもしろいことをおっしゃるんだから」

「ハハハ！」と大伯父。「馬鹿だなあ！　冗談だよ」

「やっぱり――そりゃ、そうですよね！　ふざけてらっしゃるってわかってたんです。それで伯父さん、ケイトと僕が今望んでいるのは、伯父さんのご意見を――日取りはいつがいいでしょうか――つまり、伯父さん――要するに、伯父さんの一番ご都合のいい日取りを教えていただきたいんです――そのぅ、結婚式を――やっちゃう？」

「やっちゃうだと、馬鹿者め！――そりゃ、どういうことだ？――まだ結婚前なのに一発やっちゃだめだろ」

「ハハハ！――へへへ！――ヒヒヒ！――ホホホ！――フフフ！――ああ、そいつは笑える――ああ、傑作だ――ほんと、おもしろいこと、おっしゃいますね！　でも、今お願いしたいのは、日取りを明確にさせていただきたいということなんです」

「ああ！——明確にね？」

「はい、伯父さん——つまり、伯父さんのご都合のいいところで」

「どうだろう、ボビー、たとえば、これから一、二年のうちのどこかってことにしておくわけにはいかんかな？　明確にしないとだめか？」

「お願いします、伯父さん——明確に」

「じゃあ、ボビー——君はいいやつだからな、え？　そんなに明確にさせたいなら、——よし、すぐ決めてやろうじゃないか」

「ありがとうございます、伯父さん！」

「黙っていたまえ！」（僕の声をさえぎって）——「すぐに決めてやる。君に結婚の承諾と——持参金、そう、十万ポンドの持参金もつけてやるのを忘れちゃならんな——そいつをやるのは——えっと！　いつにしようか。今日は日曜——だな？　じゃあ、君たちが結婚するのは、明確に——よく聞け、一週間に日曜が三度来るとき〔アイルランドの諺《ことわざ》的表現で「決してない」の意味〕にしよう！　わかったか！　何をあんぐり口を開けてるんだ？　いいか、君がケイトとそのお宝をもらえるのは、一週間に日曜が三度来るときだ——だが、それまではダメだ——このろくでなしめ——それまでは、やらん。死んでもやらん。知っているだろ——わしは約束を守る男だ——さあ、出て行け！」ここで、大伯父はポートワインを一気に干し、僕は絶望して部屋から飛び出したのだった。

わが大伯父ラムガッジャンは、古い唄《うた》に歌われるような「すてきな英国老紳士」であったが、唄の老紳士とはちがって、弱点があった。小柄で息切れする、ずんぐりむっくりした半円形の、情熱的で横柄な癇癪《かんしゃくも》持ち——赤鼻で頭の固い金満家で、ふんぞり返っていた。根はとてもいい人なのだが、ついつい反駁したくなる癖があるため、知らない人からは、「意地悪じじい」と思われていた。多くの優れた人と同様に、人をじらしたくなる精神があるらしく、それが、ちょっと見には、悪意と取られてしまうのである。何を求められても、強烈に「ダメだ！」と即答したが、結局は——いろいろと、じらしはするものの——最後には大概の要求に応《こた》えてやっていた。自分の財布《さいふ》の紐《ひも》を緩めようとする攻撃に対しては断乎《だんこ》として防衛したが、最終的に出す金額は、その攻防戦の長さと執拗《しつよう》さとに比例して、たいてい巨額だった。慈善活動に彼ほど莫大《ばくだい》な金を出す者はいなかったが、彼ほど、出しっぷりの悪い者はいなかったのである。

彼は芸術、とりわけ文学を深く軽蔑《けいべつ》していた。カジミール・ペリエ〔一八三〇年代のフランスの七月王政を支えた政治家。第六代フランス大統領の祖父〕の影響を受けており、ペリエの *"À quoi un poète est-il bon?"*〔詩人など何の役に立つのか〕という気取った文句を、ひどくおどけた発音で、最高に冴《さ》えた名文句として金科玉条のようにしょっちゅう口にするのだ。このため大伯父は、僕が文学を志望しているのを苦々しく思っていた。ある日、僕がホラティウスの新しい本を買いたいと大伯父に求めると、大伯父は *"Poeta nascitur non fit"*〔「詩人は作られるのではなく、生まれるのである」——ローマの詩人フロルスの言葉〕は「へぼ詩人は何の役にも立たぬ」と訳すのだと断言するので、これにはさすがにムッとした。大伯父の「人文学」嫌いは最近ますますひどくなってきた。それというのも、大伯父が自然科学系と思い込んでいるものに興味を持つようになってきたせいだ。大伯父は、町でダブル・L・ディー博士その人とまちがえられて声をかけられたことがあり、この博士というのがエセ物理学の講演で知られた人物だったため、それで大伯父の考えが脇道へずれることになったのだ。この話——いずれその話の要点に戻っていくが——があった頃、大伯父ラムガッジャンは、自分が得意になってまくしたてる説と一致するものしか聞く耳をもたず、それ以外は一笑に付した。頑固だが、わかりやすいやり口だった。〔ロチェスター主教ホースリーと同様に「民はただ黙って法に従っていればよい」〔一七九五年十一月十一日のロチェスター主教サミュエル・ホースリーの発言で、「黙って言うことを聞け」の意〕と考えていたのである。

僕は、これまでずっとこの大伯父と過ごしてきた。両親は死に際して、僕を大伯父に「豊かな遺産として遺《のこ》した」のだ〔シェイクスピアの『ジュリアス・シーザー』第三幕第二場の表現〕。この老いぼれ悪党は、僕をわが子のように大切にしてくれた——彼がケイトを愛したのに及ばずといえどもそれに近いほどだった——が、結局、僕が送ったのは犬のような暮らしだった。生まれてから五歳になるまで、大伯父は定期的に僕を鞭打《むちう》った。五歳から十五歳までは、ことあるごとに矯正施設に入れるぞと脅しつづけた。十五歳から二十歳までは、「勘当してやる」と怒鳴らない日は一日もなかった。僕は確かに放蕩《ほうとう》者(sad dog)だった——が、それは僕の性格であり——それが僕だったのである。ところが、ケイトは僕の無二の友になってくれた。とてもいい子で、僕が大伯父《おおおじ》ラムガッジャンから必要な承諾を得られれば、いつでも（持参金とともに）僕のものになってくれると、それは優しく語ってくれた。可哀想に、まだ十五になったばかりで、大伯父の承諾がないと、彼女の財産は長い長い夏があと五回「ゆっくりとしたのろい歩みを重ね」〔ポープの『批評論』第二章にある表現〕ないと手に入らないのだった。では、どうしたらいい？　十五歳にとっても二十一歳にとっても（僕はもう二十歳を超えていた）、これから待たねばならぬ五年というのは五百年にも思える。大伯父にずっと頼み込んできたものの、だめだった。ムッシュ・ウデとムッシュ・カレーム〔二人とも当時の有名シェフで多くのレシピ本を書いた〕なら言うであろうように、これこそ大伯父のつむじ曲がりにぴったりの「メイン・ディッシュ《ピエス・ド・レジスタンス》〔一つの抵抗〕との掛詞《かけことば》」だったわけである。大伯父が僕ら哀れな小鼠二匹に対して、老いぼれ猫のようにひどい仕打ちをするところを見たら、「ヨブ記」のヨブ〔忍耐強さで知られる〕でさえ、腹を立てたにちがいないのだ。

大伯父は心の底では、僕らの結婚を熱望していた。ずっとそのつもりでいたのだ。実際、僕らのとても自然な希望に同意するための口実が思いつきさえしたら、自分のポケットマネーから一万ポンドのお小遣いだってくれただろう（ケイトの持参金は彼女のものだから）。ところが、この話題をこちらから切り出したのが大失敗だったのだ。そんなことをされたら反対するのが、大伯父だったのだから。

大伯父に弱点があった話はした。が、それを語る際、その頑固さも数え上げたと思ってもらっては困る。頑固さは大伯父の長所なのだ――"*assurément ce n'était pas sa foible*"〔「もちろんそれは彼の弱点ではなかった」――モリエール風警句〕。彼の弱点とは、おばあさんが信じそうな妙な迷信に取り憑《つ》かれている点だ。夢だの、前兆だの、それに類するくだらぬことに大伯父はこだわった。しかも、名誉に、細かなところに至るまで異様に気を遣い、「大伯父なりのやり方で」ではあるが、まちがいなく約束を守る男だった。それは、実際、彼の趣味でもあった。どういうつもりで誓ったかはどうでもよく、誓いの言葉だけは絶対にそのとおりに守るというのである。さて、この「誓いの言葉は絶対にそのとおりに守る」という大伯父のこだわりのおかげで、あの客間での会話から何日も経たぬ、ある晴れた日に、ケイトの天才的な思いつきが極めて思いがけぬ功を奏することになる。ここまで、現代の詩人や雄弁家風にずいぶんたっぷりと前置きを書いてしまって紙幅もそろそろ尽きてきたので、ごく短くこの物語の要点をまとめあげることにしよう。

そのときたまたま――運命のお導きで――わが婚約者の海軍関係の知り合いに、どちらも一年ぶりにイギリスに帰国したばかりの二人の紳士がいた。この二人を連れて、わが従妹《いとこ》と僕は予定どおり、或《あ》る十月十日〔一八四一年はこの日が日曜〕の日曜の午後に大伯父ラムガッジャンを訪問した――あの残酷にも僕らの希望を打ち砕いた忘れがたき約束がなされてちょうど三週間後のことだった。三十分ほどありきたりの会話をしてから、ついに、僕らは実に何気なく、次のような会話の流れを作っていった。

**プラット大佐**「いやぁ、ちょうど一年ぶりで帰ってまいりました。今日でぴったり一年――確かそのはずです！　そうそう！――今日は十月十日ですからね。覚えておられますね、ラムガッジャンさん、ちょうど一年前の今日、あなたにお別れを言ったんです。ところで、我らが友、スミザートン大佐も、ちょうど一年ぶりに帰国なさったというのは、まったく奇遇じゃありませんか――今日で一年でしょう？」

**スミザートン**「ええ！　まさにちょうど一年です。覚えておられますね、ラムガッジャンさん、ちょうど一年前の今日、プラット大佐とともに、あなたにお別れのご挨拶《あいさつ》を申し上げたのを」

**大伯父**「ええ、ええええ――よく覚えておりますとも――まったく奇遇ですな！　お二人ともちょうど一年だ。不思議な巡り合わせですな、まったく！　ダブル・L・ディー博士だったら、奇々怪々の同時発生とでも呼ぶでしょうな。ディー博――」

**ケイト**（口を挟んで）「確かに、パパ、とっても不思議ね。でも、プラット大佐とスミザートン大佐は同じ道筋を辿《たど》らなかったので、話は変わってくるわ」

**大伯父**「そんなことは知らんよ、おまえ。関係ない。それだけさらにすばらしいってだけのことだ。ダブル・L・ディー博士なら――」

**ケイト**「あら、パパ、プラット大佐はホーン岬をまわって、スミザートン大佐は喜望《きぼう》峰《ほう》をまわっていらしたのよ」

**大伯父**「そうかね！――一人は東、もう一人は西をまわったわけだな、このおしゃべり娘。でもって、二人ともぐるりと世界を一巡り。ところで、ダブル・L・ディー博士な――」

**僕**（早口で）「プラット大佐、明日はどうぞ、うちに夕食を召し上がりにいらしてください――あなたとスミザートン大佐とで――旅のお話をいろいろお聞かせください。トランプのホイストもやりましょう――」

**プラット**「ホイストですって、君――お忘れですな。明日は日曜日。聖なる休息日にトランプ遊びはよろしくありません。また別の日にでも――」

**ケイト**「いえいえ――ロバート〔ボビーと呼ばれる「僕」の本名〕はそんな悪い人じゃありませんわ。今日が日曜ですもの」

**大伯父**「そのとおり――そのとおりだ！」

**プラット**「失礼ながら――私はまちがっていないと思いますよ。明日が日曜です。なぜなら――」

**スミザートン**（かなり驚いて）「みなさん、何をおっしゃってるんです？　昨日が日曜じゃありませんか？　そうでしょう？」

**他の全員**「昨日ですって！　何をふざけたことを！」

**大伯父**「今日が日曜だと言っているんだ――わしを馬鹿にするのか？」

**プラット**「とんでもない！――明日が日曜です」

**スミザートン**「みなさん、どうかしてます――そろいもそろって。私は、自分がこの椅子に座っているのと同じくらい確かに、昨日が日曜だと断言できます」

**ケイト**（熱心に飛び上がって）「なるほど――すっかりわかったわ。パパ、これはパパに下された審判よ。あの、例の件について。すぐにすっかり説明をつけてあげるから、私に任せて頂戴《ちょうだい》。とっても簡単なことよ。スミザートン大佐は、昨日が日曜だとおっしゃる。それはそのとおり、正しいわ。従兄《いとこ》のボビーと伯父様と私は、今日が日曜だと言う。それはそのとおり、正しいわ。プラット大佐は、明日が日曜だとおっしゃる。それはそのとおり。それも正しいわ。実はみんな、正しいの。つまり、一週間に三度日曜が来たってことになるわけよ」

**スミザートン**（少し間を置いてから）「ねえ、プラット君、ケイトには、してやられましたな。君も私も、とんだ愚か者だ！　ラムガッジャンさん、こういうことです。地球は、ご存じのとおり、円周が二万四千マイルあります。さて、この地球という球体は中心を貫く軸のまわりを回転しています――ぐるぐると――この二万四千マイルを、西から東へ、きっかり二十四時間かけて。おわかりですか、ラムガッジャンさん？」

**大伯父**「なるほど――なるほど――ディー博士な――」

**スミザートン**（相手の声を搔《か》き消して）「つまり、時速一千マイルというわけです。さて、私が今いる位置から東へ一千マイル旅したとしましょう。もちろん、私が日の出を拝むのは、ここロンドンよりもちょうど一時間だけ早くなります。みなさんの一時間前に日の出が見えるわけです。さらに同じ方向に、もう一千マイル進めば、二時間前に日の出を拝み、もう一千マイル進めば三時間前という具合につづいていき、ついにはこの地球をぐるりと一周し、この地点に戻ってきます。すると、二万四千マイル東に進んだため、ロンドンの日の出を拝むのは、ちょうど二十四時間前、つまり一日、みなさんより先にいることになります。おわかりですか？」

**大伯父**「しかし、ダブル・L・ディー――」

**スミザートン**（とても大きな声で）「プラット大佐は、反対に、この地点から西へ向かって一千マイル旅して一時間遅れとなり、二万四千マイル西へ旅したので、二十四時間つまり一日遅れとなった。こうして私にとっては昨日が日曜で――あなたがたにとって今日が日曜で――プラット君にとっては明日が日曜となる。しかも、ラムガッジャンさん、誰もが正しいことは、極めてはっきりしています。なぜなら、我々のうちだれか一人の考えが、他の人の考えよりも優れているという理屈は哲学的にもつけられないからです」

**大伯父**「驚いた！――よし、ケイト！――よし、ボビー！――これが、おまえたちの言う、わしに下された審判というやつだな。わしは、約束は守る男だ――覚えておけ！　娘をやろう、ボビー、持参金も何もかもつけてな。いつでも好きなときに結婚しろ。やられたよ！　まったく。三日つづけて日曜が来るなんて！　ちょっくら出かけて、ダブル・L・ディー博士に、この件についてのご意見を伺ってくることにするよ」

エリザベス

エリザベス――君の本にまず君の名が記されるのは、当然だ。理屈にも慣習にも適《かな》っている。ゼノン＊ら賢者らが口にするいつものざれごとなど気にするな。私が天邪鬼《あまのじゃく》なせいばかりではないんだ。べつに立派な理由もある。苟《いやしく》も詩人たるもの、すべからく真実ないし虚構の四阿《あずまや》に、昼夜を舍《お》かず、れっきとしたミューズを求むべし。なのに、多くをべんきょうせずに、愚かにも何も読まず書かず、ついぞ知らぬのだ、学校で教わるあの何とかいう規則を。書くべし、まず心に浮かんだことを、という鉄則を。

＊原注 「自分の名を自分の本に記すべきではない」と、この哲学者は言った。
訳注 或《あ》る詩人の名を織り込んだ折句。答えは、作品解題を参照のこと。

# メッツェンガーシュタイン

生きているかぎり、私はあなたの呪いとなり、死ねば、あなたの死となりましょう。

マルティン・ルター

恐怖と死は、いつの時代にも跋扈《ばっこ》してきた。となれば、これからお話しする物語がいつ起こったか述べる必要もあるまい。ハンガリー国内で輪廻《りんね》転生の説に対して隠れた強い信仰があった時代の話だとだけ言えば足りよう。輪廻転生自体について——つまり、そんなことはありえないとか、ありえるとかについて——は何も言うまい。しかし、人の不信というものは（ラ・ブリュイエール〔十七世紀のフランスのモラリスト〕が、人の不幸〔悪〕について述べているように）*vient de ne pouvoir être seul*〔独りでいられぬから生じる〕のである（原注　メルシエは『二四四〇年』で輪廻転生説を真剣に支持し、I・ディズレーリは「これほど単純で理解しやすい体系はない」と言う。義勇軍グリーン・マウンテン・ボーイズを創設したイーサン・アレン大佐も真剣な輪廻転生論者だったという）。

ただし、ハンガリーの迷信には、不条理と境を接するところもかなりある。彼らハンガリー人の輪廻説は、その東方の権威とは本質的にちがう。たとえば、ハンガリー人はこう述べた。「魂は」——感覚鋭い知的なパリっ子の言葉で記せば——*“ne demeure qu'un seul fois dans un corps sensible: au reste—un cheval, un chien, un homme même, n'est que la ressemblance peu tangible de ces animaux”*〔一度は肉体に棲《す》むが、そのあとは—

—馬、犬、あるいは人間かもしれないが——そうした動物の儚《はかな》い似姿となるにすぎない」。

バーリフィッツィング家とメッツェンガーシュタイン家は何世紀にも亘《わた》って不仲だった。かくも華々《はなばな》しき二つの名門が、かくも強烈な敵意を抱き合うことはかつてなかった。この憎悪の原因は、どうやら古代の予言の言葉にあるらしい——「死すべき人間であるメッツェンガーシュタインが、騎手が馬を御するがごとく、不滅のバーリフィッツィングに勝ち誇るとき、高邁《こうまい》な名は恐ろしき転落をすべし」

もちろん、そんな言葉自体にほとんど意味などありはしない。だが、もっと些細《ささい》なもろもろの原因から、のっぴきならぬところまできてしまった——それも遠い昔の話ではない。領地が隣接していることもあって、繁忙な政治問題に敵対する力を長く及ぼし合ってきたのだ。しかも、隣人同士、近すぎると、めったに仲よくなれないものだ。バーリフィッツィング城の住人は、その高い城壁に立ちさえすれば、メッツェンガーシュタイン宮殿の窓から中が丸見えだった。しかも、こうして封建時代の荘厳さを凌駕《りょうが》するメッツェンガーシュタインの壮麗さを見せつけられて、さほど歴史もなく、さほど裕福でもないバーリフィッツィング家としては、その苛立《いらだ》つ感情を逆撫《さかな》でされるばかり。となれば、これまでずっと妬《ねた》み合ってきて事あるごとに対立しがちだった両家に、どれほど馬鹿げていようと、あの予言の言葉が喧嘩《けんか》の火種を植え付け得たのは不思議ではあるまい。その予言が意味しているのは——もし何か意味しているのであれば——すでに優勢なほうの家が最終的に勝利することであるらしく、ゆえに当然ながら、弱小側が強烈な恨みをもってそれを記憶にとどめたのである。

バーリフィッツィング伯爵ウィルヘルムは、名門の出ではあるものの、この物語の時代に於《お》いては、体が弱って耄碌《もうろく》した老人であり、敵の一家に根深い個人的敵愾心《てきがいしん》を強く抱いていたことと、馬と狩猟が何よりも好きという以外、特筆すべき点はなかった。老衰とかなりの高齢で気力も萎《な》えていたにも拘《かか》わらず、毎日危険を顧みずに馬で狩りをしていたのである。

一方、メッツェンガーシュタイン男爵フレデリックは、まだ成人に達していなかった。父のG＊＊大臣は若くして亡くなっていた。母のメアリーも、すぐそのあとを追った。フレデリックは当時十八歳だった。都会では十八年など瞬《また》く間に過ぎてしまうが、荒野では――それも、この古い男爵領のような荘厳たる荒野では、時の振り子は、より深い意味をもって振れたのである。

父の行政に関わる或《あ》る特殊な事情のために、この若き男爵は、父亡きあと直ちにこの広大な領地を受け継いだ。これほどの領土は、ハンガリー貴族の誰も持ったためしがなかった。各地に点在する城は数えきれず、なかでも広大で華麗の極致にあったのが「メッツェンガーシュタイン宮殿」だった。その領土の境界線は明確に引かれることはなかったが、主たる領園だけでも優に周囲五十マイルはあった。

この若者の人柄はあまりにもよく知られていたので、こんなにも類を見ない大遺産をこんなにも若くして相続してどうするのだろうと噂になりもしなかった。実際のところ、三日のうちに、この相続人の振る舞いは「暴君ヘロデもかくやとばかりの荒事ぶり」〔ハムレットの台詞《せりふ》〕を見せ、多くの熱狂的な崇拝者の期待を遙《はる》かに凌駕してみせたのだ。恥ずべき放蕩《ほうとう》――目に余る裏切り行為――前代未聞の残虐非道――の数々を目の当《ま》たりにして、震える臣民たちは即座に理解した――自分たちがどんなに唯々諾々《いいだくだく》と服従しようと、どんなに細心の注意を払って誠心誠意努めようと、これからは、気まぐれなカリギュラさながらの領主の無慈悲な牙《きば》から身を守ることはできぬのだということを。四日目の夜、バーリフィッツィング城の厩《うまや》が火事になっているのが発見された。男爵の不行跡と大罪のすでにおぞましい一覧表《リスト》に、放火の罪が加わったと近隣の誰もが考えていた。

しかし、この火事騒ぎのあいだ、若き貴人自身は、メッツェンガーシュタイン宮殿の広く人気《ひとけ》のない上層階の部屋で瞑想《めいそう》に耽《ふけ》っていたらしかった。色褪《いろあ》せてはいるものの豪華な壁飾り《タペストリー》が陰鬱《いんうつ》に壁に揺れ、一千人もの錚々《そうそう》たる先祖の威厳ある影のような姿が描かれていた。こちらには、豪勢な貂《てん》の毛皮を着た司祭や尊大な高僧らが独裁者や君主らと親しく同席し、当時の王の意向に拒否権を発動したり、教皇の至上権でもって宿敵の叛《はん》逆《ぎゃく》の笏《しゃく》を抑えたりしている。あちらでは、歴代のメッツェンガーシュタイン男爵たちの暗く丈高い姿が並び――その屈強な軍馬は、斃《たお》れた敵の兵士らの死体を踏みにじり――その烈《はげ》しい形相《ぎょうそう》には、いかに剛胆な者であろうとたじろぐほどだった。そしてまた、ここでは、過ぎ去りし時代のなまめかしい白鳥のような婦人たちの姿が、幻想の旋律に乗ってこの世ならぬ踊りの迷路へ流れ去っていくのであった。

しかし、バーリフィッツィング家の厩《うまや》で次第に高まっていく騒ぎに男爵が耳を傾け、あるいは傾けているふりをしていただけか——あるいは、ひょっとしてもっと斬新で豪放で厚顔無恥な振る舞いに思いを巡らせていたのかもしれないが——その目はいつしか、壁掛けの中の、不自然な彩色の施された巨大な馬の姿へと向けられていた。敵の一族の先祖にあたるサラセン人の馬だ。構図の前景にあって、馬は像のように動かず——その一方で遠景では、落馬した騎士がメッツェンガーシュタイン家の者に短剣で刺されて斃れていた。

自分の視線が思わず知らずどちらへ向かったのか気づくと、フレデリックの唇は悪魔のように禍々《まがまが》しく歪《ゆが》んだ。だが、視線をそらそうとはせず、それどころか、おのれの感覚の上に棺衣のように襲いかかってきた圧倒的な不安が一体何なのか説明できぬままでいた。夢を見ているわけではないと自分に言い聞かせることで、その夢のような、とりとめもない感情を何とか押さえ込んだ。長く見つめれば見つめるほど、麻痺《まひ》してくるように思われた。壁掛けの魔力からますます目をそむけられなくなる気がするのだ。しかし、外の騒ぎが急に激しさを増したとき、無理やり自分の注意を、部屋の窓から差し込んでいる、炎上する厩の赫々《かくかく》たる光へと向けた。

ところが、その動作も一瞬に過ぎなかった。視線はひとりでに壁へ戻った。そのとき耐えがたい恐怖と驚きのうちに、彼は見た——巨大な馬の首が、いつのまにか向きを変えていたのを。さっきまで、斃れた騎士の体の上に哀れむかのように曲げられていた動物の首は、今や、すっと男爵のほうへまっすぐ伸びていた。さっきまで見えていなかった馬の両目は、今や力に満ちた人間のような表情を浮かべ、火のように異様に赤く輝いていた。明らかに憤怒《ふんぬ》した馬の口は膨《ふく》らみ、陰気でぞっとする歯をむき出しにしていた。

恐怖で麻痺した若き貴人は、戸口へと、よろめいた。さっとドアを開けると、赤い閃《せん》光《こう》が部屋の奥まで差し込み、揺れる壁掛けに彼の影をくっきりと投げかけた。彼は思わず身震いした。そのとき見たのだ、影が——敷居の上でよろめく自分の影が——バーリフィッツィングの先祖のサラセン人を容赦なく殺して勝ち誇る男の姿勢そっくりとなり、男の輪郭とぴたりと重なったのを。

落ち込んだ気分を明るくしようとして、男爵は外へと急いだ。宮殿の正門で、三人の侍従らと出会った。三人は、炎の色をした巨大な馬が暴れて飛び跳ねるのを何とか取り押さえようとしてひどい難儀をしており、いつ蹴《け》り殺されるかわからぬ状況だった。

「誰の馬だ？　どこから手に入れた？」喧嘩《けんか》腰《ごし》のかすれた声で尋ねた若き男爵は、その瞬間、目の前にいる馬が部屋の壁飾りのあの謎めいた馬に生き写しだと気づいた。

「旦那《だんな》様の馬でございます」と、侍従の一人が答えた。「少なくとも、ほかに持ち主と名乗る者はおりません。バーリフィッツィング城の燃える厩《うまや》から、激昂《げきこう》して泡を食って飛び出してきたのを捕らえたのです。あの高齢の伯爵の外国産の種馬と思いまして、向こうの家へ帰したところ、そこの馬番が奇妙なことに、そんな馬は知らぬと申すのです。炎からかろうじて逃げ出してきた痕跡《こんせき》ははっきりとあるのですが」

「しかもW・V・Bの文字が額にはっきりと焼き印されています」二人目の侍従が口を挟《はさ》んだ。「もちろん、ウィルヘルム・フォン・バーリフィッツィングの頭文字と心得ます――しかし、あちらのお屋敷では、こんな馬など知らぬの一点張りなのです」

「ひどく奇妙だな！」若き男爵はおもしろそうにそう言ったが、自分の言葉の意味に気づいていないようだった。「確かに、立派な馬だ――不思議な馬だ！　ただ、おまえたちの言うとおり、妖《あや》しく、御《ぎょ》しがたいところはあるが。まあ、俺の馬ということにしておこう」男爵は、しばらくしてから付け加えた。「メッツェンガーシュタインのフレデリックのような乗り手であれば、バーリフィッツィングの厩から出てきた悪魔でさえも乗りこなせるかもしれんからな」

「そうではございません、旦那様。先ほど申し上げたかと思いますが、この馬は伯爵家の厩から参ったのではございません。もしそうでしたら、ご当家のお方の前にお連れするような無礼な真似はいたしません」

「なるほど！」男爵は、そっけなく言った。そのとき、寝室付きの小姓が顔を紅潮させて宮殿から走ってきた。小姓は、自分の受け持ちの部屋の壁掛けに描かれた絵の一部が突然消えましたと、主人に耳打ちした。同時に、詳細な情況についてくどくど説明し始めたが、その声の低さゆえ、侍従たちの掻《か》き立てられた好奇心を満たす内容は一切漏れ伝わらなかった。

若きフレデリックは、その話を聞いているあいだ、さまざまな感情に心を掻き乱されているようだったが、まもなく落ち着きを取り戻し、断乎《だんこ》たる敵意の表情を顔に浮かべて、「問題の部屋を直ちに施錠し、その鍵《かぎ》は自分に預けるように」と横柄に命じた。

「狩猟好きの老人バーリフィッツィングが不幸にして亡くなった話はお聞き及びでしょうか」侍従の一人が男爵にそう尋ねたのは、小姓が立ち去ったあと、男爵が自分のものとしたあの巨大な馬が、倍する怒りをもって飛び跳ねて、宮殿からメッツェンガーシュタインの厩へ延びる長い道を駈《か》けていくときだった。

「いや！」男爵は、急にその侍従に向き直って言った。「死んだだと！　そう言ったか？」

「そのとおりでございます、旦那様。ご当家にとりましては、満更でもないお知らせかと存じます」

それを耳にした男爵の顔にパッと笑みがひろがった。「どうして死んだのだ？」

「お気に入りの狩猟用の馬を必死で救おうとして、自ら炎の中へ入り、悲惨な最期を遂げたのです」

「なぁーるほどぉーそぉーかぁ！」男爵は、或るおもしろい考えの真相に気づいて受けた感銘をゆっくりと噛《か》み締めるかのように叫んだ。

「さようでございます」と侍従が繰り返した。

「びっくりだな！」若い男爵は落ち着いてそう言うと、静かに宮殿へ向きを変えた。

この日から、放蕩な若きフレデリック・フォン・メッツェンガーシュタイン男爵の外見的な物腰にはっきりと変化が現れた。確かに、その振る舞いは皆の意表を衝《つ》き、手管に長《た》けた多くの母親の思惑をも凌駕《りょうが》した。一方、その習癖も態度も、以前にもまして近隣の貴族とは反《そ》りが合わなかった。男爵は、領地の外へ出かけることは一切なくなり、その広大な世界で完璧《かんぺき》に独りきりとなったが、あの超自然的で、炎の色をした衝動的な馬だけは例外で、奇妙にも男爵の友としての権利を勝ち得たらしく、それからというもの、男爵はずっとその馬に乗りつづけたのだった。

だが、近隣からは夥《おびただ》しい招待状が、長いあいだ定期的に舞い込んでいた。「男爵閣下を、我らが祭の賓客としてご招待させてください」「男爵閣下は、猪《いのしし》狩りに参加なさいますか」――それに対し、「メッツェンガーシュタインは狩りはせぬ」「メッツェンガーシュタインは参加せず」というのが、高慢でぶっきらぼうな返答だった。

このように繰り返される侮辱に、傲慢《ごうまん》な貴族がいつまでも耐えられるものではない。そうした招待状は次第に形式的となり――数も減り――そのうちすっかりやんでしまった。不幸なバーリフィッツィング伯爵の寡婦は、「男爵は同輩との付き合いを軽蔑《けいべつ》なさるからにはずっと家に閉じ籠《こ》もって出てこなければいい。馬と一緒にいるほうを好むからには、馬に乗りたくないときも乗る羽目になるがいい」と憎まれ口を叩《たた》いたと噂になった。これは確かに、昔からの不機嫌をかなり愚かに爆発させたにすぎず、思わずカッとなると人は何と意味のないことを言うものかを示したにすぎない。

しかしながら、寛大な人たちは、若き男爵の行動の変化は、早くにして両親を失った息子の当然の悲しみゆえだと考えた。両親との死別直後に彼が極悪で無謀な振る舞いに及んだ不埒《ふらち》を忘れていたのだ。なるほど、社会的に重大かつ威厳ある立場にあることを傲慢に考えすぎているのだろうと言う人もいたし、また別の意見では（かかりつけの医者もその一人であったが）精神を病んだ憂鬱《ゆううつ》症や遺伝性の病気のせいとされた。さらに言葉にできない類《たぐい》のおぞましい理由が、大衆のあいだでもっぱらの噂になっていた。

確かに男爵が最近手に入れた馬に対する異常な執着は——この動物の獰猛《どうもう》にして悪魔のような性癖の例が一つ新たに出るたびに、ますますその執着は強さを増していくように思えたが——ついには、まともな人間の目には、おぞましく不自然な熱情にしか見えなくなっていた。真昼間にも——静まり返った夜にも——病めるときも健やかなときも——静寂なるときも嵐のときも——若きメッツェンガーシュタインはあの巨大な馬の鞍《くら》から離れられず、抑えがたい馬の豪胆さは男爵自身の精神とぴたりと合致したのである。

それだけではない。最近の出来事もさることながら、いくつかの事情から、乗り手の熱狂にも馬の能力にも、気味の悪い不吉なところがあるとわかってきた。一回の跳躍で飛び越す距離が正確に計測され、どんなに想像力豊かな人でも思いもよらない驚くべき距離を飛んでいる事実が判明したのである。それに、男爵は、そのほかの自分の馬は特徴的な呼称によって区別していたにも拘《かか》わらず、この馬に名前をつけていなかった。この馬の厩も、ほかとは離れた場所に設けられていた。ブラシをかけたり、その他必要な面倒を見てやったりするのも、男爵その人以外がやろうとしたことはなく、馬がいる仕切りの中に入ろうとする者さえいなかった。さらに、バーリフィッツィングの火事から逃げ出したこの馬を捕まえた例の三人の侍従たちさえ、馬勒《ばろく》の鎖や輪縄によって馬を捕まえはしたものの——三人のうち誰一人として、その危険な捕獲の際、あるいはそのあとも、馬の体に手を置いたことがあると確信をもって言えなかったのである。気高く高邁《こうまい》な精神の馬の物腰に特別な知性が感じられるからと言って、とりわけ異様に思う必要はまったくない。とは言いながら、ひどく疑い深く冷淡な連中でも息を呑まざるを得ない場面もあったのだ。まわりでぽかんと口をあけて見守る群衆が、馬の額のあの恐ろしき刻印の深い意味に気づいて恐怖のあまり後ずさりしたときもあったというし、この馬の真剣な人間さながらの目に浮かんだ、鋭く探るような表情に、若きメッツェンガーシュタインが真《ま》っ蒼《さお》になって縮み上がったときもあったという。

けれども、従者たちのなかで、この若き貴人がこの悍馬《かんば》の炎の性質を異様なまでに愛しているその熱情を疑う者は一人もいなかった。少なくとも、或《あ》る取るに足らない、体の不恰好《ぶかっこう》な少年を除いては。この子の不恰好な体は人々の邪魔になっており、この子が何を言おうと歯牙《しが》にもかけられなかった。彼は（その意見をここに記す意義があればだが）厚かましくも、ご主人様が鞍に跨《また》るときは必ずどういうわけか、ほとんどわからないくらいの身震いをなさるなどと言うのである。そして、いつもの長い乗馬から戻ってくると、勝ち誇った敵意の表情が顔の全筋肉を歪《ゆが》めているなどと言うのである。

ある嵐の夜、メッツェンガーシュタインは、重い眠りから覚め、何かに取り憑《つ》かれたように部屋から階下へ下り、大急ぎで森の奥へと駆け去っていった。よくあることなので、特に注意は引かなかったものの、数時間後、途方もなく壮大なメッツェンガーシュタイン宮殿の城壁は、手のつけようのない炎の黒々たる煙に潰《つぶ》されて、ひび割れて礎に至るまで揺れ動いていたため、家の者たちは主人の帰りを今や遅しと待ち構えた。

最初出火に気づいたとき、炎はすでに物凄《ものすご》い勢いでまわっており、建物の一部でも守ろうとする努力は明らかに空しく、驚愕《きょうがく》した隣人たちは、その異様さに我を忘れたとまで言わずとも、ただ黙って立ち竦《すく》むのみだった。しかし、やがて新たな恐ろしい光景が群衆の注意を釘付《くぎづ》けにした。無生物のどんなに驚くべき光景よりも、人間の苦悩を目《ま》の当たりにしたときこそ、人々の感情がどれほど強烈に掻き乱されるかを証明するものだった。

森からメッツェンガーシュタイン宮殿の表玄関へと通じる、古いオークの木がずらりと立ち並ぶ街道の向こうから、一頭の駿馬《しゅんめ》が、帽子もかぶらず取り乱した人を乗せて、嵐の悪魔もかくやと思える猛烈な勢いで疾走してきたのだ。

騎手自身がどうにも馬を制御できないでいるのは明白だった。その表情の苦悩、痙攣《けいれん》するような体の動きからしても、超人的な努力をしていることがわかった。しかし、一度悲鳴をあげた以外は、傷だらけの唇から何の音も発せられなかった。唇は、あまりの恐怖ゆえに何度も何度も噛まれていた。一瞬、蹄《ひづめ》の音が、パチパチと燃え上がる炎よりも鋭く耳を劈《つんざ》くように響き渡り——次の瞬間、門と濠《ほり》をひらりと跳び越えた馬は、宮殿のぐらつく階段を駈け上がり、その騎手もろとも、渦巻く炎の中へ消えていった。

嵐の怒りはたちまちにして治まり、しんとした静寂が陰鬱《いんうつ》にひろがった。白い炎が死に装束のように依然として建物を包み込んでおり、静かな大気の中へ流れ行くように、この世のものならぬ閃光《せんこう》を放っていた。煙の雲がどんよりと城壁の上でゆっくりと形を成し、或る姿が浮かびあがった。その姿は、まごうかたなき巨大なる――馬――であった。

# 謎の人物

せめてわずかでも、この深遠極めるソネットを読み解いてほしいところ。
まあ、それは無理、と言う愚者ソロモンは手厳しい。
かならず、浅薄なるものは見透かされるのだ、たちどころ。
いわばあのナポリの婦人帽——向こうが透けてみすぼらしい。
淑女がこんなくずをかぶれるものか、恥ずかしい。
けれど、虚《うつ》ろなペトラルカ風の詩よりはましだ、かなり。
詩人が手すさびに作るそばからトランクの裏地紙となり、
ふっと吹けば飛んでしまう梟《ふくろう》の羽毛のへぼ詩などより重々しい。
いやはやまったくソロモンの言葉は至言なり。
絢爛《けんらん》たるタッカーマン流の詩はひどいもの。
泡沫《ほうまつ》だ——透けて見える、はかないもの。
だが、この詩は違う。だいじょうぶ、信頼してほしい。
しっかりしていて永遠で、すけたりしない——なぜなら、麗《うるわ》しい、
貴女の大事なお名前が詩の中に隠れているから。実に奥ゆかしい。

訳注　本作は、或る詩人の名を織り込んだ折句のソネット（十四行詩）である。詩人タッカーマンについては、巻末の「ポーを読み解く人名辞典」を参照のこと。この詩に隠された謎の答えは、作品解題を参照のこと。

# 本能と理性——黒猫

　動物の本能と人間の誇る理性とを区別する境界線は、疑いもなく、すこぶる曖昧《あいまい》で漠然としたものであり——イギリス領北アメリカとメイン州の国境問題や、オレゴン境界紛争よりも遙《はる》かに難問である。下等動物に理性があるのかないのかという問題は、恐らく解決がつかないだろう——現在の知識レベルに於《お》いては無理であることは明らかである。人間は、その自己愛や傲慢《ごうまん》さゆえに、自分たちの優位が崩れるのが嫌で、動物に思考能力があると認めようとしないくせに、本能をより劣った機能として見下しながら、人間だからこそ有する理性よりも本能のほうが遙かに優れていると認めざるを得ない経験を数えきれないほどしてきている。本能は、理性より劣っているどころか、最も高位の知性だと考えられる。それは真の哲学者にとって、生物に直接働きかける神意と見えるであろう。

　アリジゴクや、多くの種の蜘蛛《くも》や、ビーバーなどの習性は、人間の理性の通常の機能に驚くほどの類似があり——ただし、それ以外の生物の本能にはそのような類似はない——身体的器官を通さずに直接に動物の意思に働きかけるために、神意としか思えないのだ。こうした本能を有した高度な種のなかでも、珊瑚《さんご》虫は、興味深い例である。大陸の形成者でもあるこの小動物は、海に対して明確な目的をもって科学的な適応や配慮によって防御を構築する――ゆえに極めて技術能力の高い技師も、珊瑚虫から大いに学ぶところがある――のみならず、人間にない才能に恵まれており――絶対的な予知能力を有している。何か月も前に、これから棲《す》み処《か》に起こる純然たる事故を予知し、その無数の仲間に助けられて、まるで一つの心をもって動くかのように（実際、神の御心という一つの心で動くわけだが）、将来にしか起こらない影響に対応するべく勤勉に働くのだ。同様に、ミツバチの巣に関する甚《はなは》だ驚くべき考察もある。数学者に、ミツバチが求める最も理想的な巣の形を計算させてみるがよい。強度と広さという二つの要件を満たさなければならず、かなり高度で深遠な数学を用いて計算することになるだろう。最大限のスペース、最大限の強度を持つ巣は何面で構成されるべきか、そしてその物体の正確な屋根の角度は何度かを答えさせようとしたら、ニュートンかラプラスぐらいの数学者でなければならない。ところが、ミツバチは、これまでずっとその問題を解いてきた。本能と理性の主たる差異は何かと言えば、前者は遥かに正確で、より確かで、ずっと先まで見通して行動するのに対して、後者はもっと広い範囲で機能しているという点であろう。だが、講釈を垂れていても仕方がない。やろうとしていたのは、猫についての短い話を語ることとなのだから。

本稿の著者は世界一すばらしい黒猫を飼っている。黒猫と言っただけで多くがわかろう。というのも、黒猫はみな魔女なのだから。私の黒猫には一本も白い毛がなく、乙に澄まして信心深そうにしている。彼女が足繁く通う台所に行くには、ドアを通る必要があり、そのドアはサムラッチ錠〔ハンドルを握ると親指に当たるところにあるラッチを押すことで錠が外れて開く仕掛けの錠〕と呼ばれるもので閉じる。この錠は雑に出来ており、それを下ろすにはじょうずに力を加えなければならない。しかし、猫は毎日このドアを開けるのに慣れており、次のようにやってのけるのだ。まず地面からサムラッチ錠のハンドル（銃の引き金《トリガー》を囲むガードに似ている）まで跳び上がり、そこに左の前足を突っ込んでしがみつく。次に右の前足で錠が開くまで押す。ここで何度もやり直しをしなければならない。だが、ラッチが下りても、まだ仕事は半分も終わっていないと思っているようだ。何しろ前足を離す前にドアが開かなければ、ラッチはまた掛け具に戻ってしまうからだ。そこで、猫は体をひねって二本の後ろ足でラッチが下がった状態にしたまま、同時に思いっきりドアを蹴《け》って飛ぶ。その跳躍の反動でドアが開くのだが、後ろ足は、この勢いでちゃんとドアが開くまで何とラッチをしっかり押さえているのだ。

　この見事な芸当を少なくとも百回は目撃し、この原稿を書こうと思いたった真実にいつも感銘を受けていた——すなわち、本能と理性の境界とは、実に曖昧なものだということである。黒猫は、こうした行動をとりながら、人間が理性のみでいつの間にか習得したと思い込んでいる知覚能力や考察能力のすべてを用いているにちがいないのである。

# ヴァレンタインに捧《ささ》ぐ

ふたご座の二つの星のごとく
きらめく目をしたあなたに捧げるこの詩の中に
ひそんでいます、あなたのお名前が。この詩を読み解く
まなざしを避けて、密《ひそ》やかに。
詩の中をすみからすみまで探してほしい。
あるのはまさに宝物、誰もがほしがる
神々しい霊験あらたかなお守り。共にあれかし、わが魂。
音と音を一字一ジつなげてゆけば浮かび上がる。
些細《ささい》な点もよくチェックして。ゴルディアスの解けない
結び目ではありません。剣が不要なのはあたりまえ。
仕掛けさえわかれば、とけないはずはない。
心躍る目が見つめる紙のおくに潜むのは詩人の名前。
詩人だったら知っているはずだよ、ちゃんと。
うっそうとした言葉のジャングルに隠れて頬かむり

でも嘘も隠れもない詩人——嘘つき騎士ピントがヒント！
とはいえ、まあ諦《あきら》めたまえ、君がどう頑張っても謎ときは無理。

訳注　「謎の人物」と同じく、ある人物の名前を織り込んで作られた折句。「嘘つき騎士ピント」とは、十六世紀のポルトガル人冒険家フェルナン・メンデス・ピントを指し、著述に嘘や誤りが多いため「法螺《ほら》吹《ふ》きピント」と呼ばれていたが、彼の名前をもじってポルトガル語で「フェルナン、メンテス？　ミント！」と言うと「フェルナンよ、嘘をついたか？　嘘をついたさ！」という意味になることから、「ミント！」と答えるピントは真実を話していることになるという遊びがある（つまり、嘘つき騎士ピントは、真実を体現するということ）。嘘ではなく、隠れもない詩人が、この詩の中に隠れている（lying＝「横たわっている」と「嘘をついている」の言葉遊び）という二重性がある。隠された詩人の名前の答えは、作品解題を参照のこと。

天邪鬼
あまのじゃく

衝動とか、心の機能とかいったものを考える際——つまり、人間の精神の原動力《プリマ・モビリア》を考える際——骨相学者たちが見逃してきてしまった或《あ》る性癖がある。根本的かつ原始的で否定しがたい感情として明らかに存在するにも拘《かか》わらず、古《いにしえ》の倫理学者たちもやはり見落としてきた性癖だ。人には理性があるなどと思い上がった考え方のせいで、見落とされてきたのである。人がその存在を認識しそこなったのは、信じる気持ちがなかったためにほかならない——「啓示」であれ、「密教《カバラ》」であれ、信じようとしなかったせいだ。そんなことまで考えなくてよかったから、その概念に考えが及ばなかったのだ。そんな衝動は——人の性癖として——必要ではない。その必要性が認められない。理解できない。つまり、この原動力《プリーマム・モビレ》なる概念が頭に浮かんだところで、それがいかにして、一時的にせよ永遠にせよ、人間性に寄与し得るか理解できなかったのである。

骨相学は——さらに言えば、あらゆる形而上学的哲学《メタフィジシアニズム》は——所詮《しょせん》先験的《ア・プリオリ》に創られたものである。理解力や観察力に富む人間ではなく、知的・論理的人間が勝手に見取り図をでっちあげて、それを神がお創りになったものとしてきたにすぎない。こうして、神の意志というものを自分勝手に解釈してきた人間は、そうした意志から無数の精神体系を打ち出してきた。たとえば、骨相学で言えば、人が物を食べるのは、神がそう定めたからだと、当然ながらまず定める。その上で、人間に栄養摂取の器官があり、人は否《いや》が応でもこの器官を用いて食べざるを得ないと解釈する。食べる以外は許されないのだから、天罰のようなものだ。次に、人は種《しゅ》として存続するのが神の意志なのだとして、そのために情欲の器官を発見した。同様にして闘争本能あり、詩的想像力《アイデアリティ》あり、論理的思考力あり、推察力ありということになる。要するに、どの器官も——それが何らかの習性を示すものであろうが、情動を示すものであろうが、純粋に知能を示すものであろうが——神の定めた目的のためにあることになる。このような人間の行動原理《プリンキピア》の配置に於《お》いて、シュプルツハイム派の連中〔十九世紀前半のドイツの骨相学者ヨハン・ガスパール・シュプルツハイムの支持者たち〕は、正しいかまちがっているかはともかくとして、部分であれ全体であれ、創造主の目的という大前提に立って、予《あらかじ》め定められた人間の運命からすべてを割り出して定めていくという先人の足跡を原則として辿《たど》ってきたのだ。

だが、神が人間に何をさせようとしていたかを当然視する前提に基づくのではなく、人がたいてい何をするものか、あるいは時に何をしてしまうのかを前提にして分類したほうが（もし分類の必要があるのなら）賢明あるいは精確だったのではなかろうか。目に見える人間の動きを見たところで神を理解できないなら、それを存在せしめた神の計り知れない意図などわかるはずがない。客観的な創造物に於いて神を理解できないなら、どういうつもりで神が実質的なあれこれを創造したかわかるはずがないのだ。

経験的《ア・ポステリオリ》帰納法を用いれば、骨相学者だって認めたはずなのだ、人間の行動の先天的かつ原始的な原理には、どこか矛盾する「天邪鬼《あまのじゃく》」とでも（他に呼びようがないので）呼べるものがあると。私が意図する意味に於いては、これは実のところ、動機のない動因《モビレ》であり、理由のない動機なのである。これに突き動かされて、人はこれという目的なしに行動してしまう。あるいは、今の表現が名辞矛盾になるなら、この命題を修正して、それに突き動かされた人は、それをしてはならないという理由ゆえにそれをしてしまう、と言い換えてもよい。理屈を言えば、これほど理に合わない話はない。しかし、実際は、これほど強力なものはないのだ。ある種の精神状態で、ある状況下に於いて、それはどうにも抗しがたいものとなる。ある行動がいけないこと、悪いこととわかっているからこそ、どうしてもそれをやってしまう抑えがたい力《フォース》となる。しかも、そうしてしまうのは、ただもうこの天邪鬼の精神のせいにほかならぬことは、私が息をしている以上に確かである。またこの、悪のために悪をなそうという、どうにもならない性向は、分析不可能だし、何か秘められた要素に分解できるものでもない。根源的、原始的衝動であって――衝動の第一歩なのだ。やってはいけないと感じるからやってしまうと主張するとき、その行為は骨相学でいう「闘争性」の変種にすぎないとされるであろう。しかし、少し考えれば、この考えが誤っていると、すぐわかるはずだ。骨相学上の闘争性は、自己防衛本能を大前提としている。自分の身を守ろうとして悪をなすのだ。その原則は自らの安寧に関するものであり、戦う衝動と同時に安泰でありたいという欲望が刺激される。つまり、闘争性の変種にすぎないなら、同時に安泰でありたいという欲望が必ず刺激されるはずだが、私が「天邪鬼」と呼ぶ場合に於いては、安泰でありたいという欲望が刺激されるどころか、それと激しく拮抗《きっこう》する感情が出てくるのだ。

結局のところ、ごちゃごちゃ言うより、自分の胸に聞いてみるのがよかろう。誰だって、真摯《しんし》に自分の心の奥深くまで問い質《ただ》してみれば、そんな傾向はこれっぽっちもありはしないなどと言いはすまい。そう言えばと、はっきりと気づけるものであり、わからないはずがない。たとえば、まわりくどい言い方をして聞き手をじらしてやろうかしらと本気で思ってしまって困ったといったような経験がない人はいないはずだ。そんなことをしたら相手が不快になるのはわかっている。相手を喜ばせたい気持ちはもちろんある。いつもは簡潔、的確、明晰《めいせき》な言い方をしている。最も明解な言い方が喉《のど》まで出かかっている。それを口から出さずにすますのはむずかしい。相手が怒ってしまうのは嫌だし、できれば避けたい。なのに、思ってしまうのだ。遠回しに奥歯にものが挟まったような言い方をしたら、相手は怒っちゃうだろうな、と。そう一瞬思うだけでじゅうぶんだ。衝動は願望に、願望は欲望に、欲望は抑えがたい切望になって、切望は(話し手は大いに後悔することになり、結果も惨憺《さんたん》たるものとなるが)実現されてしまう。

すぐに片付けなければならない仕事が目の前にあるとしよう。ぐずぐずしているわけにはいかない。さあ急げ、ラッパのような心の声が、全神経を集中して直ちにとりかかれと命じる。気分が高揚し、仕事を始めようという熱意に駆られる。立派に仕事を終えるところを思い描いて、すっかりその気になっている。どうあっても、今日やらなければならない仕事なのだ。ところが、明日に延ばしてしまう。なぜか？　答えはない。ただ、意味不明確なままその言葉を用いるなら、「天邪鬼」な気分になってしまったのだ。明日になって、いよいよやらなければまずいぞと焦るのだが、焦ってみたところで、やはりこの、何だかわからない、わけがわからないからこそ恐ろしい衝動が、明日に延ばしちまえという切望を生む。時が経《た》てば経つほど、無性に延ばしたい切望が募る。さあ、いよいよ締め切りが迫ってきた。内心の激しい葛藤《かっとう》に震える。〝明確なるもの〟と〝わけのわからないもの〟の対立。実体と影の対立だ。しかし、ここまで対立がつづいてしまうと、勝つのは影のほうなのだ。抗《あらが》っても無駄だ。時計が鳴り、破滅を告げる鐘となる。それはまた、ずっと取り憑《つ》いてきた霊を追い払う鶏の声でもある。霊は逃げ――消える――ようやく自由になった。かつての活力が回復する。さあ、仕事にかかろう。残念かな、時はすでに遅し！

断崖《だんがい》絶壁の縁《ふち》に立っているとしよう。深淵《しんえん》を覗《のぞ》いてみる――気分が悪くなり、眩暈《めまい》がする。「危ないっ」と思って、うしろに下がるのが最初の衝動。どういうわけか、それ以上、下がらない。ゆっくりと、気分の悪さも、眩暈も、恐怖も、名状しがたい感情の雲に呑まれていく。じわりじわりと、いつそうなったかもわからぬうちに、この雲は形を成していく。ちょうど『アラビアン・ナイト』の壺《つぼ》から立ちのぼる蒸気が魔神となるように。ところが、この断崖絶壁の我らが雲から現れ出《い》でるのは、一つのはっきりとしたイメージなのだ。魔神や、どんな物語の悪魔よりもずっと恐ろしい姿をしているが、それは一つの考えにすぎない。それでも、恐ろしい考えであり、その恐怖を味わう喜びの激しさで骨の髄まで凍ってしまう。それは単に、そんな高いところから落ちたら、猛烈な急降下のあいだにどんな感覚になるのだろうとちょっと考えてみる、ただそれだけのことにすぎない。そして、その落下——この凄《すさ》まじい墜死——は、ありとあらゆるおぞましい死のなかでも最も身の毛のよだつ、想像も絶する惨死となるだろうと、はっきりイメージしてしまう——まさにその理由によって、つい、無性にそれに惹《ひ》かれてしまうのである。そして、理性は、崖《がけ》っ縁《ぷち》から激しく身を引くように求めるが、だからこそまっしぐらに近づいてしまう。このように崖っ縁で身を震わせながらも、飛び下りを想像する人の情熱ほど、悪魔に取り憑かれたように落ち着きのないものはあるまい。一瞬でも、それを考えてしまったら、もう取り返しはつかないのだ。理性は、やってはいけないと命じる。だからこそ、やってしまう。誰か友が腕を差し伸べて止めてくれでもしないかぎり、あるいは不意に崖っ縁から反対に身を投げられなければ、飛び込んでしまい、死んでしまうのだ。

このような類似の行為を吟味してみれば、いずれも「天邪鬼」の精神に由来することがわかろう。やってしまうのは、やってはいけないと思うからだけだ。それ以上に、あるいはその背景に、何かの原則があるわけではない。この天邪鬼の精神のおかげでよい結果になることもありはするが、そうでなければ、まさに邪鬼が直接に唆《そそのか》していると言ってしまってもいいくらいだ。

ここまで話してきたのは、あなたのご質問にお答えするためである。なぜ私がここにいるのか、このように足に鎖をつけられて、この牢獄《ろうごく》にいるのはなぜか、少なくとも少しはお察しいただこうとしてのことなのだ。このように長々と説明をしてこなければ、きっと私のことをすっかり誤解なさったか、そこらの有象無象《うぞうむぞう》と同じ、頭のおかしなやつと思ったにちがいない。しかし今や、私は「天邪鬼」の無数の犠牲者の一人であるとお認めいただけると思う。

あれ以上完璧《かんぺき》な計画をもって何かを実行することはありえなかった。何週間も、何か月間も、私は殺人方法を考えた。一千もの計画を不採用にしたのは、それらを行えば足がつく危険があったからだ。とうとう、あるフランスの回想録を読んで、蠟燭《ろうそく》が毒性をもってしまったために、マダム・ピローが不治の病に罹《かか》った話を知った。すぐに、これだと思った。わが犠牲者がベッドで本を読む習慣があると知っていたのだ。それに、彼の部屋が狭く、換気が悪いことも知っていた。しかし、余計な詳細をぐだぐだ書いても仕方あるまい。彼の寝室の蠟燭立てにあった蠟燭を私自身が作ったものとすり替えておいたという簡単なトリックも話すに及ぶまい。翌朝、彼はベッドで死体となって発見され、検死の判断は「自然死」だった。

彼の財産を相続して数年は万事順調だった。見つかるかもしれないとは、微塵《みじん》も思わなかった。〝死の蠟燭〟の残りは自分で慎重に処分した。私を有罪にする証拠はもちろん、私に容疑がかかる手がかりすら影も形もなかった。この身の安全を思って、どれほど深い満足の想いがこの胸に湧き起こったか想像もつくまい。かなり長い時間、私はこの感情を楽しんだ。実際に私の罪から得た世俗的な利益などよりも、ずっと深い喜びを与えてくれたのだ。ところが、とうとう、この喜悦の感情が、じわりじわりと気づかぬうちに、どうにも拭《ぬぐ》いがたい、嫌な考えへと変わっていった。その考えは、執拗《しつよう》にまとわりついてきて、閉口した。一瞬も振り払えない。ある歌の一節や、大したこともないオペラのメロディーなどが記憶にこびりついて困ってしまう経験は珍しくない。たとえ、その歌がよい歌で、オペラのメロディーが優れていようと、苦痛の軽減にはならない。こうして、とうとう私はいっしかしょっちゅう身の安全を考えつづけ、低く「大丈夫だ」と呟《つぶや》いてばかりいるようになった。

ある日、通りを散歩していると、自分がいつもの文句を、半ば声に出してぶつぶつ言っているのに気づいた。つい、イラッとしてしまい、私は「大丈夫だ」という文句をこんなふうに言い換えた。「大丈夫だ——そう——自分から人前で告白するような馬鹿な真似をしなければ！」

その言葉を口にしたとたん、心臓までゾクゾクッと悪寒が走った。私はこの手の天邪鬼の発作を何度か経験してきた（それがどういうものであるかを説明するのはむずかしい）。よく覚えているが、やってはいけない衝動を一度たりとて抑えられたためしなどなかった。そして今、何気なく口にしてしまった、犯した殺人を自分から告白するような愚かな真似をしないともかぎらないという自己暗示が、まるで私が殺した男の亡霊さながら、目の前に立ちはだかって、私を死へと誘《いざな》ったのだ。

　最初、この悪夢を心から振り払おうと頑張った。元気よく歩き——速く——どんどん速く——ついには走り出した。大声で叫びだしたいくるおしい欲望に駆られた。次々に思い浮かぶ思考の波が新たな恐怖で私を包んだ。というのも、ああ、この状況で、思ってしまうなんてことをしたら、身の破滅だと重々わかっていたからだ。私は雑踏の往来を、理性を失ったかのように飛び跳ねていた。とうとう、人々は私を警戒して、追いかけてきた。そのとき、運は尽きたと感じた。自分の舌をちぎり捨てることができたなら、そうしていただろう。だが、荒っぽい声が私の耳に響いた——さらに荒々しい腕が私の肩をつかんだ。私は振り返り——息ができなくなって喘《あえ》いだ。一瞬、息が詰まったと思った。目が見えなくなり、耳が聞こえなくなり、眩暈がして、何か目に見えない悪魔——だと思った——が私の背中を平手で叩《たた》いた。長いあいだ胸に秘めていた秘密が魂からポンと飛び出した。

　あとで聞いた話では、私は明晰《めいせき》な口調で話していたらしい。ただ、自分を処刑台と弔いの鐘へと送る短いが重要な文を言い終わる前に邪魔が入るのを恐れるかのように、ずいぶんとあわててしゃべっていたそうだ。

　法的に死罪を決定するのに必要なことをすべて話し終えると、私は気を失ってばったり倒れた。

だが、これ以上何をか語らん。今日、私はこのとおり鎖に縛られてここにいるが、明日には鎖が外され、自由になる――だが、そのとき、わが魂はどこにいるのだろう?

# 謎

アレゴリーの名手と言えば、まさにこの詩人。①
アキレウスの怒りを描いたのは、この御仁。②
精神の奥深い知識で示したその真価、
愉快な道徳家にして名文家。③
この優しき詩人は語学に長《た》け、
外国語で歌った思いの丈。④
すばらしいが抑制のきかぬ筆致、
我らが時代の恥と栄光の合致。⑤
ハーモニーと鋭い分別《センス》の王子。⑥
古代ギリシャ劇時代の寵児《ちょうじ》。⑦
想像力とは何か定義した人。⑧
そして、過去を歌で蘇《よみがえ》らせた人。⑨
もう一度古代の悲劇詩人を呼び出そう、
凌駕《りょうが》し得ぬ、その大胆な構想。⑩

以上の詩人を正しく読めば、浮かんでくる、ある名前。
これらの栄光を一身に集めた人は誰か、考えてみたまえ。

訳注　英雄詩体で書かれた謎かけ詩(riddle poem)。原文に番号は振られていないが、十人の詩人が読み込まれていることを示すために訳者が番号を付けた。最後の二行が問いとなっている。答えは、作品解題を参照のこと。

# 息の喪失——『ブラックウッド』誌のどこを探してもない作品

ああ、息をするなかれ云々《うんぬん》

ムーア〔巻末の「ポーを読み解く人名辞典」参照〕『アイルランド旋律』

いかに悪名高き不運でも、最後には、不屈の哲学が持つ勇気の前には屈せざるを得ないものである——いかに頑強な町でも、止むことのない敵の攻撃を受けつづけては持ち堪《こた》えられないように。聖書にあるように、シャルマナサルはサマリアを三年間包囲し、ついにこれを落とした〔旧約聖書「列王記下」17：5〕。サルダナパルス〔紀元前七世紀のアッシリアの最後の王〕は——ディオドロス〔『歴史叢書』第二巻第二十七章〕にあるように——ニネヴェ〔アッシリア帝国の首都〕に七年間籠城《ろうじょう》したが、その甲斐《かい》はなかった。トロイは十年の末に壊滅した。そして、アゾトス〔イスラエルの都市アシュドドの別名〕は——詩人アリステアスが紳士としての名誉にかけて断言しているところに拠《よ》れば——二十年に亘《わた》って城門を閉ざしながら、ついにプサメティコス一世〔エジプト王〕にそれを開いたという。

＊＊＊＊＊＊

「このろくでなし！——この雌狐《めぎつね》！——このじゃじゃ馬め！」と、私は新婚初夜が明けた翌朝、妻に怒鳴っていた――「この魔女！――この鬼ババア！――この生意気女！――この悪の掃きだめ！――火のような顔をした、この、ありとあらゆるおぞましいものの権化！――この――この――」ここで私は爪先《つまさき》立って、妻の首根っこをつかんで、耳《みみ》許《もと》に口を近づけ、さらに強烈な侮蔑《ぶべつ》の言葉を新たに発してやろうとしていた。発せられていたら、妻は自分がいかに取るに足らない存在かを思い知ったはずだったが、そのとき、極度の恐怖と驚愕《きょうがく》のうちに、私は気づいたのだ――自分が息を失ってしまったことに。

「息が切れた」とか「息がつづかない」といった表現なら、日常会話でよく用いられるが、私がこれから物語るこんな恐ろしい事故が実際に起こるなどと思ってもみなかった！　考えてもみてほしい――あなたが想像力豊かであるなら――どうか想像してほしいのだ、私の驚愕、狼狽《ろうばい》、そして絶望を！

しかし、いかなるときにも私をすっかり見捨てはしない善良な守護霊がいるものだ。自分で自分をどうすることもできない状況にありながらも、私は取り乱さないだけのまともな感覚を保持していた。『ジュリー』〔ルソー作『ジュリーまたは新エロイーズ』〕でエドゥアール卿《きょう》が自らについて語るように――*et le chemin des passions me conduit à la philosophie véritable*〔そして、受難の道は私を真の哲学へ導いてくれたのです〕。

最初、こんなことになってしまって、自分がどれほどのダメージを受けたのかよくわからなかったため、私はとっさに、この前代未聞の災難がどれほどのものかわかるまで、何としてもこのことを妻から隠しておこうと決めた。そこで、歪《ゆが》んだ憤怒《ふんぬ》の表情を、瞬時に、お茶目で媚《こび》を売るような優しい表情に変えると、わが奥方の頰《ほお》をポンポンと叩き、反対側の頰にキスをして、一言も発さずに（畜生、何も言えなかった！）、私のひょうきんな所作に呆気《あっけ》にとられている妻をあとにして、そよ風《ゼフィール》のステップ〔バレエのステップ。「そよ風」には「息」の意味もある〕で軽やかに、くるりと爪先で旋回《ピルエット》しながら部屋を飛び出した。

こうして無事に私室に身を隠した私のぶざまさを見るがいい。短気は損気、まさに悪因悪果だ。生きながらにして息のない死人さながら。生きているのに息をしていない。まったくありえない異常事態だ。私は割と落ち着いてはいたが、息が切れていた。そう！　息がなかった。息がすっかりなくなったというのは、冗談ではなかった。必死に頑張ってみたところで、羽毛一つ動かすことも、鏡面を曇らせることもできない。何たる不運！――だが、少し気が休まることがあり、最初の激しい悲しみもおさまってきた。妻との会話が突如つづけられなくなったとき、私の発声能力は壊滅したと思いきや、実は部分的な障害が生じたにすぎず、あの興味深い危機にあってもあわてふためかずにかなり低い喉音《こうおん》を出していたら、まだ言いたいことは伝えられたはずだったと、試してみて発見したのである。この喉音は、呼気で出るのではなく、喉《のど》の筋肉の痙攣《けいれん》により出るのであった。

私は椅子に身を投げると、しばらく瞑想《めいそう》に耽《ふけ》った。わが沈思黙考は、もちろん心穏やかな類《たぐい》のものではなかった。涙を誘うような漠たる無数の思いが、わが魂を捕らえていた――「自殺」という考えさえ脳裡《のうり》をちらついたが、人間というものは天邪鬼《あまのじゃく》なもので、目の前にある手に入れやすいものを避けて、どこか遠くのわけのわからないものを求めるものだ。こうして私は、自殺なんて残虐行為の最たるものだと思って、とんでもないと身を震わせた。そのとき絨毯《じゅうたん》の上でトラ猫が猛然と喉を鳴らし、テーブルの下では水鳥用の猟犬がひっきりなしにハアハア言って肺活量を誇示してみせた。どちらも、私の肺疾患を嘲《あざけ》ってわざとやっていることは明らかだった。

漠たる希望と恐怖とに心を掻《か》き乱されていると、やがて妻が階段を下りていく足音が聞こえてきた。もう妻はいなくなったとわかったので、私は、逸《はや》る心を抑えつつ、わが災難の現場へと戻ってみた。

ドアに内側からしっかり鍵《かぎ》をかけると、徹底的な捜索を開始した。どこか目につかぬ片隅とか、あるいは箪笥《たんす》や引き出しに、求める遺失物が見つかったりせぬかと思ったのだ。蒸気状になっているかもしれないし――目に見える形状かもしれない。多くの哲学者は、幾多の哲学上の論点に於《お》いて、まだかなり非哲学的である。しかしながら、ウィリアム・ゴドウィン〔巻末の「ポーを読み解く人名辞典」参照〕は、その小説『マンディヴィル』〔一八一七〕に於いて「目に見えぬもののみが唯一の現実である」と述べており、これこそが私の現状にぴたりと合うことは誰もが認めるところであろう。賢明なる読者は、どうか「何を馬鹿な、黒白《こくびゃく》はついている」と一刀両断する前に今一度お考えいただきたい。アナクサゴラス〔ギリシャの哲学者〕も「雪は黒い」と主張したことを思い出していただきたい〔井戸や大海の水は暗く、水の本質が黒いなら、水から出来ている雪も黒いはずという理屈〕。まさにそれが真実なのだ。

捜索は長く真剣につづいたが、わが努力と忍耐を嘲るかのように、見つかったのは、入れ歯一セット、お尻《しり》二つ、眼球一つ、それに息満《ウィンド・イナフ》氏から妻に送られた恋文の束だけだった。ここで、わが奥方が息満氏に心惹《こころひ》かれていたことが確認できたからと言って、今更心を乱されたりしなかったと付言しておきたい。わが妻、すなわち息無し《ラッカブレス》夫人が、私と正反対の彼を素敵と思うのは当然であり、仕方のないことだ。私は、よく知られているように、でっぷりとした肥満体で、しかも身長はかなり低い。となれば、ガリガリに痩《や》せていて、諺《ことわざ》になるほど背が高い息満氏が、息無し夫人の目にそれ相応の高い評価を得て映ったとしても不思議ではあるまい。だが、話を戻そう。

前述のとおり、わが努力は徒労となった。簞笥《たんす》という簞笥──引き出しという引き出し──片隅という片隅──を精査したが、無駄だった。しかし、お目当てのものを見つけたと確信したときもあった。衣装箱の中を捜していたとき、たまたまグランジャン社の「大天使の香油」の瓶を割ってしまったのだ。ちなみに、これはとてもいい香水なので、ついでにここでお薦めしておこう。

重い心で私は自室に戻った──国外へ出る旅支度が整うまで、妻にばれないようにするにはどうしたらいいか考えていた。この地を去ることはもう決めていた。外国であれば、知った人もいないから、ひょっとするとこの不運な災難を隠しおおせるかもしれない――こんな厄災を抱えていては、大勢の人から白い目で見られ、物乞《ものご》いからも蔑《さげす》まれ、立派で幸せな暮らしを送る人々から当然ながら顰蹙《ひんしゅく》を買うだろう。ぐずぐずしてはいなかった。生まれつきさっさとしていたので、私は悲劇『メタモラ』〔一八二九年初演J・A・ストーン作の悲劇。アメリカ先住民ワンパノアグ族の最期を描く〕全編を暗記することにした。この劇なら、少なくとも主人公に割り当てられたところなら、出せなくなった声を無理に出す必要もなく、低い喉音だけで単調に全編を演じられるではないかと、うまい具合に思いついたからである。

私は行きつけの沼地のほとりでしばらく練習してみた。デモステネスの先例〔古代ギリシャの弁論家デモステネスは砂利を口に含み、荒波に向かって発声した〕を参照するでもなく、全く独自に丹念にやってみたのだ。こうして準備万端整うと、妻には、突然演劇熱に取りつかれたと思わせることにした。これが奇蹟《きせき》的にうまくいった。何を聞かれようと言われようと、まるで蛙《かえる》のような不気味な声で、例の悲劇からどこか一節を選べば自由自在に答えられたのだ。どんな台詞《せりふ》をとってきても、言いたいことにぴたりと当てはまるのだから、大いに愉快だった。しかし、そうした台詞を言うとき、役者お得意の〝にらみ〟を見せたり――歯をむいてみせたり――膝《ひざ》をわなわなと震わせたり――すり足をしたり――今や人気役者なら当然やると思われている曰《いわ》く言いがたい名演技が私にできないなどと思ってもらっては困る。確かに人々は私に拘束衣を着せたほうがいいなどと言いだしたが——ありがたや！　まさか私が息を失ったとは疑いもしなかったのである。

とうとう準備が整ったので、私はある朝、郵便馬車に乗って＊＊市を目指した。知り合い連中には、その町に急用ができたと言っておいた。

馬車は満員だった——が、明け方の薄明かりの中では、乗客の顔さえ見分けられない。私はじょうずに身をこなすことができぬまま、いつしか巨大な体格の二人の紳士のあいだにすわる羽目になった。すると、さらに大きな三人目が、ごめんなさいよと言いながら、全体重をかけて私の上におっかぶさり、たちまち居眠りを始めたので、助けを求める私の喉音は、ファラリスの雄牛〔シチリア島の暴君ファラリスがペリロスに作らせた真鍮《しんちゅう》製の雄牛。中に人を入れ、炙《あぶ》り殺すと、その悲鳴が牛の唸《うな》り声となって聞こえる仕掛け。作成したペリロスが最初の犠牲者となった〕の唸り声も遙《はる》かに及ばぬ猛烈ないびきに掻《か》き消されてしまった。幸いなことに私の呼吸器官の状態では、窒息に至る心配はなかったけれども。

しかし、町の郊外に近づいて、朝日であたりがはっきりしてくると、私を苦しめていた男は立ち上がり、シャツの襟《えり》の乱れを整え、とても親し気に私の礼節に感謝した。私が動かないのを見ると（私の四肢は脱臼《だっきゅう》し、首は一方にねじれていた）、男はようやく疑念を覚え、ほかの乗客を起こし、断乎《だんこ》たる口調で「夜陰《やいん》に紛《まぎ》れてこの馬車に死人が放り込まれていた。それを我々は、生きた、まともな乗客とまちがえていたのだ」と意見を述べたのである。そう言うと、自分が正しいことを証明すべく、私の右目にパンチをくらわせた。

すると、次々に乗客は（九名いた）私の耳をひっぱるのが義務と思ったようだ。若い医師も、私の口に小さな鏡を当て、息がないとわかると、わが虐待者の断言を支持した。一同は、このように死人を押し付けられるのは二度とご免であるという決意を表明し、差し当たって死体とともに旅をつづけるわけにはいかないと言いあった。

そこで私は「カラス亭」の看板を掲げた居酒屋（馬車はちょうどそこを通りかかっていた）の前で放り出されたが、両腕を馬車の後輪で砕かれただけで大過なかった。それにありがたいことに、御者は私のトランクのなかで一番大きなやつを私に向かって忘れずに放り投げてくれた。それが私の頭に命中して、頭蓋《ずがい》を粉砕してしまったのは不運だったが、頭蓋への罅《ひび》の入り方は実に興味深い風変わりなものだった。

カラス亭の主人は親切な男で、私の始末をしてやっても見返りがあるほどトランクに十分な金が入っていると知ると、知り合いの外科医を呼んで、十ドルの請求書兼領収書と引き換えに私を医者に引き渡した。

私を購入した医者は、私を自分のアパートに運び、即座に執刀を始めた。ところが、両耳を切り落としたところで、私が生きているという兆候に気づいたのだ。医師はベルを鳴らして、この緊急事態について相談しようと近くの薬剤師を呼びにやった。しかし、私の生存に関する疑いが結局正しかったことになるといけないので、医師は待っているあいだに私の腹部を切開し、いくつかの臓器をあとで内緒に解剖できるように取り除《の》けておいた。

薬剤師は、私はすっかり死んでいるという意見だった。私はこの考えに反駁《はんばく》を加えようとして、精一杯足をばたつかせたり、体をびくつかせたり、激しく体をよじってみせたりした――というのも、医師の執刀のせいで、体の機能を少し取り戻していたのだ。ところが、すべては新しいガルヴァーニ電池〔医師ガルヴァーニが研究した生体電気を用いた電池〕のせいにされてしまった。この薬剤師は実に情報通で、この電池を用いていくつかの興味深い実験を行ったのだ。私自身、その実験に身をもって参加した者として、深い興味を覚えざるを得なかった。しかし、何度か発話を試みても、発話能力が完全になくなっていて口を開けることすらできなかったのは痛恨の極みだった。ヒポクラテス病理学に精通した私の博学をもってすれば、穿《うが》ってはいるがありえない理論などたちまち論破してやったのに、もちろんそれも叶《かな》わなかった。

結論が出ないため、医師と薬剤師はまたあとで実験を行おうと、私をしまっておくことにした。私は屋根裏部屋へ運ばれ、医師の奥方が私にズボン下と靴下をはかせ、医師自身は私の両手を縛り、ハンカチで私に猿ぐつわをかませた――そして外からドアに錠を下ろし、食事に急ぎ、私を一人、沈黙と瞑想《めいそう》の中に残していった。

ハンカチで口を縛ったのは、そうしなければ声を出されると考えてのことだとわかって、私は喜びの極致に達した。そう考えて自分を慰め、就寝前にいつもするように頭の中で詩「神の遍在」〔ポーの嫌悪するロバート・モンゴメリーの一八二八年の詩〕の数節を繰り返した。そのとき、ギャアギャアやかましい貪欲《どんよく》な猫が二匹、壁の穴から入ってきて、カタラーニ〔有名なソプラノ歌手〕のように華麗な身振りで跳び上がると私の顔の両側に着地し、私の鼻をめぐってむさくるしくもみっともない争いを開始した。

しかし、両耳をなくしたことでペルシャのメイジャイ〔宗教儀礼を司《つかさど》る祭司階級の呼称〕がキュロスの玉座に登れたように〔ヘロドトスの『歴史』によれば、ペルシャ王カンビュセス二世が弟スメルディスを殺害してエジプト遠征をした際、先王キュロス二世に両耳切断の罰を受けていた大神官ガウマタがスメルディスになりすまして王位を簒奪《さんだつ》した〕、鼻を削《そ》ぎ落としたことでゾピュロス〔ペルシャの将軍〕がバビロンを支配できたように〔ヘロドトス『歴史』第三巻〕、私の顔から少々肉がなくなったおかげで、私の体は助かることになる。痛みに耐えかね、怒りに燃え上がった私は、一挙に縛《いまし》めを引きちぎり、ハンカチを取り去ってしまったのだ。部屋を闊歩《かっぽ》して、いがみ合う猫たちに軽蔑《けいべつ》の眼差《まなざ》しを向けると、私は窓をパッと開け——猫たちが大いに恐怖し、落胆するなか——極めて巧みに窓から外へ身をひるがえした。

ちょうどその瞬間、私に瓜二《うりふた》つの郵便馬車強盗W**が、町の牢獄《ろうごく》から郊外に特設された絞首台へと進んでいた。長く健康を患って体が衰弱していたため、特別に手錠は外されていた。処刑囚の服を着て——これがまた私の服とそっくりだった——処刑人用荷車の中で長々と寝そべっていた（その荷車が、私が飛び下りた瞬間に外科医の窓の下を通過していたのだ）。居眠りをしていた御者と、第六歩兵隊の二人の新兵のほか護衛はなく、新兵は二人とも酔っ払っていた。

悪い偶然は重なるもので、私は荷車に着地した。名うての悪党W＊＊は、チャンス到来とばかりに、直ちに飛び下りると、さっと後方へ走り去り、路地を曲がって、あっという間に見えなくなった。荷車が揺れたので新兵たちは目を覚ましたが、今何が起こったのかよくわからなかった。見れば、凶悪犯とそっくりの男が荷車の中で目の前に立っているので、「この悪党（W＊＊のこと）は逃げようとしていやがった」（という言い方をしていた）と考え、互いにそう言い合うと、まず酒を一杯ずつぐいとやってから、マスケット銃の銃床で私を殴り倒したのである。

やがて目的地に着いた。もちろん、私に言い訳はできない。どうあっても絞首刑は免れ得なかった。半ば呆然《ぼうぜん》とし、半ば辛辣《しんらつ》な気分で諦《あきら》めるしかない。犬儒学派〔ギリシャ哲学の一派で、富や名声などの欲求を放棄して犬のような生活を送った〕じみていた私は、すっかり負け犬の気分で処刑台にのぼった。ともあれ、処刑執行人が私の首に首縄をかけ、足場の板が落ちた。

処刑台の上で感じたことを述べるのはやめておこう。もっとも、まちがいなく私には的確に語り得る話題であり、これまで語られてこなかった話題ではあるが。実際、そういったことについて書くためには、一度首をくくられた経験がなければだめだ。人は経験したことのみを書くべきだ。マーク・アントニーが酩酊《めいてい》に関する論文を書いたのも、まさに酒呑みだったからにほかならない。

私は死にはしなかったとだけ言っておこう。体は宙に止まったが、息の根は止まらなかった。止まろうにも息がなかったのだから。縄の結び目が左耳の下に当たってさえいなければ(軍服の固い襟のようだった)、たいして不快ではなかった。踏み板が落ちたとき首に加わった衝撃などは、馬車の巨漢によって捻じ曲げられた首の歪《ゆが》みをぐいと引っ張って治してくれただけだった。

もちろん集まってくださった野次馬のためにできるかぎりのことはした。私の痙攣《けいれん》は凄《すさ》まじかったそうだ。もがきようは比類を見なかったという。人々は「アンコール!」と叫んだ。気を失った紳士も何人かいたし、怯《おび》えて泣き喚《わめ》いてどこかの家へ担ぎ込まれた淑女の数は夥《おびただ》しかった。エカキ氏もまた、その場で描いたスケッチをもとに、その名画「生きて皮をはがれるマルシュアス」に修正を加えることができたのである。

十分に楽しんだ野次馬は、私を絞首台から下ろしたほうがいいと考えた。なにしろ、そうこうするうちに真犯人が見つかって再逮捕されていたのだ。不幸にして私は、まだそのことを知らなかった。

もちろん、私を可哀想に思ってくれる人は多かったものの、遺体の引き取り手はいなかったため、私は共同墓地に埋められることになった。

しばらくして、私は埋葬された。墓掘り人も去り、私は一人取り残された。マーストン〔エリザベス朝の劇作家ジョン・マーストン〕の戯曲『不満の士《マルコンテント》』〔正しくはマーストン作『アントーニオとメリダ』第三幕第二場一九四行〕の一節——

## 死神はよき御仁《ごじん》にて、誰でも迎え入れる

――が、このとき真っ赤な嘘だとわかった。

ともあれ、私は棺《ひつぎ》の蓋《ふた》を押しのけて、外へ出た。恐ろしく陰鬱《いんうつ》でじめじめした場所で、私は倦怠《アンニュイ》に襲われた。退屈しのぎに、あたりにずらりと並ぶ棺のあいだを手探りで進みながら、一つずつ下へおろしては、蓋をこじあけ、中の死者について想像を巡らせた。

或《あ》るずんぐりむっくりと丸く膨らんだ遺体にぶつかったときに、私は独り言《ご》ちた――「これは、あらゆる意味で、不幸せな――不運な男だったにちがいない。人生を歩んだというよりは、よたよたと――人間のようにではなく象のように――人ではなく犀《さい》のように、よろめく不運だったのだろう。前に進もうとしても叶《かな》わず、蛇行も失敗。一歩進むのに、右へ二歩、左へ三歩よろける不運。クラッブ《カニ》〔イギリスの詩人ジョージ・クラッブ〕の詩ばかり読んでいて、爪先回転《ピルエット》など思いもよらぬ。蝶のステップ《パ・ド・パピヨン》〔後方に跳躍して片足で着地するバレエの技法〕なんて、こいつには抽象概念。丘のてっぺんに登ったことはなく、尖塔《せんとう》から町の絶景を拝んだこともない。暑さこそ、彼の不倶戴天《ふぐたいてん》の敵。炎天下はやめてんかと、犬のようにハアハア舌を出す。そんなときは、炎を感じ、窒息する思いになる。一つでも大変なのに、オッサ山の上にペリカン山を重ねるような無茶だ。

こいつは息が切れていた――要するに、息が足りなかった。楽器を吹くなど、ありえない。こいつこそ、自動扇風機の考案者であり、通風筒や送風機の発明者だった。ふい

ご作りのデュ・ポン氏のパトロンであり、シガーを吸おうとして悲惨な死を遂げたのだった。まったく興味深い人物だ——その不運には、心から同情する」

「しかし、こっちに」と、私は言った——「こっちにいるのは」——そう言いながら私は、やせ細った、背の高い、奇妙な遺体を、棺から乱暴に引きずり出した。その特徴のある容貌《ようぼう》を見て、どこか見覚えがあるように思えて嫌な感じがした——「ここにいるのは」と私は言った——「ここにいるのは、この世で一切の哀れみに値しない惨めなやつだ」そう言いながら私は、この遺体をもっとはっきり見ようとして、そいつの鼻を親指と人差し指でつまんで起こし、地面に座る姿勢をとらせた。私は腕を伸ばして男を支えながら、独白をつづけた。

「この世で一切の哀れみに値しない惨めなやつだ」私は繰り返した。「影なんかに誰が同情するもんか。それに、こいつは、人間としての恵みを最大限に受けたのではないか。こいつは、あらゆる高き記念碑や、散弾製造塔〔高い塔で、上から流し込まれた溶けた鉛が小さな玉となって水槽に落ちて冷却され、散弾となる仕組み〕や、高木セイヨウハコヤナギを生んだ男であり、「陰と影」に関する論文によって歴史にその名を刻んだやつだ。『サウス博士の骨格論』〔一八二五〕の最新版を見事な才知で編集したやつだ。若くして大学へ行き、空気力学を学び、帰郷すると永遠に話しつづけ、フレンチ・ホルンを演奏し、バグパイプを吹きまくった。一千時間かけて一千マイル歩いたキャプテン・バークレー〔スコットランドの軍人〕だって、こいつの肺活量には敵《かな》わない。ウインダム〔風や息を連想させる名前〕とオールブレス〔架空の名前〕がお気に入りの作家であり、好きな画家はフィズ〔ハブロット・K・ブラウンの筆名。フィズは「気泡」の意〕だ。こいつはガスを吸い込んで白く輝きながら死んだのだ。ヒエロニムスの言う「純潔の名声」のように「わずかな息のせいですっかりだめになってしまう」（原注　*Tenera res in feminis fama pudicitiæ, et quasi flos pulcherrimus, cito ad levem marcescit auram, levique flatu corrumpitur, maxime, &c.*–Hieronymus ad Salvinam.「女性の純潔の名声は繊細なものであり、美しい花がそよ風で枯れてしまうように、わずかな息のせいですっかりだめになってしまう」——サルウィナ宛てのヒエロニムス書簡より）のだ。こいつはまちがいなく——」

「なんてことを？　なんて——ことを——するんだ？」私がなじっていた相手が口をはさんだ。息をしようと喘《あえ》いで、死に物狂いで顎《あご》のまわりの包帯を引きちぎっている——「息無しさん、なんだってそんなにこの鼻をひねるなんていう、むごいことができるんだ？　私が猿ぐつわを嚙《か》まされていたのがわからなかったんですか——しかも——いいですか——私は過剰な息を吐き出さなきゃならないんだ！　しかし、それがわからないなら、座って説明を聞きなさい。私の状況では、口を開けられるだけで——説明できるだけで大いに安堵《あんど》できるんです。あんたのような人と会話できるのは、ほっとするんです。だって、あんたは、しょっちゅう人の話に口をはさんだりしないでしょう？　話の腰を折られるのは嫌なものですし、もちろんやってはならないことです。そう思いませんか？　返事はしないで——一度に話すのは一人で十分です。そのうち私も口を閉ざしますから、そうしたらあんたが話せばいい。何だって、ここに入ってきたんです？――一言も言わないで――私はしばらく前よりここにいます――ひどい事故でした！――聞き及んでいるでしょうが――恐ろしい災難でした！――あんたの家の窓の下を歩いていたら――ついこのあいだのことですよ――あんたが舞台熱にかかった頃――おぞましいことだ！『息継ぎをする』という言い方を聞いたことがあるでしょう、え？――黙ってろと言ったら！――私は誰かの息を自分の息に継いでしまったんですよ！――自分の息だけでも多かったのに――街角でおしゃべり野郎と出会ったんだ――一言も言わせてもらえなかった――一音も口をはさめなかった――その結果、痙攣の発作にかかり――おしゃべり野郎は逃げていき――馬鹿野郎め！――私は死人とまちがえられて、ここに入れられた――余計なお世話だっていうのに！――あんたが私の悪口を言っていたのは全部聞きましたよ――何もかも嘘だ――おぞましい！――ありえない！――ひどすぎる！――考えられない！――云々《うんぬん》――かんぬん――云々――かんぬん――」

これほど思いがけない口説《くぜつ》を聞いた私の驚愕《きょうがく》たるや想像もつかないだろう。あるいはまた、この紳士――やがてこの男は隣人の息満氏とわかるのだが――が幸いにも継いだ息というのが、実は私が妻と話しているときに失くしてしまったまさにその息だとわかったときの私の途方もない喜びも想像がつかないだろう。時も所も状況も同じなので、その点は決定的だった。しかしながら、息満氏の鼻を直ちに離してやったりはしなかった――この高木セイヨウハコヤナギを生んだ男が長広舌をふるっているあいだは。

この点に於《お》いて、私は自らの大きな特徴であるいつもの慎重さをもって行動していた。自分を取り戻すためにはまだ多くの困難があるかもしれず、自分から大変な努力をしなければ問題は解決しないと思えたのだ。多くの人は、そのとき自分の所有にあるものがどんなに価値のないものでも——どんなに面倒な、嫌なものでも——自分がそれを捨て去って他人の手に渡ったらどれほど他人が得をして自分が損をするかを考え、それに即してその価値を考えるものだ。息満氏の場合もそうではないだろうか。彼がこれほど厄介払いをしたがっている息に対して私が欲しくてたまらない気持ちを表明してしまっては、私はやつの貪欲《どんよく》さの餌食《えじき》となってしまわないだろうか。この世には悪党がおり——私は吐息とともに覚えているが——隣人の弱みにつけ込んで良心が痛まないやつもいる——そして（これはエピクテトスからの引用だが）人は自分の災厄の重荷を捨てたいと最も望むときこそ、他人が抱える重荷を軽くしてやろうなどと少しも思わないのである〔ストア派哲学者エピクテトス『人生談義』より〕。

こういったことを考えながら私は、息満氏の鼻を握りしめたまま、次のように返答するのが得策だと考えた。

「化け物め！」——ひどく腹を立てている口調で私は言い始めた——「化け物め！　二倍の息持つ愚か者め！——汝が悪行ゆえ、天は汝を二倍の呼吸をもって罰したのだ——その汝が、昔の知り合いとして馴《な》れ馴れしく私に口をきこうというのか？——『嘘』だと！——『黙れ』だと——まったく、息が一つのまともな紳士に向かって大した口のききようだ！――しかも、汝《なんじ》が苦しんで当然のその厄災から汝を解放してやれるのは私だけだと言うのに――汝の不幸な過剰なる呼吸を削減できるのは私なのだぞ」ブルータスのように、私はここで返答を求めて言葉を切った〔シェイクスピア『ジュリアス・シーザー』第三幕第二場のブルータスが演説を終えて言う「君たちの返答を待とう」という台詞《せりふ》への言及〕――すると、息満氏は直ちに疾風怒濤《どとう》の返事をしてきた。言い訳に継ぐ言い訳、弁明に継ぐ弁明がなされ、どんな条件にも同意するという。私は最大限有利に事を運べることになった。

とうとう詳細な条項が定まると、相手は私に息を返却してくれた――それを丁寧に確認したうえで、私は領収書を書き記した。

これほど形にならない取引についてそうあっさり語っておしまいにするのはおかしいと思う人が多かろうことは百も承知だ。極めて興味深い物理学の分野に多くの新たな光が投げかけられたかもしれないのだから――きっとそうにちがいない――この事件の詳細についてもっと事細かく書いておくべきだったと思われることであろう。

それに対して、私は残念ながら応《こた》えられない。せいぜいヒントを差し上げるぐらいしかできない。或《あ》る事情があって――ただ、よくよく考えてみれば、その話はしないほうがよいだろう。なにしろ、こういった微妙な――そう、実に微妙な事情には第三者の利害も絡んでいて、その第三者の逆鱗《げきりん》に触れるようなことだけは避けたいのである。

この必要な取り決めを成したあと、速やかにこの納骨堂の地下牢《ちかろう》からの脱出を試みた。

我々の復活した声を合わせて大声を出したところ、やがてそれに対する反響が現れた。共和党《ホイッグ》新聞の編集長シザーズ〔はさみ〕氏は「地下の音の性質と起原」に関する論考を再発行し、それに対する返答——反論——反駁《はんばく》——弁護が、民主党新聞の紙上をにぎわした。そして、この論争に決着をつけるために納骨堂を開けてみたところ、息満氏と私が出てきて、どちらも完全にまちがっていたとわかったのである。

このように、いつの世にも波瀾《はらん》万丈な人生に於ける極めて特異な出来事の詳述を締め括《くく》るにあたり、目にも見えねば、さわりもできず、完全に理解もできぬうちに降りかかってくる厄災の矢から身をしっかりと守ってくれるあの盾のごとき「何でもござれの不屈の哲学」の長所について、再度読者に注意を喚起せざるを得ない。古代ヘブライ人たちのあいだで、天国の門は、罪びとであれ聖人であれ、しっかりした肺活量で「アーメン！」という語を闇雲な信仰をもって発声し得る者に、必ず開かれると信じられていたのも、この哲学ゆえであった。アテネで大規模な疫病が猛威を振るい、それを到底根絶し得なかったとき、哲学者エピメニデスに関する書〔『ギリシャ哲学者列伝』〕の第二巻でラエルティオス〔三世紀のギリシャ哲学史家〕が述べているように、エピメニデスが「その道の神」を祀《まつ》る神殿を建立すべしと忠告したのも、この叡智《えいち》の精神に則《のっと》ってのことだったのである。

リトルトン・バリー

## ソネット——科学へ寄せる

科学よ！　汝《なんじ》こそ老いた時間の真の娘！
　その凝視で、どれほど世界を変えたかよ。
詩人の心を盗めるものなら、盗め！
　つまらぬ現実の翼を持つ禿鷹《はげたか》よ。
なぜに汝を愛せよう？　汝を賢いと思うものか。
　宝を探し求める詩人が、宝石鏤《ちりば》む天空に
さすらうをなぜに放ってはくれぬのか。
　恐れを知らぬ翼もて天翔《あまかけ》ようというに。
汝は月の女神ダイアナをその馬車より引きずり下ろし、
　木の精ハマドリュアスを森から追い出して、
避難させ消してしまったではないか。今は幻、
　水の精ナーイアスを、溢《あふ》れる水から引き離して、
緑の草から小妖精《ようせい》を消し、そして私から毎夏《まいか》、
タマリンドの木の下で見る夢を奪ったではないか。

# 長方形の箱

何年か前、サウスカロライナ州チャールストンからニューヨーク市へ行こうとして、ハーディー船長の洒落《しゃれ》た定期船インデペンデンス号を予約したことがある。天気がよければ、その月（六月）の十五日に出港する予定であり、十四日に、私は自分の船室の手《て》筈《はず》を整えるべく船に上がった。

かなりの数の旅客が乗り込むことがわかった。とりわけご婦人の旅客数が通常より多い。乗客名簿には知り合いの名前もちらほらあり、そのなかに厚い友情を交わした若い画家、コーネリウス・ワイアット氏の名があったのはうれしかった。C＊＊大学の学友で、大学ではずいぶん親密にしていた。いかにも天才肌であり、人間嫌いと繊細さと熱狂癖を足して三で割ったような人だ。こうした特質に加えて、人間の胸にこんなにも真《しん》摯《し》な真心がありえるのかというほどの真心を持つ男だった。

その名前は三つの船室のリストにあり、もう一度乗客名簿を調べてみると、本人と、妻と、彼の二人の姉妹の合計四人の乗船を予約したのだとわかった。一等船室はゆったりとして、各部屋に二つの寝棚が上下になってついている。たしかに、寝棚はひどく狭いので一人しか寝られないものの、四人分として、なぜ三室も予約したのか理解できなかった。私はちょうどその頃、つまらぬことが妙に気になって仕方がなくなる気分にあって、恥を忍んで白状すれば、この余分な船室について、よからぬ、とんでもない憶測をあれこれと巡らせてしまった。もちろん、私の知ったことではないのだが、何としても、この謎を解き明かさずにはいられなくなったのだ。とうとう、私は、ある結論に達したが、何だってそれまで思いつかなかったのかと自分でも驚くような結論だった。「召し使いに決まってるじゃないか。馬鹿だな、そんな当然の答えがどうしてわからなかったんだ！」そして、もう一度乗客名簿を見た――が、当初は召し使いを一名連れてくる予定だったのだが、結局一人も召し使いは来なくなったことがはっきりした――最初「及び召し使い」という文字が書かれていたのが、線で消されているのだ。「じゃあ、追加の荷物だな」私は独り言ちた《ご》――「荷物室に置きたくないような、しっかり監視しておきたい荷物でもあるんだろう――ああ、そうか――絵画か何かだ――あのイタリアのユダヤ人ニコリーノから買い付けた絵だろう」そう思って納得した私は、自分の好奇心にひとまずけりをつけた。

ワイアットの二人の姉妹とは馴染《なじ》みだった。とても愛想のいい賢い娘たちだ。新婚の夫人とは、まだ会ったことがなかった。しかし、彼は私の前で、いつもの昂奮《こうふん》ぶりで夫人の話をしょっちゅうしていた。ものすごい美人で、教養溢《あふ》れる才女だそうだ。だから、お会いするのを大いに楽しみにしていたのである。

船に上がった日（十四日）、ワイアット家もやってきていると船長が教えてくれたので――私は、夫人に紹介してもらえることを期待して、予定より一時間滞在を延ばして船で待っていたが、やがてお詫《わ》びの知らせがあった。「ワイアット夫人は少しお加減が悪く、明日の出航時まで上船なさらないとのことです」

翌朝になり、ホテルから波止場へ向かっていると、ハーディー船長とばったり会い、こう言われた。「諸般の事情により（馬鹿げてはいるが便利な言い回しだ）、インデペンデンス号の出航は一両日延期します。準備が整い次第、お知らせします」南から強風が吹きつけているのに、おかしな話だとは思ったが、「諸般の事情」とは何なのかしつこく聞き出そうとしても教えてくれないので、帰宅していらいらと待つほか手がなかった。届くはずの知らせは、一週間近く船長から届かなかったが、とうとう知らせがきたので、私は早速上船した。船は旅客でごった返していて、出航準備のために慌《あわ》ただしくしていた。ワイアット家は、私より十分ほど遅れて到着した。二人の姉妹、夫人、そして画家本人だが――本人はいつものように、むっつりと人間嫌いの態度を示していた。しかし、私は慣れっこだったので、別に気にも留めなかった。彼は私を夫人に紹介してもくれなかった――仕方がないので、妹のマリアン――とてもやさしい知的な娘――が礼儀上、そそくさとした言葉で私を夫人に引き合わせてくれた。

ワイアット夫人はヴェールで顔を覆《おお》っていた。私のお辞儀に応《こた》えてヴェールを上げたとき、正直言って度肝を抜かれた。この画家である友人が女性の美しさを夢中になって語るとき、どうせ当てにならないのだから話半分に聞いておいたほうがいいと、長い付き合いから得心《とくしん》していなかったら、驚愕《きようがく》はその程度では済まなかっただろう。美について語るとき、彼が純粋に理想的な世界へあっけなく舞い上がってしまうことを、私は重々承知していたのだ。

歯に衣着《きぬ》せずに言えば、ワイアット夫人はどうみても不器量な女性であると言わざるを得なかった。はっきり醜いとまで言わずとも、美からは程《ほど》遠かった。ただ、洗練された趣味の服装をしており――きっと、知性や真心といった、より内面的な魅力によってわが友の心をつかんだにちがいあるまい。夫人はあまり言葉を発さず、挨拶もそこそこにワイアット氏とともに船室へ下りてしまった。

例の詮索《せんさく》癖が頭を擡《もた》げてきた。召し使いはいない――それは確かだった。そこで、追加の荷物があるか探してみた。しばらくすると、荷車が波止場に着き、長方形の松材《パイン》の箱が運ばれてきたが、これこそまさに思っていた品にちがいなかった。これが到着するのを待っていたかのように船は出航し、まもなく無事に河口の砂州を越えて沖へ乗り出した。

件《くだん》の箱は、さっきも言ったように、長方形だった。長さ六フィート〔約一・八メートル〕、幅二・五フィート〔約七十六センチ〕――しげしげと観察したので、正確に描写しておこう。まず、形が独特であり、この形状を見たとたん、ああやっぱりと思った。そのときにはもう中身の目星がついていたのだ。私は画家であるわが友が数週間ニコリーノと商談をつづけていたことを知っていたので、この追加の荷物は、何枚かの、あるいは少なくとも一枚の絵画であろうとわかっていた。そして、こうして荷物を前にしてみると、その形状からして、レオナルド・ダ・ヴィンチの『最後の晩餐《ばんさん》』の複製にちがいないと思えた。フローレンスの画家ルビーニ（子）による、ほかならぬ『最後の晩餐』の複製がニコリーノの所有にあることを、私はしばらく前から知っていた。これで、この問題には納得のゆく解決がついたと思った。わが慧眼《けいがん》を思うと、忍び笑いが止まらなかった。ワイアットが私に対して芸術上の秘密を隠すなんて思ってもみなかったが、明らかに私を出し抜いて、私のすぐ目と鼻の先で私に見破られずにまんまと名画をニューヨークへ持ち出せると考えていたわけだ。こうなったら、彼をとっちめて、からかってやろうと私は決意した。

ところが、少なからず気になることが一つあった。箱は、余分に取った三つ目の船室ではなく、ワイアットの部屋に置かれたのだ。そうなると、部屋の床はほとんどこの箱に占められてしまって、夫妻にはかなり不便だったろう——しかも、のたくるような大文字で蓋《ふた》に「ニューヨーク州オールバニ市、アデレイド・カーティス夫人宛て。差出人コーネリウス・ワイアット氏。この面が上。取扱注意」と書かれていたのだが、そのインクというか塗料が強烈な悪臭を放っており、どうにも私には奇妙に鼻につく不快な臭いと思えてならなかった。

さて、オールバニ市在住のアデレイド・カーティス夫人とは、画家の妻の母親であることを私は知っていた——が、この宛て名そのものが、特に私を煙《けむ》に巻くためのものに思えた。もちろん、箱とその中身は、ニューヨーク市のチェインバーズ通りにあるわが人間嫌いの友のスタジオに届けられるのであって、それより北のオールバニ市へ行くはずはない――私はそう考えた。

最初の三、四日は、向かい風ではあったものの、快晴に恵まれた。岸が見えなくなったとたんに北へ針路が変わった。その結果、旅客たちは気分が高揚して、社交的になっていた。しかしながら、ワイアットと姉妹たちは、例外とせねばなるまい。ほかの人たちに対してぎこちない、非礼と言うしかない態度をとっていたのだ。私はワイアットの振る舞いは気にしていなかった。いつもより憂鬱《ゆううつ》そうで――実のところ不機嫌だったが――彼の奇癖には慣れていた。ところが、姉妹たちまで、一体どうしたものやら、旅路のあいだ自室にほぼ籠《こ》もりきりで、私が何度促しても、船上の誰とも言葉を交わそうとしなかったのである。

ワイアット夫人は、ずっと愛想がよかった。言い換えれば、おしゃべりだった。気さくなおしゃべりは、海上では少なからず歓迎されるものだが、夫人は大概のご婦人方とあまりにも親密になり、そして、紳士方相手にあからさまにいちゃついていて、私は心底驚いた。誰もが大いにおもしろがっていた。「おもしろがって」と言ったが――どう説明したらよいだろうか。実は、ワイアット夫人は、他の婦人たちと一緒に笑っていたのではなく、笑いものになっていたのだ。紳士方は彼女を話題にもしなかったが、ご婦人方は少しすると、彼女のことを「お人好しで、かなり残念なお顔で、まったく無教育で、卑しい女であることはまちがいない」と言うようになった。不思議で仕方なかったのは、なんだってワイアットがこんなのに引っ掛かってしまったのかということだ。よくあるのは財産目当てだが、この場合それはありえなかった。何しろ、ワイアットが直接話してくれたのだ――妻の持参金は一銭もなく、どんな金の当ても一切ないのだと。「僕は愛のために、愛のためだけに結婚したんだ。そして妻は、僕の愛にはもったいないような人なんだ」と彼は言った。そんな表現を聞くと、わが友を思って、名状しがたい困惑を感じてしまう。こいつ頭がどうかしちまったんじゃないのか？　それ以外どう考えられるだろう。あんなに洗練されていて、あんなに知的で、あんなに細かな点に気を遣い、欠点を絶妙に見抜き、美しきものをあんなにも鋭い感受性で理解していた彼が！　確かに、夫人は彼のことが大好きらしい――彼がいないところではなおさら――「愛する亭主のミスター・ワイアット」がああ言ったこう言ったと話に出しては滑稽《こっけい》な姿をさらしていたのだから。「亭主」という言葉は、彼女自身のお上品な表現を用いれば、永遠に彼女の「舌先に乗っかって」いるようだった。一方、乗客全員が目撃したところによれば、彼のほうは夫人をずいぶんはっきりと避けており、たいていは自分の船室に閉じ籠もったきりで一向に出てくる気配がないのに、夫人には上級船客の集まるメイン・キャビンで好き勝手振る舞わせているのだった。

　ここまで見聞きした事実から私が下した結論は、わが友は、何か説明のつけがたい運命のいたずらか、ひょっとしたら熱烈で気まぐれな恋情にとりつかれてしまって、まったくふさわしくない相手と結ばれてしまい、その当然の結果としてあっという間に何もかも嫌になったのではないかということだった。心から可哀想に思った――が、だからと言って『最後の晩餐』の件を赦《ゆる》すつもりもなかった。この点では、仕返しをしてやろうと心に決めていたのだ。

ある日、彼が甲板に出てきたので、私はいつものように彼の腕を取って、一緒に行きつ戻りつ散歩をした。しかし、彼の憂鬱は（この状況では致し方ないが）まったく晴れる様子がなかった。かすかに口をきくときも不機嫌で、あえて努力して言葉を発しているとわかった。少し冗談を言ってやると、微笑もうと無理をしていた。可哀想に！――あの夫人のことを考えれば、かりにも楽しいふりをすること自体、驚きなのだ。やがて私は、例の件でぐさりとやってやろうと考えた。長方形の箱についてあからさまに当てつけやら、仄《ほの》めかしやらを繰り返して、こっちはそれほどのカモじゃないし、煙に巻いてやろうという君のちょっとしたお楽しみの犠牲者になりはしないと、徐々にわからせてやろうとしたのだ。まずは、大砲を隠そうとしても、こちらにはお見通しだと教えてやった。「あの箱の奇妙な形」について言い、そう言いながら、いかにもわかっているふうにウィンクして、人差し指で彼のあばら骨をそっとつついたのだ。

この何気ないからかいを受けたワイアットの態度を見て、私は彼の頭がどうかしてしまったのだと確信した。まず彼は、私の言葉のひやかしの意味がまったくわからないかのように、私をじっと見つめ、それからじわじわと脳に理解が到達するにつれ、その度合いに応じて目が眼窩《がんか》から飛び出るように思えた。それから顔がひどく紅潮し――次にものすごく真《ま》っ蒼《さお》になり――やがて、私の当てこすりに大いに興じたかのように呵々大笑《かかたいしょう》し、驚いたことに、どんどん哄笑《こうしょう》は高まって、十分かそれ以上も笑いつづけたのだ。最後には甲板にドタンと倒れてしまった。助け起こしに駈《か》け寄ると、ぐったりとして、どう見ても死んだと思えた。

私は人を呼んで、かなり苦労して意識を取り戻させた。気がついてからも、彼はしばらくわけのわからないことを口走っていた。とうとう、瀉血《しゃけつ》をさせ、ベッドに寝かせた。翌朝、肉体的健康のみについて言えば、すっかり元気になっていたが、心のほうは、もちろん、何とも言えない。それから旅が終わるまで、私は船長の忠告を受け入れて彼に近づかないようにした。船長も彼の精神錯乱について私とまったく同意見であるようだったが、この件については船内の誰にも言わないようにと注意した。

このワイアットの発作の直後、かねてから抱いていた好奇心が一層刺激されるいくつかの事件が起こった。なかでも、こんなことがあった――私は強い緑茶を飲みすぎて、夜あまり眠れなかった――実際、二晩というもの一睡もできなかったと言っていい――そのために神経過敏になっていた。さて、私の船室は、船内の独身男性の部屋の例に洩《も》れず、メイン・キャビンすなわち大食堂につながっていた。ワイアットの三室は船の後部にあり、メイン・キャビンとは薄い引き戸で仕切られていて、夜のあいだ、この戸に施錠されることはなかった。船はほぼ常に風を受けていて、それもかなりな強風であったため、船は風下のほうへ大きく傾いていた。右舷《うげん》が風下側のときには、船室間の引き戸がすべって開いたままになっていて、誰もわざわざそれを閉めようとはしなかった。ところで、私の船室のドアが開いていて（暑かったのでドアを開け放していた）、件《くだん》の引き戸も開いていると、私の寝棚からは、ちょうど後部船室が丸見えで、しかも、ワイアット氏の船室があるあたりがよく見えた。さて、寝つかれずに起きていた二晩（連続した晩ではない）、どちらも十一時頃、ワイアット夫人がワイアット氏の船室からあたりを窺《うかが》うようにしてそっと出てきて、予備の空室へ忍び込み、夜明けまでそこにいて、夜明けになると夫に呼ばれて帰っていったのを私ははっきりと見た。二人が夜を別々に過ごしているのは明らかだった。まちがいなく、離婚を考えに入れて別居生活をしているのだ。なるほど、これで、予備の船室の謎が解けたと思った。

他にも、私の興味を大いに惹《ひ》いたことがあった。例の寝つかれぬ二晩のあいだ、ワイアット夫人が予備の船室へ消えた直後、夫の船室から奇妙な、押し殺したような、あたりをはばかるような物音がして、気になったのだ。しばらくじっと注意を集中して耳を傾けたのち、ついにその意味を完全に把握することができた。画家が鑿《のみ》と木槌《きづち》を使って長方形の箱をこっそりと開けている音だ。木槌の頭を柔らかい綿《わた》や木綿の布などでくるんで、音を抑えるか出ないようにしてあるらしかった。

こうして耳を澄まして聴くうち、蓋《ふた》がすっかり外れた瞬間がわかったように思った――しかも、その蓋を箱から取り除《の》けて、下段の寝棚の上に置いたのもわかった。どうしてわかったかと言うと、とてもそっと蓋を置く際に寝棚の木枠にぶつかる微《かす》かな音がしたからだ――床には蓋を置くスペースはないのだ。そのあと、完全な静寂が訪れ、どちらの晩も夜明け近くまで何も聞こえなかった。ただ、もしかすると、低い忍び泣きか呟《つぶや》くような――ほとんど聞き取れないほど抑えられた――声がした気もするのだが、もちろん、気のせいかもしれない。忍び泣きか溜《た》め息《いき》に似ていたのだが――もちろん、どちらでもなかったのかもしれない。ただ耳の中で鳴っていただけなのだろう。きっとワイアット氏は、いつものとおり、自分の嗜好《しこう》に耽《ふけ》って、その芸術的熱狂の発作に身を任せていたのだろう。長方形の箱を開けたのは、中の名画を眺めて眼福を得ようとしたためだ。ただ、それで忍び泣くようなことはない。だから、きっと空耳だったのだと思うことにした。ハーディー船長からもらった緑茶がいけなかったのかもしれない。夜明け直前、今話した二晩とも、ワイアット氏が長方形の箱に蓋を戻し、くるまれた木槌で元の穴に釘《くぎ》を打ち込む音がはっきりと聞こえた。そのあとで氏は、すっかり服を着て船室から出て、夫人を隣室から呼び戻したのである。

海に出て七日目、ハッテラス岬〔ノースカロライナ州のパムリコ湾と大西洋を隔てて細長く連なる砂州状の島の一つ、ハッテラス島の東端にある岬〕の沖にさしかかったとき、南西から激しい強風が吹きつけた。前から天候は怪しかったので、準備はできていた。下の帆も上の帆もたたまれ、風が着実に強まってくると、後縦帆《スパンカー》と前檣横帆《フォアトプスル》をどちらも二重に折りたたんだまま、船はついに静止した。

この状態で四十八時間無事に浮かんでいた――船は多くの点で優秀な帆船であることが証明され、大きな波をかぶることもなかった。しかし、四十八時間が過ぎると、強風はハリケーンへと発展し、後檣帆《アフターセイル》がびりびりに引き裂かれ、船は波と波のあいだの窪《くぼ》みに入り込んで、巨大な波を次々に浴びることになった。この事故で船員三名が海にさらわれ、甲板上の賄所《まかないじょ》も左舷舷牆《さげんげんしょう》〔波よけの柵《さく》〕も波に持っていかれてしまった。気を取り直す間もなく、前横《フォアトプスル》もびりびりになり、すぐに暴風用支索帆《ステイスル》を上げた。これでようやく数時間はうまくいき、船は以前よりも着実に進むようになった。

しかし、暴風はつづいており、やむ気配はなかった。索具の具合がよくないところが見つかり、かなり無理がきていた。嵐になって三日目、午後五時頃、三本目の帆柱《ミズン・マスト》が風上へ急に傾いたかと思うと、どうと倒れた。一、二時間かかって、甲板からそれをどけようと頑張ったが、ものすごい横揺れのために、できなかった。もう少しで甲板からどかせそうだというときに、整備士が船尾にやってきて、船倉が四フィート〔約一・二メートル〕の水に浸《つ》かっていると報告した。この苦境に加えて、ポンプが詰まっていてほとんど使いものにならないこともわかった。

何もかも混乱し、絶望的な情況だった――それでも、積み荷を手当たり次第にどんどん投げ捨て、残った二本の帆柱も切って船を軽くしようという努力がなされた。これは何とか成し遂げられたが、ポンプについては打つ手がなかった。その一方で、船の浸水はかなりな速さで進んでいた。

日没時、暴風ははっきりと落ち着いてきて、海の荒れもおさまってきたので、ボートに乗っていけば助かるのではないかという微かな希望がまだあった。午後八時に、風上の雲に切れ目がひろがり、満月が出てくれた──この僥倖《ぎょうこう》は、落ち込んでいた皆を大いに元気づけてくれた。

信じがたいほど苦労して、船に積んであった大型ボートをようやく大過なく海へ下ろすことができ、ここへ乗組員全員とほとんどの旅客がひしめきあって乗り込んだ。この一行は直ちに船から離れ、艱難辛苦《かんなんしんく》を乗り越えて、遭難三日後、ついにオクラコーク入り江〔ハッテラス島の東に位置するオクラコーク島と、ポーツマス島のあいだの入り江〕に無事到着した。

船長を含む十四名が船にとどまった。船尾にある小型ボートに運命を託そうというのである。ボートを下ろすのは難儀ではなかったが、着水したときに沈めてしまわなかったのは奇跡としか言いようがない。浮かんだボートに乗り込んだのは、船長とその妻、ワイアット氏の一家、メキシコ人航海士、その妻と子供四人、そして私と私の黒人の従者だった。

もちろん、絶対に必要な品物や食料、それから今着ている服のほか、何も積み込む余裕はなかった。それ以上のものを持ち込もうと考える者は誰もいなかった。それゆえ、ボートが船から離れ始めたときに、ワイアット氏が船尾の座席から立ち上がり、ボートを引き戻して、あの長方形の箱を積むようにと、ハーディー船長に冷ややかに命じたときの皆の驚愕《きょうがく》たるや、想像を絶するものだった！

「座ってください、ワイアットさん」船長は、幾分厳しく答えた。「静かに座っていただかないと、ボートがひっくり返ります。船べりがもう沈みかかっています」

「箱だ！」ワイアット氏は立ったまま大声で喚《わめ》いた――「箱だと言っているだろ！　ハーディー船長、まさか拒否するんじゃないだろうな。あれの重さなんて大したもんじゃない――軽いもんだ――ほんと、何でもない。あなたを産んだ母親にかけて――神の慈愛にかけて――あなたが天国へ行ける望みにかけて、頼むから、箱を取りに戻ってくれ！」

船長は、しばらく、画家の真剣な訴えに心を動かされたようだが、厳しい落ち着きを取り戻して、こう言っただけだった――

「ワイアットさん、どうかしていますよ。それは無理です。お座りください。さもないとボートが転覆してしまう。あっ！――押さえろ――捕まえろ！――飛び込むぞ！　ほら――やっぱり――飛び込んだ！」

船長がそう言ったとき、ワイアット氏は本当にボートから海に飛び込んでおり、まだ難破船の陰にいたものだから、ほとんど超人的な努力によって、前甲板から垂れていたロープをつかむことに成功した。次の瞬間、氏は甲板に上がって、必死になって船室へと駆《か》け下りていた。

一方、ボートは船の船尾へと流されてしまい、船の陰からすっかり出たために、依然として凄《すさ》まじく荒れ騒ぐ波のなすがままとなった。何とかボートを戻そうと頑張ったものの、小さなボートは、嵐という息が吹き上げる羽毛に等しかった。不幸なる画家の運命が定まったことは、直ちに見てとれた。

　難破船からボートがどんどん遠ざかっていったため、この常軌を逸した男（としか言いようがなかった）が甲板の昇降口階段のところで、巨人のごとき怪力でもって、長方形の箱を引きずり上げている様子は遠くに見えるだけだった。極度の驚愕のうちに見守っていると、彼は三インチ〔約七・六センチ〕もの太さのあるロープをすばやく、まず箱に数回巻きつけると、今度は自分の体にぐるぐる巻きつけた。次の瞬間、体も箱も海中へ――あっという間に見えなくなり、永遠に消え去ってしまった。

　私たちは、その場所から目を離せないで、しばらくオールを持ったまま悲しみに沈んでいた。ようやく、その場を離れたが、沈黙は一時間ほど破られることはなかった。ついに私は言葉を発してみた。

「お気づきになりましたか、船長。ずいぶん速く沈んでいきましたよね。奇妙極まることではないでしょうか。実は、彼が箱に体を縛りつけて海に身を投げたとき、あれで助かったのではないかと微かな希望を抱いたのですが」

「沈んだのは当然です」と、船長。「弾丸のようにね。しかし、すぐに上がってくるでしょう――塩が溶けてしまえば」

「塩ですって！」私は叫んだ。

「しぃっ！」船長は、故人の妻や姉妹たちを指さして言った。「そうしたことをお話しするには、もっとふさわしいときを選ばなければなりません」

――

九死に一生を得て命からがら逃げ出したわけだが、運命は大型ボートの仲間のみならず我々にも味方してくれた。要するに、四日に及ぶ過酷な漂流の末、生きた心地もしないまま、ロアノーク島〔パムリコ湾とその北のアルベマール湾とのあいだにある島。十六世紀にイングランドが新世界で最初に造ったサー・ウォルター・ローリーの植民地がある〕の向かいの岸辺に打ち上げられたのだ。そこに一週間滞在し、難破船を引き上げて商売としている連中から邪険にされることもなく、ついにはニューヨークへ辿《たど》り着けたのだ。

インデペンデンス号が消えて一か月ほど経った頃、私はブロードウェイで偶然ハーディー船長と再会した。話題は自然な流れとして、遭難へ、とりわけ哀れなワイアットの悲運へと移った。こうして私は、以下の詳細を知ったのである。

画家は、本人、夫人、二人の姉妹、そして召し使い一人の渡航の予約をしており、彼の妻は、本当のところは、言われていたとおりに、実に愛らしい才色兼備《さいしょくけんび》の女性だった。六月十四日（私が最初に船に乗り込んだ日）の朝、夫人は急に体調を崩して死んでしまった。若い夫は、悲しみのあまり、気も狂わんばかりとなった――が、ニューヨーク行きを延期するわけにはいかない事情があった。愛妻の遺体を妻の母へ届ける必要があったものの、世間の偏見を考えると、この件をおおっぴらにすることは憚《はばか》られた。九割がたの客が、死体と一緒の船旅をするくらいなら船を下りると言い出すにちがいなかった。

　この苦境にあって、ハーディー船長は、まず遺体に部分的防腐処置を行い、大量の塩とともに適切な大きさの箱に詰めて、商品として船に積んだのである。夫人の死はすっかり伏せられた。ワイアット氏が夫人の分の予約もしていたことは周知の事実だったため、誰かが航海中、夫人になりすます必要があった。この役は、亡き夫人のメイドがすぐに引き受けてくれた。夫人存命中にこの娘のために予約してあった予備の船室は、そのままキャンセルせずにあったが、もちろん、その部屋で偽の夫人が毎晩寝ていたわけだ。日中彼女は夫人役をせいぜい頑張って務めた——が、生前の夫人を知っている人が旅客のなかにいない点は重々確かめたうえでのことだった。

　私自身のまちがいは、当然ながら、あまりの不注意、あまりの詮索《せんさく》好き、あまりの衝動的な性格から出たものだった。しかし、最近、どうも夜なかなか寝つけない。どんなに寝返りを打ってみても、ある顔が浮かんで消えないのだ。ヒステリックな笑い声が、耳の中でいつまでも鳴り響くのである。

# 夢の中の夢

お別れだね、君とは、ついに。
最後にキスさせておくれ、その額に！
僕との日々は、ひと思いに
夢と忘れてくれてかまわない。
君は、なんにも悪くない。
でも、一夜にして、あるいは一日にして
希望が飛び去って消えたとして、
すべては幻、いや、なかったことと思えても、
それで失われた痛みが減りはしない、とても。
だって、僕らが見るもの、あるいは僕らと思えるもの、
すべては、夢の中の夢にすぎないのだもの。

岸辺を苛《さいな》んでは轟《とどろ》かせる
荒波の咆哮《ほうこう》に、僕は身を任せる

握って離すな
黄金の砂——
何てわずかな！　でも、とめどなく
指のあいだを零《こぼ》れてゆく、果てしなく
僕は泣く——僕は泣く！
ああ神よ！　もっとしっかり
つかんでおけぬのか、すっかり
失うしかないのか、ああ神よ、無慈悲な波に
すべてさらわれ、一粒も救えぬのか、形見に？
やはり、僕らが見るもの、あるいは僕らのように
思えるものはすべて、夢の中の夢にすぎないのか、本当に？

# 構成の原理

チャールズ・ディケンズは、今私の前に置いてある手紙の中で、かつて私が『バーナビー・ラッジ』の構造について行った考察に言及してこう述べている――「ところであなたは、ゴドウィンが彼の『ケイレブ・ウィリアムズ』を逆から書いたのをご存じですか。彼はまず自分の主人公を揉《も》め事《ごと》の渦中に放り込んで第二巻を形成し、それから第一巻として、そうなったのはどうしたわけか説明を考えていったのです」

ゴドウィンがまったくこのとおりに作品を書いていったとは思えない――実際、本人が認めている話は、ディケンズ氏の考えとは必ずしも一致しない――が、『ケイレブ・ウィリアムズ』の著者は優れた作家なので、少なくとも似たような方法をとる利点に気づかなかったはずはない。どんな筋にせよ、名前を挙げる価値のある作品の筋であれば、まずその結末部分に向けて念入りに書かれてから、ほかのところが書かれるものだ。これほどはっきりした話はない。終局《デニュマン》を常に視野に入れてこそ、筋に必然的な流れを与え、因果関係を明確にできる。作品内の出来事がどうしてもそうならざるを得なかったと見えるようにし、あらゆる点に於ける調子《トーン》が作品全体の意図とそろっていることが必要なのだ。

作品創作の通常の方法には、致命的な誤りがあると思う。歴史に題材を求めたり——一日の出来事を描いたり——あるいは、せいぜいめぼしい出来事を並べ立てて物語の基礎だけを作り、描写や会話や作者のコメントなどを事実やアクションの隙間に埋め込み、ページごとに書き連ねようというのが一般的な方法だ。

私なら、効果を考えることから始めたい。独創性《オリジナリティ》を常に念頭に置き——というのも、かくも明らかで、かくも手にしやすい興味の源をあえて捨てるような作家は自らを裏切っているからだ——私はまず自分に問う。「心、知性、あるいは（より一般的に）魂に及ぼす数かぎりない効果や印象のなかで、どれを今、選ぶか？」まず新奇な、次に生きとした効果を選んだのち、それがどんな出来事や調子《トーン》によってうまく形になるかと考える——平凡な出来事と奇妙な調子によってか、あるいはその逆か、あるいは出来事も調子も特異なものにしたほうがいいのか——そう考えて、自分の周りに（あるいは自分の中に）、求める効果を最もうまい具合に生み出す出来事や調子の結びつきを探すのだ。

ときどき思うのだが、どんな作家でもいい、自分の作品のどれか一つが最終的な完成に至るまでに辿《たど》った過程を一つ一つ詳述しようという気になれば——つまり、そうできれば——どんなにおもしろい雑誌記事が書けるだろう。なぜそんな記事が一つも書かれないのか、皆目見当がつかない——が、たぶん作家の虚栄心が、その真の原因ではないか。たいていの作家は——とりわけ詩人は——ある種のすばらしい狂気——恍惚《こうこつ》たる直観——にとりつかれて書いたと思われたいものだ。まさか舞台裏を覗《のぞ》かれて、必死に頭を絞ってあれこれ地道に考えていましたなんて、ばれるのだけは勘弁と思っているものだ。真の意図は最後の最後につかめたとか――ちらりと思いついた無数のアイデアは、全体を把握して出てきたものではなかったとか――完全に出来上がっていたイメージが使えなくなって没になったとか――慎重な取捨選択とか――泣く泣く削ったり挿入したりしたとか――要するに、これまで文学の裏舞台の九十九パーセントを占めてきた――裏の滑車や場面転換の仕掛け、脚立に奈《な》落《らく》、鶏の羽根で飾り、紅《べに》や黒パッチをつけてごまかす――そうした内情を見せたくはないのだ。

　一方、私としても、作家が得られた結末までの道を辿り直してみるなんて、決して普通ではないことは了解している。一般的に、行き当たりばったりに出てきたアイデアは、どんなふうに思いついたか覚えていられないものだ。

　私の場合、今述べたような手の内を明かしたくないという思いは一切ないし、どんなときでも、創作で自分が辿った足どりを思い出すのに少しも困難を感じたことはない。それに、分析や再構築といった、私が切実に必要《デジデラータム》と感じてきたものへの興味は、分析対象となる作品への実際の興味、あるいは想定された興味とはまったく無縁なので、私自身の作品がどのように書かれたかの手口《モウダス・オパランディ》を示したところで、作家の礼儀を破ることにはならないだろう。よく知られた例として「大鴉《おおがらす》」を選ぶことにする。執筆のどの時点に於《お》いても、偶然や直観によって書かれたものでないことを示すのが私の意図である。作品は、一歩一歩正確に、数学の問題をきちっと解くように、完成へと向かったのである。

世の中に、そして批評界に受け入れられるにふさわしい一編の詩を書こうという意図をそもそも生み出した状況――ないし必要性――に関しては、詩それ自体とは無関係なものとして、ここでは論じない。

そこで、創作意図から始めることにしよう。

まず考えるのは長さだ。どんな文学作品も一気に読み切れないほど長いと、非常に重要な効果を印象のつながりに委《ゆだ》ねざるを得ない――二回で読めるとしても、あいだに世事が入り込み、統一性がすぐ台無しになる。だが、他の条件《ケテリス・パリブス》が等しければどんな詩人も、自分の構想を進める要素を何一つ手放すわけにはいかないのだから、作品を長くすることで統一性が失われても仕方がないだけの利点があるかが問題になる。そういう利点はないと、言下に言おう。長詩と呼ばれるものは、実は短詩の連続でしかない――つまり、短い詩的効果の連続にすぎない。今更言うまでもなく、詩は、魂を高揚させ、強烈に昂《こう》奮《ふん》させるから詩なのであり、あらゆる強烈な昂奮は、心理的な必要性から短いものだ。だから、『失楽園』の少なくとも半分は本質的に散文になっている。詩的な昂奮が連続するとき、どうしてもそれに相応する沈滞が入り込んでくるので、その極端な長さのために極めて重要な芸術上の要素である効果の統一性を失い、まとまりがなくなってしまうのだ。

となれば、あらゆる文学作品の長さにははっきりとした限度――一気に読める分量という限度――があるのは明らかだろう。『ロビンソン・クルーソー』のような（まとまりを求めない）散文作品に於いては、この限度は超えたほうが有利かもしれないが、詩では絶対超えてはならない。この限度内であれば、詩の長さは、その長所に――言い換えれば、その昂奮や高揚に――さらに言い換えれば、その詩が惹《ひ》き起こし得る真の詩的効果に応じて――数学的な関係を保つことになるだろう。というのも、短さは、意図した効果の強度に正比例するはずだからだ。ただし、何らかの効果を生むためには、ある程度の長さが絶対的に必要という条件付きではあるが。

こうした考察に加え、大衆にも手が届き、批評家たちにも見下されない程度の昂奮の度合いも考慮しつつ、私は直ちに、書こうと思っている詩の適切な長さを割り出した――約百行。実際は百八行となった。

次に考えるべきは、伝えるべき印象、つまり効果の選択だ。ついでに言えば、作品を誰にでも味わえるものにしたいという意向を、創作の念頭に置いていた。話が脱線しすぎるといけないので、私が繰り返し主張してきた点、すなわち、美こそが詩の唯一の正当な領域であるという点は、詩心のある人には今更示す必要もないし、ここで語るまでもないだろう。しかし、どうもわが真意をわかってくれていない友人たちもいるようなので、少しだけ説明しておきたい。最も強烈で、最も崇高で、最も純粋な歓《よろこ》びは、美の観照にあると私は信じる。人が美を語るとき、人は思われているようにその質を問題にしているのではなく、効果を問題にしている――要するに、魂の強烈にして純粋な高揚のことを言っているのであり、知性や心の高揚ではない。その高揚は、前述のとおり「美」を眺める結果、経験される。さて、私は美を詩の領域と捉《とら》えたが、それは単に、芸術上の明白な規則に従えば、効果というものは直接的な原因から生み出されなければならず、そのためにはそれに最もふさわしい達成手段が必要であって、今述べた特殊な高揚が詩に於いて最も容易に達成されうることを否定するほど頭の弱い者はいないからだ。ところで、知性を満足させる真実、そして心を搔《か》き立てる情念、この二つを目的とする場合、それはある程度は詩に於いても可能だが、散文のほうが達成しやすい。実のところ、真実には精密さが必要で、情念には素朴さが必要だ（真の情熱家ならわかってくれるだろう）。この二つは、私が論じる、魂を搔き立て、心地よく高揚させる美とは絶対的に対立してしまう。そうは言っても、情念や、あるいは真実でさえ、詩に導入できないわけではない。導入したほうがいい場合だってありうる——説明の足しになるかもしれないし、音楽に於ける不協和音がコントラストとなるように、全体的な効果を支えてくれるかもしれない——だが、真の芸術家はまず、そうした要素は主たる目的の下に置いて、詩の雰囲気であり真髄である美でもって、できるかぎり覆い隠してしまおうとするだろう。

　こうして美を主眼としたうえで、次の問題は、美を最高に表現する調子《トーン》は何かということだ——経験上、悲哀の調子がよいとわかっている。いかなる種類の美であれ、その極致に於いて、必ず感受性豊かな魂を震わせ、涙させるものだ。ゆえに憂愁こそ、あらゆる詩的調子のなかで最も正統的なものなのである。

長さ、領域、調子《トーン》がこうして定まると、詩作の基調《キーノート》――構造全体がそこを軸に回転できるような基軸――となりえる技法上の効果を手に入れたいと考えて、私は普通に帰納的推論を行った。よくある技法上の効果――演劇的に言えば決定的瞬間を盛り上げる技法――をいろいろ吟味して、リフレインほど広く用いられている効果はないとすぐ気づいた。遍《あまね》く用いられていることから、その本質的価値は確信できたので、わざわざ分析するまでもなかった。しかし、改善の余地はないかと考えてみると、やがてそれが旧態依然の状態にあるとわかった。折り返し句とも畳句とも呼ばれるリフレインは、よく使われているものの、使われるのは抒情詩《じょじょう》のみだし、音でも意味でも、単調さの力で印象づけようとするものだ。リフレインが心地よいのは、同じことが反復されるゆえである。私は全体的に音の単調さは守りながらも、意味を変化させつづけることで、変化《ヴァリエーション》をもたせて効果を大いに高めようと考えた。つまり、リフレインの使い方を変え、それによって新奇な効果を作りつづけようとしたのである――リフレインそのものは、ほとんど変化させずに。

以上の点が決まると、次にどんな種類のリフレインにするかを考えた。常に変化させながら用いていくのだから、リフレイン自体が短くなければならないことははっきりしていた。それなりの長さの文を変化させつづけるのは、至難の業だからだ。短いほど変化をつけやすい。こうして直ちに、単語一つがベストのリフレインだという結論に達した。

こうなると、その一語の音質が問題になる。リフレインをつける以上、詩をスタンザ（連）に分けるのはもちろん決まりだ。リフレインは各スタンザの最後に位置して、スタンザを締め括《くく》る。そうした締め括りに力を与えるには、響きがよく、長く伸ばして強調がきく一語がいいに決まっている。こう考えて、長く伸ばせるoが最も響きのいい母音であり、最も使いやすい子音rと結びつければよいという結論となった。

リフレインの音がこうして決まると、この音を含む言葉を選ばなければならない。同時に、それは詩の調子として定めておいた憂愁と完全に合致していなければならない。こうして探していくと、どうしたって、“Nevermore”（ありはせぬ）という語を見落とすことはありえなかった。実のところ、真っ先にこの語を思いついたのだ。

次の課題《デジデラータム》は、“Nevermore”という一語を用いつづけるための口実だ。それを何度も繰り返すための、それなりに納得のいく理由を考えつくのはむずかしいと思ったが、むずかしいのは、その語を人間が何度も単調に繰り返すと決めてかかっていたせいだと気づいた。要するに、むずかしいのはこの単調さと、その言葉を繰り返す者の理性的思考との折り合いをつけようとしていたからだとわかったのだ。そこですぐ浮かんできたのが、話すことができて理性的思考を伴わない生物のイメージだ。当然ながらまず鸚鵡《おうむ》を考えたが、やはり話すことができて、狙った調子に、より合致する大鴉にすることにした。

こうして、大鴉《おおがらす》——不吉な鳥——が、約百行の憂鬱《ゆううつ》な調子の詩の各スタンザの締め括りに“Nevermore”という語を単調に繰り返す発想にまで至ったわけだ。さて、細部に亘《わた》るまで白眉、つまり完璧《かんぺき》にすべく、私は自問した——「あらゆる憂鬱なもののうち、人類の普遍的な理解に拠《よ》れば、何が最も憂鬱か」と。死——というのが、明らかな答えだった。「では、いつ」と、私は問うた。「この最も憂鬱な話は、最も詩的となるだろうか」と。これまで説明してきたことから、この点もまた明らかだ——「それが美と最も密接に結びつくとき。つまり、美女の死こそ、疑いなく世界一詩的な話となる——そして同様に疑いなく、その話を語るに最も相応《ふさわ》しい唇は、恋人を失った男の唇である」

次に、恋人の死を嘆く男と、“Nevermore”という語を繰り返しつづける大鴉という二つのイメージを結びつけねばならなかった。結びつける際には、繰り返される言葉の用い方を少しずつ変えていく計画も忘れないようにしなければならないが、そのような結びつきを成立させるには、恋人を失った男の問いに大鴉がリフレインの言葉を使って答えるところを想像するよりほかない。そう思いつくと、これまでずっと考えてきた効果——つまり、用い方に変化をつけるという効果——を発揮させる機会が訪れたことがわかった。最初の問いを男にさせ、大鴉がそれに“Nevermore”と答えるわけだが——この最初の問いはありきたりなものとし——二度目に問うときは、それほどありきたりではなくし——三度目は、さらに特殊な問いとし——ついには、最初何気なく話しかけていた男も——その言葉自体の憂鬱さや、それが何度も繰り返されることや、それを言う鳥にまつわる不吉な噂を考え合わせて——とうとう迷信深くなり、かなりちがう性質の問いを必死になって発するようになる。心の奥では情熱的に答えがわかっているはずの問いを、半ば迷信に駆られ、半ば自虐を楽しむ絶望的思いに駆られて発してしまう。問うのは、その鳥の予言的、悪魔的な性格を信じるからだけでなく（ただ教え込まれた文句を繰り返しているにすぎないと頭ではわかっているのだから）、最も耐えがたいがゆえに最も香ばしい悲しみを、次に期待される“Nevermore”という返事から味わえるような問いに変えていくことに、熱狂的な快楽を経験するからである。こうして詩を書く方法を手に入れると——正確に言えば、構成を進めるに当たってそうせざるを得なくなった道が見えてくると——私はまずクライマックスを、つまり最後の問いを考えた。それは“Nevermore”が答えとなる最後の問いであり、この“Nevermore”という返事によって、考えうるかぎりの最大の悲しみと絶望とがもたらされるべき問いである。

ここまで来て、この詩は書き始めることができるようになった——あらゆる芸術作品は終わりから始められるべきなのだ。というのも、私はここまで予《あらかじ》め考えたうえで初めてペンを手に執《と》って、次のようなスタンザを紙に書きつけたからだ。

“Prophet,” said I, “thing of evil! prophet still if bird or devil!
By that heaven that bends above us — by that God we both adore,
Tell this soul with sorrow laden, if within the distant Aidenn,

It shall clasp a sainted maiden whom the angels name Lenore—
Clasp a rare and radiant maiden whom the angels name Lenore."
　Quoth the Raven "Nevermore."
「予言者の悪魔め」と私は言った。「それともあくまで鳥なのか。
われらが頭上にある天国にかけて——ともに崇《あが》める神にかけ——
教えておくれ、この胸に。人好むエデンの園《その》の彼方《かなた》では
晴らせるだろうか、この無念。天使らがレノーアと呼ぶあの聖なる乙女——
天使らがレノーアと呼ぶかけがえのない輝く乙女をこの魂が抱くことはあるのか」
　鴉は言った、「ありはせぬ」

　この時点でこのスタンザを書いたのは、まずクライマックスを決めておけば、そこまでの男の問いを、その真剣さと由々しさの点で、徐々に変化させやすいと思ったからだ。それに、韻律《リズム》、歩格《ミーター》、スタンザの長さと全体の配列がずっと定めやすくなるし、これに先行するスタンザでは韻律的効果がこれを超えないように調整できるからである。このあとの創作過程でもっと力のあるスタンザができたとしても、このクライマックスの効果の邪魔にならないように、躊躇《ちゅうちょ》なくその力を弱めたことだろう。

　ここで、韻律形式について少し述べておこう。最初の目的は（いつものとおり）独創《オリジナ》性《リティ》だった。韻律形式に於《お》いて独創性がなおざりにされてきたのは、この世で最も説明の

つかないことの一つである。単なる韻律《リズム》にさほど種類がないのは認めるにしても、歩格《ミーター》やスタンザの多様性が無限であるのは明らかである——それなのに、何世紀にも亘って、韻文で独創的なものを書いた者も、書こうと思った者もいないのだ。実のところ、独創性とは（極めて特殊な力を持つ人を例外として）一部の人々が思っているように衝動や直観の問題では決してない。一般的に言って、独創性を見出《みいだ》すには丹念に捜さねばならず、最高級の長所となるにも拘《かか》わらず、創りあげるのではなく、しらみつぶしに見つけるべきものなのである。

もちろん「大鴉」の韻律や歩格に独創性があると言うつもりはない。韻律は強弱格《トロケイイック》、歩格は完全八歩格で、第五行のリフレイン前で繰り返される不完全七歩格と交代し（正しくはここも八歩格。『ポー傑作選1』「大鴉」作品解題参照のこと）、不完全四歩格で終わる。わかりやすく言えば、一貫して用いられる歩格は長音節のあとに短音節がくる長短格（強弱格）であり、スタンザの最初の行ではこの歩格が八回繰り返される。二行目では七回半（実際は三分の二）繰り返され、三行目は八回、四行目は七回半、五行目も同じで、六行目は三回半。ところで、これらの行は、一つ一つ見れば、これまでにも使われてきたものであって、「大鴉」の独創性《オリジナリティ》はこれらを組み合わせてスタンザにしたところにある。この組み合わせにわずかでも似たことは、未《いま》だかつてなされたことはなかった。この組み合わせという独創性の効果は、押韻と頭韻の原理の適用を拡大することから生じる、まったく新奇で意外な効果によって助長される。

次に考えるべきポイントは、男と大鴉を一つにする状況だ。まず、場所を考えなければならない。すぐ思いつくのは森とか野原だが、密な空間の限定こそ、隔離された事件の効果には絶対必要だといつも思う。絵に対する額縁の役割を果たすのだ。注意を集中させる力があるのは言うまでもないし、もちろん単なる「場所の一致」〔古典主義に於ける「三統一」の一つ〕と混同してはならない。

こうして、男は自分の部屋にいることにした。恋人がよく訪れた、大切な思い出の部屋だ。部屋には豪華な調度品がある――これは、真の詩の唯一のテーマである美の主題のところで説明した考えを実行したにすぎない。

かくして場所が定まると、次は鳥の導入だ。窓から入ってくると思いつくのは必然だった。まず男が、鎧戸《よろいど》を打つ鳥の翼の音をドアの「ノック」とまちがえるというアイデアを思いついたのは、話を引き延ばすことで読者の好奇心を刺激したかったからだ。そして、男がドアをパッと開けても、あたりは真っ暗で、恋人の霊魂がノックをしたのかと半ば空想してしまうことから付加的な効果も生まれると考えた。

嵐の夜としたのは、大鴉が中に入りたがっている理由にもなるし、部屋の（物理的な）静けさとのコントラストにもなると考えたからである。

鳥をパラスの胸像に止まらせたのも、大理石と黒い羽のコントラストゆえだ。胸像は完全に鳥から連想されたものだ。パラスの胸像にしたのは、第一に男の学識と最も合うし、第二にパラスという音の響き自体がよいからだ。

また、詩の半ばで、最後の感銘を深めるために、コントラストの力を利用した。たとえば、ファンタジー的な雰囲気を——滑稽《こっけい》にならない程度に——大鴉の登場に与えた。鳥は「羽ばたく音立て押し入」ってくる。

Not the *least obeisance made he* — not a moment stopped or stayed he,
*But with mien of lord or lady*, perched above my chamber door.
遠慮会釈もあらばこそ、じっとする間もあらばこそ
さてこそ殿様さながらに、かさこそ止まった、ドアの上。

つづく二つのスタンザでは、この計画はさらにはっきり実行されている。

Then this ebony bird beguiling my sad fancy into smiling
By the *grave and stern decorum of the countenance it wore*,
"Though thy *crest be shorn and shaven*, thou," I said, "art sure no craven,
Ghastly grim and ancient Raven wandering from the nightly shore —
Tell me what thy lordly name is on the Night's Plutonian shore!"
Quoth the Raven "Nevermore."

Much I marvelled this *ungainly fowl* to hear discourse so plainly,
Though its answer little meaning — little relevancy bore;
For we cannot help agreeing that no living human being
*Ever yet was blessed with seeing bird above his chamber door* —
*Bird or beast upon the sculptured bust above his chamber door,*
With such name as "Nevermore."

黒檀《こくたん》色の鳥の顔つき　あまりに峻厳なるにつき
悲嘆に暮れていた私も落ち着き、ついつい顔がほころんだ。
「おまえの鶏冠《とさか》は疾《と》うにないが、臆病者《おくびょう》とは思えない。
陰気で厳《いか》めしい古《いにしえ》の鴉《からす》よ、三途《さんず》の川から来たやつよ——
言え、あの闇の大王の磯辺《いそべ》では、いかなる異名で呼ばれていたか！」
　鴉は答えて「ありはせぬ」

驚いた、こんなみっともない鳥が返事をするとは思ってもない。
ただ、その答えには意味がない——ほとんど答えになってない。
なにしろ生身の人間で、目にした者などいやしない。
部屋に鳥獣飛び込んで、止まっているのだ、ドアの上、

彫像にちょんと止まって言うのだ、そのうえ、
なんとその名は「ありはせぬ」

こうして終局《デニユマン》への準備ができると、直ちにファンタジー的な調子をやめて、最も深遠で真剣な調子へと切り替えていく。今引用したスタンザの次のスタンザのこの行から真剣な調子が始まる。

But the Raven, sitting lonely on that placid bust, spoke only, etc.
だが、鴉は不動の像にぽつねんと留《とど》まり、ぽつりと発する、云々《うんぬん》

この段階になると男はもうふざけたりしない——大鴉の態度にもファンタジー的なところは認められなくなる。男は鳥のことを「陰気で異様で嫌な忌まわしい古《いにしえ》の鳥」と呼び、「その燃える目」が彼の「胸をまさぐ」ると感じる。男の思い、空想をこのように一転させたのは、読者の心理にも同じ効果を起こすためだ。急速に、もう今にもやってこようとしている終局《デニユマン》へ向かうにふさわしい心がまえをさせるためである。

あの世でも恋人に会えるだろうかという男の最後の問いに“Nevermore”と大鴉が応《こた》えるという適切な終局《デニユマン》を以《もっ》て、この詩は、単純な物語構造という明確な面に於いては完成したと言えるかもしれない。これまですべてが説明のつく範囲で——現実に起こり得

るものとして――進んできた。"Nevermore"というたった一語を教え込まれた大鴉が飼い主から逃げてきて、真夜中、激しい嵐の中、まだ光がついていた窓から部屋へ入ろうとする。その窓がある部屋では、一人の学生が、半ば本を読み耽《ふけ》り、半ば今は亡き愛《いと》しき恋人を夢見ている。翼の音を聞いて窓を開けると、鳥は学生の手の届かない手頃な場所に止まるので、学生はこの珍事と訪問者の態度の異様さをおもしろがり、ふざけて、答えを求めるつもりもなく、その名を尋ねる。問われた大鴉は、一つ覚えの"Nevermore"と答える。その言葉は、直ちに学生の憂鬱《ゆううつ》な心に響いて、そのとき思った考えを口にし、再び鳥に"Nevermore"と答えられて驚く。学生は、状況を理解するものの、先ほど説明したように、自虐を渇望し、半ば迷信にも駆られて、思ったとおりの"Nevermore"という答えによって絶妙な悲しみを味わえるような問いを鳥にしてしまう。この自虐に最も激しく耽溺《たんでき》するところで、物語は、私が明らかな局面と呼んだ形では、自然な終わりとなり、これまで現実の範囲を踏み越えるところは一切なかった。

しかし、そのように扱ってしまうと、いかに巧みであろうと、あるいはいかに生き生きとした出来事の連続を描こうと、芸術がわかる玄人の目をそむけさせてしまうような、ある種の生硬さ、露骨さが出てしまう。二つのことが必ず必要となる――第一に、ある程度の複雑さ、あるいはもっと適切に言えば、翻案。第二に、ある程度の暗示性――意味がはっきりしていなくてもいいので、何らかの底流が必要なのだ。特に後者は、芸術作品に多くの（あえて口語的な強い言葉を借りるなら）豊かさを与えてくれるので、人はそれを理想的なものと混同したがる。この暗示された意味が過剰になると、テーマの底流ではなくて表面の流れとなってしまい、それでいわゆる超絶主義者たちが「詩」と称するものは散文に（それも、実に平板な散文に）なってしまうのである。

こう考えて、私は詩に締め括《くく》りの二つのスタンザを付け加えた。その暗示性が、これまでのすべての物語に浸透するようにするためである。意味の底流は、まず次の詩行で明らかにされる。

"Take thy beak from out *my heart*, and take thy form from off my door!"
Quoth the Raven "Nevermore."

「わが心からその嘴《くちばし》を振り解《ほど》くなり、消えるがいい！」
鴉は言った、「ありはせぬ」

「わが心から」という言葉は、この詩で最初の隠喩《いんゆ》表現となっている。"Nevermore" という答えとともに、この言葉は、これまで語られてきたすべてに寓意《ぐうい》を探させようという気にしてくれる。読者は、大鴉を象徴的なものと看做《みな》し始める——が、最後のスタンザの最終行に至って初めて、それが果てることのない嘆きの思い出の象徴になっていることがはっきりとわかる仕掛けになっているのである。

And the Raven, never flitting, still is sitting, still is sitting,
On the pallid bust of Pallas just above my chamber door;
And his eyes have all the seeming of a demon's that is dreaming,
And the lamplight o'er him streaming throws his shadow on the floor;
And my soul *from out that shadow* that lies floating on the floor
Shall be lifted — nevermore.

鴉は飛ばずに、じっと留《とど》まる。身じろぎせずに蹲《うずくま》る。
白いパラスの像の上、ちょうど部屋のドアの上、
それは魔物の容貌《かおつき》だ、夢見る目つきだ。
ランプがちらつき、魔物の影が床に揺らつけば
わが魂の運の尽き。床に揺らぐ影に沈んだわが魂が、
上がってくることは、ありはせぬ！

# 鋸山《のこぎりやま》奇譚

一八二七年の秋、ヴァージニア州のシャーロッツヴィル近郊に住んでいたとき、私はふとしたことからオーガスタス・ベッドロウ氏と知り合いになった。この若い紳士はあらゆる点で人並外れていて、私は深い興味と好奇心を掻《か》き立てられた。まったく得体の知れない人物で、どういう手合いの人なのか、またどんな家系の人なのか、理解しようとしてもできなかった。家族について満足のいく説明は得られなかったし、出身もわからなかった。年齢さえ——若い紳士と言いはしたものの——大いに当惑するところがあった。確かに若く見えたし——自分でもしょっちゅう若いと言っていたが——百歳だと想像しようと思えばできそうな瞬間もあったのである。しかし、何より変わっていたのは、その風貌《ふうぼう》だった。ひょろひょろと背が高く、痩《や》せている。かなり猫背で、妙に長い手足はがりがりだ。額は広く、低かった。顔にはまったく生気がない。口は大きく、よく動き、歯は健康だが、こんな乱杭歯《らんぐいば》は見たことがなかった。しかし、微笑みの表情は、意外にも決して不快ではなかった。とは言え、いつも判で押したような笑顔だった。深い憂鬱を湛《たた》えた笑顔であり、代わり映えのない、いつ終わるとも知れぬ陰鬱《いんうつ》さがあった。目は異様に大きく、猫の目のように丸かった。瞳孔《どうこう》も、少しでも光を浴びたり、あるいは暗くなったりすると、猫の目のように急に縮んだり、ひろがったりするのだ。興奮すると、ほとんどありえないほど目がらんらんと輝き、まるで光を反射しているのではなく、蠟燭《ろうそく》か太陽のように光を放つ光源が目の奥にあるかのようだった。ただ、いつもはまったく生気がなく、膜に覆われたようにどんよりして、長く埋められていた死体の目を思わせた。

こうした異様な風貌に本人も殊《こと》の外《ほか》閉口しているらしく、しょっちゅう釈明とも弁解ともつかぬ口調でこぼしていたので、最初それを耳にしたとき、とても気の毒に思った。しかし、やがて慣れてきて、こちらもどぎまぎすることはなくなった。どうやら、昔からこんなふうだったのではなく――長い神経症の発作ゆえにかなり美男子だった風貌がだめになって、こんなふうになってしまったのだと、はっきり言わずに仄《ほの》めかしたいらしかった。長年テンプルトンという名の医者――年の頃は恐らく七十歳になろうかという老紳士――にかかっており、サラトガで出会ったのだが、そこにいたあいだ、その治療でずいぶんよくなった、あるいはよくなったと思っていた。そこでベッドロウは、裕福でもあったので、テンプルトン医師と契約を結び、その結果、この医師は年俸をたんまり得て、この患者だけに自らの時間と医学的見識を捧《ささ》げることに同意したのである。

テンプルトン医師は若かりし頃あちこち旅をし、パリでメスメル〔磁気催眠療法を行った十八世紀末の医者〕の学説に大いに感化されて、その信者となっていた。患者の急激な痛みをとってやることができたのも、すべて、磁力を用いた治療のおかげだった。この成功により、ベッドロウ氏がこの治癒をもたらしてくれた学説をある程度信頼するようになったのも至極当然な成り行きだった。ところが、医師は、熱心な教師の例に洩《も》れず、教え子の考えを完全に変えようと努め、とうとうあれやこれやの実験を受けさせるに至った。実験を頻繁に繰り返したところ、ある成果が現れた。今でこそ、ほとんど目も引かないほどありふれたものとなったものの、この当時のアメリカでは殆《ほとん》ど知られていないものだった。つまり、テンプルトン医師とベッドロウのあいだには、少しずつ、極めて明確かつ強力な交感関係というか、磁力でつながり合うような関係ができたのである。もちろん、この交感関係が、単純な催眠効果を生み出す以上のものだったと言うつもりはないが、この力それ自体が絶大な強度に達したのだ。最初の磁気睡眠実験では、この睡眠術師《メスメリスト》は完全に失敗していた。五度目か六度目に少し成功したが、それも長いこと努力をつづけた末のことだった。十二度目に、ようやく完全にうまくいった。そのあとは、患者はたちどころに医者の術にかかるようになったので、私がこの二人と初めて知り合いになったとき、医者がその気になりさえすれば、患者が医者の存在に気づいていないときでさえ、ほとんど即座に眠りに落ちるようになっていた。一八四五年の現在になって、似たような奇蹟《きせき》がようやく日常的に何千件も見られるようになったために、私もこの一見ありえそうにない事象を真面目な事実として記録する気になったのである。

　ベッドロウは、極めて敏感で興奮しやすく、熱狂型の体質だった。想像力が異様に活発で、創造性に富んでいた。疑いなくモルヒネの常用のせいで、拍車がかかっていたのだろう。モルヒネは大量に呑《の》んでいたが、それがないと生きていけないと考えていたのだ。毎朝、朝食の直後——というより朝は何も食べないので、濃いコーヒーを飲んだ直後と言うべきか——かなりの量を一度に服用し、それから一人きりで、あるいは犬だけを連れて、シャーロッツヴィルの南西にひろがる荒涼たる、うらびれた丘陵へ長い散歩に出た。現地では鋸山《のこぎりやま》という立派な名で呼ばれている場所だ。

十一月下旬の或《あ》るどんよりと暖かい、靄《もや》のかかった日——アメリカでは「インディアン・サマー」〔小春日和〕と名付けられている、あの奇妙にも季節がない時期の一日——ベッドロウ氏はいつものように山へ出発した。そして、日が暮れても、戻ってこなかった。

夜八時頃、いくらなんでも帰りが遅すぎると、心配のあまり捜索に出ようとしていたところに、氏はふっと帰ってきた。いつもと変わらず元気で、いつもより気が張っているようだった。氏は今まで何をしていたのか、どうして帰りが遅くなったのか説明してくれたが、それは世にも不思議な話であった。

「覚えているよね」と、氏は医師と私に言った。「僕がシャーロッツヴィルを出たのは朝九時頃だった。そのまままっすぐ山に向かい、十時頃、今まで見たこともない峡谷に入っていったんだ。大いに興味を掻き立てられて、うねる小道を下りていった。——四方にひろがっていた風景は雄大とは呼べないものの、僕には、そのうらびれた侘《わび》しさが、どう言っていいかわからないけど、ぞくぞくするほど素敵に思えた。誰にも知られていない完璧《かんぺき》な孤独の世界があった。僕が踏みしめている緑の芝も灰色の石も、人跡未踏にちがいないと思わずにはいられなかった。峡谷の入り口も完全に奥まったところにあり、実際、偶然が重なりでもしないかぎり到達できないため、ここに来たのは僕が初めてということも決してありえなくはなかった――僕は、この奥まった場所まで入り込んだ、まさに最初にして唯一の冒険家となったんだ。

インディアン・サマーならではの奇妙に濃い靄と言うか霧は、今やあらゆるものの上に重く垂れ込めていて、それが疑いなく、あたりのものの生み出す朧《おぼろ》な印象を深めるのに一役買っていた。この心地よい霧はあまりに濃かったので、目の前の道の十二ヤード〔約十一メートル〕先も見えないほどだった。道はひどくくねっていて、太陽が見えないために、やがて方向感覚がすっかりなくなってしまった。一方、モルヒネのいつもの効果が出てきた――外界の何もかもが異様に興味を掻き立てて仕方がなくなるのだ。葉っぱが揺れても――草の青さにも――シロツメクサの形にも――蜂の羽音にも――露の輝きにも――風の音にも――森から漂ってくる微《かす》かな匂いにも――何が起こってもおかしくない気持ちになって――狂想曲《ラプソディー》のような華やかで破天荒な思いが次から次に、ごちゃごちゃと頭の中にひしめいていた。

そんな思いに夢中になりながら何時間も歩きつづけると、あたりの霧はますます濃くなって、ついにはすっかり手探りで進まなければならなくなった。そうなると、言いようのない不安に襲われた。気が弱くなって怖気《おじけ》づいたんだ。深淵《しんえん》にまっさかさまに落ちやしないかと思って、足を踏み出すのが怖くなった。この鋸山についての奇妙な噂も思い出した。森や洞穴に野蛮で乱暴な人種が住んでいるという。とりとめもないことを次々に空想して圧《お》し潰《つぶ》されそうになり、混乱してきた。漠然とした空想ゆえ、なおさら不安が掻き立てられるのだ。と、突然、太鼓を叩《たた》く大きな音がして、ハッとした。

もちろん、ひどく驚いた。この山で太鼓が鳴るなんて聞いたことがなかった。大天使のラッパの音を聞いてもあれほど驚かなかったと思う。でも、もっと強烈な興味と困惑を惹《ひ》き起こすものが現れたんだ。まるで大きな鍵《かぎ》の束のたてるような、ガチャガチャ、ジャラジャラという荒々しい音が聞こえた――次の瞬間、浅黒い顔をした半裸の男が悲鳴をあげながら僕のそばを駆け抜けた。あまりにも近くを通ったものだから、その熱い息を顔に感じたほどだ。片手には、鋼の輪が連なった道具を手にして、走りながらそれを激しく振っていた。男が霧の中に消えたそのとき、男を追いかけて飛び出してきたのが、口を開けて喘《あえ》ぎ、目をぎらつかせた巨大な獣だった。まちがいない。ハイエナだ。

この怪物を見て、僕の恐怖は募るどころか緩んだ。これは夢だと確信したからだ。目を覚まそう、起きようと頑張った。大胆にも前へ歩み出て、勢いよく進んだ。目をこすった。大声を出した。両腕をつねった。小さな泉が見えてきたので、身を屈《かが》めて、両手を浸《ひた》し、顔と首に水をかけた。これで、それまでずっと僕を悩ませていたはっきりしない感覚が消えたように思った。僕は生まれ変わった気分で立ちあがり、よし、いいぞと思いながら見知らぬ道を進んだ。

とうとう疲労困憊《こんぱい》して、あたりの何か息詰まるような感じのせいで、僕は木陰に腰を下ろした。やがて微かな日光が差し込んできて、木の葉の影がうっすらと、しかしはっきりと草の上に落ちた。その影を僕は不思議な思いで何分も見つめていた。その形に驚いたのだ。見上げると、木は、椰子《やし》の木だった。

周章狼狽《しゅうしょうろうばい》して急いで立ち上がった――夢を見ているんじゃない。僕にはわかった――自分は五感を完全にコントロールしている――その五感によって、自分の魂が今や新奇で独特な感覚の世界にあるとわかったのだ。暑さは、ふいに耐えがたいものとなった。異臭を微風が運んでくる――ゆっくり流れる大河の音のような、低く持続する音が聞こえてきた。夥《おびただ》しい人間の声の奇妙などよめきが交じっている。

言うまでもなく驚愕《きょうがく》の極致で耳を欹《そばだ》てていると、一陣の強風が、魔法使いの杖《つえ》のように、邪魔な霧を吹き払った。

そこは高い山の麓《ふもと》だった。広大な平地を見下ろすと、堂々たる河がうねっていた。この河の縁《ふち》には、アラビア物語に出てきそうな東洋風の町があったが、物語の町よりずっと風変わりだった。僕がいる位置は、町よりずっと高いところで、そこからは、まるで地図に描かれたように、町の隅々までが見えた。通りは無数で、四方八方に不規則に交差していたが、通りと言うよりどこまでも曲がりくねる路地のようなもので、住民で溢《あふ》れ返っていた。家屋は、ひどく奇抜で美しかった。どこもかしこも、バルコニーや、ベランダや、光塔《ミナレット》や、寺院や、奇抜な彫刻を施された出窓などが雑然とひろがっていた。

あちこちに市場《バザー》があり、そこではありとあらゆる豊かな品々がどっさり陳列されていた――絹、モスリン、目も眩《くら》むばかりの刃物類、絢爛《けんらん》豪華な宝石類。そのほかにも、幟《のぼり》を立てた駕籠《かご》、ヴェールで顔をしっかり隠した壮麗な婦人を乗せた輿《こし》、豪奢《ごうしゃ》に盛装した象、グロテスクに彫られた像、太鼓、旗に銅鑼《どら》、槍《やり》、銀や金でめっきをした槌鉾《つちほこ》が至るところに見られた。雑踏の中、混乱と錯綜《さくそう》の中――ターバンを巻き、ローブをまとい、長い髯《ひげ》を蓄えた無数の黒と黄色の人々のあいだで――飾り布をつけた夥《おびただ》しい数の聖なる牡牛《おうし》がさまよい、その一方で、汚いが神聖な猿の大群がギャーギャーと叫び声をあげて騒ぎながら、寺院《モスク》の軒蛇腹《コーニス》によじ登ったり、光塔や出窓からぶらさがったりしていた。喧騒《けんそう》の街路から河岸までは、無数の階段が下へつづいていて水浴び場に至っており、河それ自体は、荷を満載した船の広大な群れが河面《かわも》いっぱいにひろがっているものだから、水の流れすら滞《とどこお》るように見えた。町の向こうには、椰子やココアが、巨大で不気味な古めかしいほかの木々と一緒に、立派に立ち並ぶ姿がちらほらと見えた。あちこちに田んぼがあり、農民の住む茅葺《わらぶ》きの小屋や、ため池や、ぽつねんと立つ寺院、放浪者らのキャンプが見えた。頭に水甕《みずがめ》を載せて、大河の岸へ、独り優雅に歩んでいく乙女の姿もあった。

むろん、夢を見ていたのだろうと言うだろうね。でも、そうじゃないんだ。僕が見たもの、聞いたもの、感じたもの、思ったものには、夢独特のあの特性が一切なかった。すべてくっきりとして、筋が通っていたんだ。まず、本当に目が覚めているのかと疑って、いくつか試してみることにした。それで、やっぱり目が覚めているとわかったんだ。いいかい。人は夢を見て、夢の中でこれは夢じゃないだろうかと思うと、疑念は的中して、すぐ夢が覚めるものだ。つまり、ノヴァーリスが『人は夢を見ているという夢を見るとき、ほとんど目覚めている』と述べたのは正しいんだよ。僕が夢じゃないかと疑わずに今述べた光景が見えたなら、それはまずまちがいなく夢だっただろうが、ああいうふうに疑いもしたし、試しもしたのだから、これはもう夢以外の現象と断じるしかない」

「その点で、君がまちがっているとは確信できないが」と、テンプルトン医師が述べた。「つづけたまえ。立ち上がって、町へ下りていったんだね」

「立ち上がって」と、ベッドロウはなぜ知っているのかと驚愕した様子で医師を見つめながら言った。「先生がおっしゃったとおり、僕は立ち上がって、町へ下りていった。途中、ものすごい人の波に呑《の》み込まれた。どの通りにも人がひしめき合っていて、みな同じ方角へ進んでおり、誰もが激しい興奮状態にあった。突然、何かわけのわからぬ衝動に突き動かされ、僕はこの事態に激しい個人的興味を覚えた。何だかよくわからないけど、自分に重要な任務があるような気がしたんだ。だけど、周りを取り囲んでいる群衆に対しては、強い敵意を覚えた。僕は連中から身を引き離し、すばやく、入り組んだ小道を抜けて進み、町に入った。そこは、暴動と抗争の真っ最中だった。半ばインド風、半ばヨーロッパ風の服を着た男たちの小隊が、イギリス風の制服の士官に率いられて、街路にひしめく暴徒らを相手に圧倒的に不利な戦いを挑んでいた。僕は、倒れていた士官の武器を手にすると、劣勢側の助太刀をし、誰を相手に戦っているかもわからぬまま、ただもうがむしゃらに剣をふるった。やがて数で圧倒され、四阿《あずまや》のようなところに撤退せざるを得なくなった。そこでバリケードを作り、しばらく息をついた。四阿の頂《いただき》近くの穴から覗《のぞ》くと、ものすごい数の群衆が怒りに興奮して、河に張り出した華麗な宮殿を取り囲んで襲撃しているのが見えた。やがて、この宮殿の上のほうの窓から、弱々しい感じの人物が、従者たちのターバンで作ったロープを伝って下りてきた。手近にボートがあり、それに乗って男は河の向こう岸へ逃げ去った。

このとき、僕の心に新たな目的が浮かんできた。僕は仲間たちに早口に雄々しい言葉をかけると、何人かを従えることができたので、四阿から死に物狂いの突撃をかけた。死で取り囲む群衆に突入したのだ。僕らの前方の連中は、最初退却した。連中は結集して必死で戦ったが、また退却した。一方、僕らは四阿から遠く離れ、まごまごするうちに、高く聳《そび》える家屋に両側を挟まれた狭い路地に迷い込んだ。奥のほうは日が差し込まないような裏路地だ。暴徒は猛然と我々に迫り、槍で突き、大量の矢を射かけてきた。この矢は珍しいもので、マレー半島の波形の刃付きの短剣に似ているところがあった。這《は》う蛇の形を模して作られており、長くて黒く、鏃《やじり》には毒がある。その一本が僕の右のこめかみに刺さった。僕は揺らいで倒れた。即時に、死の苦しみに襲われた。僕はもがき――喘《あえ》ぎ――死んだのだ」

「こうなると、まさか君も」と、私は微笑んで言った。「その冒険がすべて夢ではなかったなどと言い張ったりしないだろうね。自分が死んでいると言うつもりはないだろ？」

私がそう言ったとき、もちろん私はベッドロウが気の利いた陽気な返事をしてくるものと期待していた。ところが、驚いたことに、彼は躊躇《ちゅうちょ》し、身を震わせ、恐ろしいほど蒼褪《あおざ》めて、黙り込んでしまった。私はテンプルトンを振り返った。医師は椅子にまっすぐ座ったまま、身を硬くしていた――彼の歯はガチガチ鳴り、目は眼窩《がんか》から飛び出さんばかりだった。「つづけたまえ！」医師はようやく、しわがれた声でベッドロウに言った。

「何分間か」と、ベッドロウはつづけた。「僕の唯一の感覚――僕に感じられたのは――暗闇と虚無だった。死の意識もあった。とうとう心の中に激しくも急激なショックが、まるで電気のように走った。それとともに順応性と光の感覚が出てきた。光は感じたのであって、見たわけではない。自分がすぐ地面から立ち上がったように思えた。ただ、身体はないし、何も見えず聞こえず、はっきりとした存在ではなかった。群衆はもうどこかへ行ってしまっていた。騒動は終わったのだ。町は比較的落ち着いていた。僕の足元には、こめかみに矢が刺さった僕の死体があった。頭全体がひどく膨らんで、歪《ゆが》んでいた。だが、こうしたことはすべて感じたのであって――見たわけではない。何に対しても興味を覚えることがなかった。自分の死体でさえ、どうでもよかった。意志というものがなくなり、何かに突き動かされるように、ふらりふらりと町の外へ出て、町に入るとき通ったうねった小道を戻って行った。ハイエナに出会った山中の峡谷まで戻ってくると、僕は再び、ガルヴァーニ電流のようなショックを経験した。重さの感覚、意志、存在の感覚が戻ってきた。元の自分に返り、夢中で家路を目指した――けれど、過去は生き生きとした現実味を失うことはなかった――そして今となっても、あれが夢だったとはとても、たとえ一瞬でも、思えないのだ」

「夢ではなかったのだよ」テンプルトン医師は、深い威厳をもって言った。「では何と呼べばよいかは、むずかしいがね。ただ現在、人の心については、今にも驚くべき心理的発見がなされようとしていることを考慮しよう。その仮定を認めようじゃないか。それ以外については、ちょっとした説明ができる。ここにあるのは水彩画だ。もっと前にお見せすべきだったが、説明のつかない恐怖ゆえ、これまでお見せできずにいたのだ」

私たちは医師の示す絵を見た。特段どうということもない絵に見えたが、ベッドロウへ与えた効果は凄《すき》まじかった。凝視しながら卒倒しかけたのだ。それは、ただの小さな肖像画でしかなかった――確かに、驚くほど精確に、ベッドロウの実に独特な風貌《ふうぼう》をそっくり描いた絵にすぎなかった。少なくとも僕は絵を見たとき、そう思った。

「この絵の日付を見てくれたまえ」と、テンプルトン医師は言った。「ここ、絵の隅に、ほとんど消えかかっているが――一七八〇年とある。この年にこの肖像画は描かれたのだ。これはオルデブ（Oldeb）という今は亡きわが友の似姿でね。私がカルカッタで、ウォーレン・ヘイスティングズ〔一七三二～一八一八、実在の英領インドの初代総督〕統治時代に出会った友だ。私は当時まだ二十歳だった。ベッドロウ君、サラトガで君に初めて会ったとき、私は、君がこの絵に不思議なほど似ていたので、それで声をかけ、友だちになろうとしたんだよ。そして、例の取り決めをして、こうしてずっとお付き合いをするようになった。そこまでやろうと思ったのは、亡くなった友の悲しい思い出が少し、いや大きく働いていたと思うが、同時に君が何だってこんなにそっくりなのか気にかかって仕方がないという、怖いもの見たさの好奇心もあった。

山の中で君が見た光景はね、君が詳しく描写したのは、聖河のほとりのベナレスというインドの町なんだ。君が遭遇した騒動、闘争、虐殺は、一七八〇年に実際に起こったチェイテ・シン〔ベナレスの君主〕の叛乱《はんらん》であり、そのときヘイスティングズは危うく命を落とすところだった。ターバンをつなぎ合わせたロープで逃げた人物は、チェイテ・シンその人だ。四阿の一隊は、ヘイスティングズに率いられたセポイ〔インド人傭兵《ようへい》〕とイギリス人士官たちだ。私もその一隊の一員であり、あの無謀で致命的な突撃をしようとしていた司令官を必死で止めたのだが、司令官はあのごった返した裏路地で、ベンガル人の毒矢によって死んだのだ。その司令官こそわが親友、オルデブだった。このノートを見ればおわかりだろうが」（ここで話者が差し出したノートの数ページは、最近書き込まれたもののようだった）「君が山の中で例の出来事を心に思い浮かべていたちょうどそのとき、私は自宅でその出来事をこのノートに詳しく記していたのだ」

この会話の約一週間後、次のような記事がシャーロッツヴィルの新聞に掲載された。

「オーガスタス・ベッドロウ（Augustus Bedlo）の訃報《ふほう》を悲しくもお伝えしなければなら

ない。その優しい振る舞いや多くの美徳ゆえにシャーロッツヴィルの市民に長く親しまれていた紳士であった。

ベッドロウ氏は長年、時に死に至るとされる神経痛を病んでいたが、これは死の間接的原因でしかない。直接の原因は、極めて特異なものである。数日前、鋸山へ散歩をした際に、氏は軽い風邪をひき、発熱し、頭に激しく血がのぼったため、これを緩和するために、テンプルトン医師が悪い血を抜くという典型的な治療法を施した。蛭《ひる》がこめかみに当てられた。恐ろしいほどあっという間に患者は死んだ。どうやら蛭を入れていた壺《つぼ》に、この近辺の池で時折見いだされる有毒の吸血性の蠕虫《ぜんちゅう》が交じりこんでいたらしい。この生物が右のこめかみの小動脈に吸いついたのだ。医学用の蛭《ひる》と酷似していたために、まちがいに気づくのが遅れ、気づいたときには手遅れとなったのである。

注記――シャーロッツヴィルの有毒性蠕虫は黒く、身をよじるようにうねることから、医学用の蛭とは見分けられる。蠕虫の動きは蛇の動きにとても似ている」

その後、私が当該の新聞の編集者と、この注目すべき事件について話をしていたとき、故人の名前がベッドロウ（Bedlo）となっているのはどうしたわけかと聞いてみた。

「この綴《つづ》りにしたのには根拠があるんだろうが」と、私は言った。「だけど、この名前は最後にeをつけて書くものだと思ってたがね」

「根拠だって？――いや」と、彼は答えた。「単なる誤植だよ。この名前は、世界じゅうどこだって、eのついたBedloeだ。ついてないのは見たことがないね」

「ということは」と、私は踵《きびす》を返しながら呟《つぶや》いた。「ということは、事実は小説よりも奇なりってことが本当にあるってわけじゃないか――だって、eのないBedloってのは、Oldeb（オルデブ）をひっくり返したものなんだから。なのに編集長は誤植だとか言っているんだ」

# 海中の都《みやこ》

見よ！　玉座に就いたは死神だ。
その都、ぽつねんとして不気味だ。
朧《おぼろ》な西の奥底、果て知らず
そこではいかなる善人も悪人も一人残らず、
永遠の眠りにつくのだ、必ず。
その地の寺院、宮殿、尖塔は、
（時間に蝕《むしば》まれながら揺らぎもせず！）
似ても似つかぬ、人の世のものとは。
あたりは、風吹けども微動だにせず、
空の下、憂鬱《ゆううつ》に歪《ゆが》み、
じっと横たわる水鏡。

聖なる天より光は差さず、闇に歪《ひず》む
その都、長き夜の時間に沈む。

だが、毒々しい海からの光
ひたひたと塔を流れのぼり、ぽっかり
浮かぶ遠くの小尖塔、煌《きら》めくばかり。
光は、丸屋根を――尖塔を――王の広間をのぼり――
寺院を――バビロンさながらの壁をのぼり――
照らし出された、長く忘られし影の如き四阿《あずまや》には――
蔦《つた》の彫刻と石の花で刻まれたる庭。
　夥《おびただ》しき荘厳な聖堂に浮かぶは、ただ徒《いたずら》、
いや、ひたすらに施された花飾《から》りの繪面《えづら》
其《そ》は澄んだ音色の弦楽器《ヴィオラ》に絡む、スミレにスイカズラ

空の下、憂鬱に歪《ゆが》み、
じっと横たわる水鏡。
かくて塔と影とが交じり合うこの都市、
すべて宙に揺蕩《たゆた》うが如し。
誇らしげに聳《そび》える塔が都市を制す。
そこから死が巨人の如く睥睨《へいげい》す。

そこで寺院が開《あ》き、墓は口を開《ひら》く、
光り輝く水面に開《あ》くのだ、大きな奈落《ならく》。
だが、偶像それぞれの瞳《ひとみ》、
そこに潜むダイヤモンドの富、
或《ある》いは死人を飾る眩《まばゆ》い宝石を以《もっ》てしても無理、
水は閨《ねや》より誘われず、破られることなし、その眠り。
ああ、立ちはせぬのだ、さざ波一つとして！
あの荒涼たる鏡面は崩れない、頑として。
どこか遠くの幸ある海で風が吹いたかもしれぬ
と、告げるうねりは一切見られぬ。
かくも静寂に包まれぬどこぞの海には風立つ
と仄《ほの》めかすうねりもなく、希望絶つ。

だが見よ！　空気に動きが！
波が――ほら、さざ波が、海にさざめきが！
まるで並び立つ塔が沈みながら、じわりと
鈍い潮を押し退けるかのように、そろりと、
まるで塔の頂《いただき》という頂が空の薄膜に

微《かす》かな穴をあけてゆくが如くに。
今や波は次第に赤く光り輝いて真っ赤に——
時は低い息遣《いきづか》いを始める、仄《ほの》かに。
そして、この世ならぬ呻《うめ》きが上がって
しとしとと都市が降り沈み沈みゆきて、やがてその殿楼
一切が消えゆくとき、地獄は一千もの玉座から立ち上がって
敬意を表することだろう。

# 『ブラックウッド』誌流の作品の書き方／苦境

「預言者の名にかけて――くだらん！」

トルコのイチジク売りの叫び

〔figs! の二つの意味「イチジク！」と「くだらん！」を掛けた言葉遊び。ジェイムズ・スミスとホレイス・スミスのパロディー本 *Rejected Addresses*, 1812 より〕

　私《わたくし》のことは、皆さんお聞き及びでございましょう。シニョーラ・サイキ・ゼノビアと申します。それこそが事実です。私のことをスーキー・スノッブズなんて呼ぶのは、わが敵だけです。スーキー〔スザンナの愛称〕とは、正しいギリシャ語「サイキ」のくだけた言い方で、サイキは「魂」の意味（つまり私です。私は魂そのものですから）。「蝶《ちょう》」を意味することもあります。もちろんそれは、この新調した深紅のサテンのドレス姿が蝶のようだからです。空色のアラビア風ケープに緑色の留め具、それにオレンジ色のプリムラ・オーリキュラのお花のひだ飾りが七つもついているんですから。スノッブズ〔俗物〕だなんて――私を一目見ればすぐに私の名前がスノッブズでないことはわかるはず。ミス・タビサ・ターニップが、単なる嫉妬《しっと》で言いふらした噂です。まったく、タビサ・ターニップときたら！　あの、こまっしゃくれた小娘！　でも、ターニップって「蕪《かぶ》」ですものね。蕪じゃ、致し方ございません。「蕪からは血も出ない」って古い諺《ことわざ》、あの子、知っているのかしら（メモ――今度会ったら教えてやれ）（追記――あの子の鼻を引っ張ってやれ）。何の話でしたっけ？　ああ、そう。スノッブズというのは、ゼノビアの転訛《てんか》に過ぎず、ゼノビアというのは女王なんです〔三世紀に存在したパルミラ帝国のゼノビア女王への言及〕——（私は女王なのです。マニーペニー博士は私のことをいつもハートの女王〔愛人〕とお呼びになります）——そして、ゼノビアはサイキと同様に立派なギリシャ語であり、私の父は「ギリシャ人」〔酔っ払い、賭博師《とばく》〕だったので、それゆえ父祖の名にちなむ権利があり、決してスノッブズではないのです。私のことをスーキー・スノッブズなどと呼ぶのは、あのタビサ・ターニップぐらいなものです。私は、シニョーラ・サイキ・ゼノビアなのでございます。

申しあげたとおり、どなた様も私の名を聞いたことがあるはずです。私は、まさにあのシニョーラ・スーキー・スノッブズであり、当然ながら「フィラデルフィア定期通商全茶青年純文学世界実験書誌学的人類文明化協会」(Philadelphia, Regular, Exchange, Tea, Total, Young, Belles, Lettres, Universal, Experimental, Bibliographical, Association, To, Civilize, Humanity) の窓口秘書として名高いのです。マニーペニー博士がこの協会名を考えてくださったのですが、空っぽのラム酒の大樽《たる》のように偉そうに響くからよいのだそうです。（ときには下品な男ですが、深いお方です。）芸術王立協会 (Royal Society of Arts) をその頭文字をとってRSAと呼び、有益知識普及協会 (Society for the Diffusion of Useful Knowledge) をSDUKと呼ぶといった具合に、私どもは自分の名前のあとに協会の頭文字を記すのです。マニーペニー博士がおっしゃるには、Sは「饐《す》えた」(stale) のSで、DUKは「アヒル」(duck) だなんて——ちがいますよね——ともかく、SDUKはブルーム卿《きょう》〔有益知識普及協会創立者〕の協会ではなく、「饐えたアヒル」を指すとおっしゃるんですが、マニーペニー博士ってほんとに変わった方ですから、おっしゃることが本当なのかどうかさっぱりわかりません。ともかく、私どもはいつも名前のあとにPRETTYBLUEBATCH——つまりフィラデルフィア定期通商全茶青年純文学世界実験書誌学的人類文明化協会の各単語の頭文字を連ねるんです〔本来 Tee-total は「絶対禁酒主義の」という一語だが、これを二語にするため「全茶」Tea Total となっている〕。饐えたアヒルより、ずっといいでしょう。マニーペニー博士は、このイニシャルは私どもの実態を表しているとおっしゃるんですが、一体全体何のことやら〔Pretty Blue Batch は「可愛い青鞜派《せいとう》（女性運動活動家）」の意味〕。

博士のご尽力や協会の賢明な広報活動にも拘《かか》わらず、私が参加するまで協会はあまりうまくいっておりませんでした。実は、会員があまりに軽薄な議論に耽《ふけ》っていたのです。毎週土曜夕方に発表される論文は、くだらないものばかりで深みに欠けておりました。まるで泡立てたシラバブ〔入念に泡立てたクリームにリンゴ酒やエール酒を注いだもの〕みたいに軽佻浮薄《けいちょうふはく》。「第一原因」〔アリストテレスが規定した世界の運動の根本原因〕や「第一原則」の研究などなく、そもそも研究など一切ないのです。あの重要な「事物本来の合目的性」〔哲学者サミュエル・クラークが提唱した語で、当時フィールディングの『トム・ジョーンズ』など文学作品にも広く用いられていた〕に何ら注意を払いもせず、要するに、私が今書いているような洗練された文章など何一つなかったのです。まったくもって低級——実に！　深遠さも、博識も、形而上学《けいじじょう》も一切ない——知識人が精神性と呼び、教養のない人たちがcant——もったいぶった言葉遣い——として遠ざけるものの一切がなかったんです（M博士はcantは大文字のKで綴《つづ》れとおっしゃるけれど、私はそんなことは致しません）〔超越論哲学者カントへの揶揄《やゆ》〕。

私は協会に入りまして、努めてよりよい考え方や書き方を導入致したところ、その成功ぶりは世間の知るところとなりました。今やわが協会誌には、『ブラックウッド』誌にさえ引けを取らないほど、よい記事が載るようになりました。今『ブラックウッド』誌と申したのは、どの話題にせよ最高の文章は、あの有名であって当然の『ブラックウッド』誌にこそ見出《みいだ》せると確信しているからです。私どもはあの雑誌をあらゆる面でお手本とし、それで急速に注目されるようになったのです。実は、純正『ブラックウッド』誌流の記事を書くのなんて、さほどむずかしいことではないのです。やり方さえまちがえなければ。もちろん政治的な記事は別です。あいったものがどう書かれているかは、マニーペニー博士がご説明になりましたから、誰もがご存じでしょう。ブラックウッド氏は裁《た》ちばさみを手にし、三人の見習いを近くに待機させます。一人が氏に『タイムズ』紙を手渡し、もう一人が『エグザミナー』紙を手渡し、三人目が『ガリーの新悪口卑語一覧』〔架空の本〕を手渡します。氏は、ちょきちょきと切り抜いて、搔《か》き混ぜます。それでたちまち一丁上がり。『エグザミナー』と『ガリーの新悪口卑語一覧』と『タイムズ』だけでいいのです。それから、『タイムズ』、『ガリーの新悪口卑語一覧』、『エグザミナー』の順で切り抜き、次に『タイムズ』、『エグザミナー』、『ガリーの新悪口卑語一覧』の順で切り抜きます。

けれども、あの雑誌の主たる長所は雑文にあり、なかでも最上のものはマニーペニー博士が（どういう意味であれ）「風変わりな《ビザール》もの」とお呼びになりますが、一般には「どぎついもの」と呼ばれます。この種の文は長いこと楽しませていただいておりますが、そのきちんとした書き方は、最近（協会を代表して）ブラックウッド氏にお会いするまでは知りませんでした。書き方は実にシンプルですが、政治記事ほどではありません。氏を訪問し、協会の意向をお伝えしたところ、氏は丁重に歓迎してくださり、私を書斎に通してくださり、全過程を明確にご説明くださったのです。

「どうぞ、マダム」と、氏は明らかに私の堂々たる容姿に感銘を受けて言いました。というのも、そのとき、緑色の飾りボタンにオレンジ色のプリムラ・オーリキュラのお花のひだ飾り付きの赤いサテンのドレスを着ていたからです。「どうぞどうぞ、マダム、お座りください。このようにするんです。まず、どぎついものを書くには、とても黒いインクに、ペン先がつぶれた大きなペンを用いなければなりません。そして、よろしいですか、サイキ・ゼノビアさん！」氏は、少し間をあけてから、思い切り力を籠《こ》めて、厳かにこう言いました。「よろしいですか！――そのペンは――決して――直してはなりません！　そこに、どぎついものを書く秘訣《ひけつ》があるのです。どんなに偉大な才能の持ち主でも、書き心地のいいペンでは――ご理解ください――よいものは書けないのです。ちゃんと読めるような原稿に、読む価値などありません。これこそが私の信じる大原則でして、その点にご同意いただけないなら、話はこれで打ち切りと致しましょう」

氏はそこで言葉を切りました。もちろん、私は話を打ち切るつもりなどありませんでしたから、明確極まるこの点に同意をしました。大方そんなところではないかと気づいてもいたのです。氏はお悦《よろこ》びのご様子で、お話をおつづけになりました。

「サイキ・ゼノビアさん、お手本あるいは参照までに、何かの作品を挙げるのは不公平に思えるかもしれませんが、数点の作品をお考えいただいてもよろしいでしょう。そうですねえ。『生ける死者』という、すばらしい作品がありました！――ある紳士が、体にまだ息があるのに埋葬されてしまったときの思いを綴ったものです――恐怖、情緒、形而上学、そして教養に溢《あふ》れた趣味のよい作品です。書き手は棺桶《かんおけ》の中で生まれ育ったんじゃないかと思えるぐらいです。それから、『アヘン常用者の告白』がありました――すばらしい、実にすばらしい作品だ！――見事な想像力――深い哲学――厳密な考察――火と怒りに満ち、まったくもって理解しがたいというスパイスもちゃんと効いている。あれは実に見事な戯言《たわごと》で、喉越《のど》しも爽《さわ》やか。世間はコールリッジがあれを書いたと思っているようですが――さにあらず。あれは、うちで飼っている狒々《ひひ》のジュニパーがお湯割りのドライ・ジンをちびちびやりながら書いたものです」〔ジュニパーはジンの香りつけに用いる木の実〕（こんなこと、そう断言なさったのがブラックウッド氏ご本人でなければ、とても信じられませんでした。）「それから、『不本意な実験主義者』という、オーブンで焼かれてしまいながらも、生きて出てきた紳士の話がありました。もちろん、こんがり焼けていましたがね。あと、『今は亡き内科医の日記』という、大言壮語とへたなギリシャ語が大衆に受けた作品もありました。それから、『鐘の中の男』。あれは、ゼノビアさん、是非お薦めしたい作品です。教会の鐘の下で眠ってしまう若者の物語で、葬式の鐘で目を覚ますんです。その音で頭がおかしくなり、そこで手帳を取り出して、自分の感じたことを綴ったというわけです。この感覚《センセーション》こそが重要でして、もし溺《おぼ》れたり、首を吊《つ》ったりなさる場合は、その感覚を書きとめておくんですな。一ページ十ギニーで売れる原稿になりますよ。迫力のあるものをお書きになりたいなら、ゼノビアさん、感覚に細心の注意を払うことです」

「そう致しますわ、ブラックウッドさん」と、私は言いました。

「よろしい！」と、氏は応《こた》えました。「あなたは、私の思いを継いでくださるお弟子さんだ。ですが、真に『ブラックウッド』誌風のセンセーショナルな作品と言えるものを書くのに必要な細かい点をお教えせねばなりませんね。どこに出しても恥ずかしくない傑作と言える作品を書けるようになりますよ。

　まず必要なのは、これまで誰も経験したことのないような窮地に、自ら立ってごらんになることです。たとえばオーブン——あれは大ヒットでした。でも、オーブンとか巨大な鐘が手近にないかもしれませんね。あるいは、うまい具合に気球から転げ落ちたり、地震の断層に呑《の》み込まれたり、煙突の中で身動きがとれなくなったりといったことができない場合は、似たような災難を想像するだけで我慢しなければならんでしょう。ですが、現にあった事実に基づいてお書きになるほうがよいのです。実体験ほど、空想を支えてくれるものはありませんからね。『事実は小説よりも奇なり』と言うでしょう。しかも、事実は役に立つんです」

ここで私は、すばらしい靴下留めがあるので、それで早速首を吊ってみますと応えました。

「よろしい！」と、氏は言いました。「そうなさい。ただ、首吊りは少々月並みですね。もっといい手があるでしょう。ブランドレスの丸薬〔血をきれいにして万病を治すという触れ込みの下剤〕を呑んでから、その感覚を書きとめなさい。ただ、私の指示は、どんな災難にも当てはまります。お帰りの際に、頭を殴られたり、乗合馬車に轢《ひ》かれたり、狂犬に咬《か》まれたり、側溝で溺れたりなさるかもしれませんからね。ですが、話を進めましょう。

書くテーマが決まったら、次に語りの調子、つまり語り口を考えなければなりません。教え諭《さと》す調子も、熱狂調も、自然な口調も、みなありきたりです。ですが、最近では簡潔体というか、短文を多く用いる文体が人気です。こんな感じです。短すぎることはない。ぶっきらぼうでいい。常に句点を。段落は使わない。

ほかにも意気軒昂《けんこう》で、くどい絶叫調があります。優れた小説家には、この文体を好む人もいます。言葉はうなり独楽《ごま》のようにうねり、似たような音を出します。それでちゃんと意味の代わりとなる。作家に考える暇がないときは、これが最上の文体です。

形而上学調という手もなかなかいい手です。偉そうな言葉を知っていたら、それを使うチャンスです。イオニア派だのエレア派だのを引き合いに出し、アルキュタス〔ピタゴラス派の哲学者・数学者〕、ゴルギアス〔前五世紀のギリシャの詭弁家《きべん》〕、アルクマイオン〔ピタゴラスの弟子〕の話をするといい。客観性と主観性を云々《うんぬん》し、ロックという男を必ず揶揄するように〔『ポー傑作選1』287ページ参照〕。一般的話題は鼻であしらい、少しくらい馬鹿なことを書いてしまっても、訂正するには及びません。ちょいと脚注をつけて、上記の深遠な観察は『純粋理性批判』に拠《よ》るものであるとか、『自然科学の形而上学的原理』〔どちらもカントの哲学書〕に拠ると書いておけばよろしい。学があるように見えるし――それに――いかにも正直に見える。

同じように有名な文体が他にもありますが、あと二つだけ挙げるにとどめましょう――超絶主義調と混成調です。前者は物事の実態を誰よりも深く見抜く特長があり、この千里眼はきちんと使うととても重宝します。『ダイヤル』誌〔超絶主義の機関誌〕を少し読めばおわかりになるでしょう。偉そうな言葉は避け、できるだけ卑近なことを、支離滅裂に書くのです。チャニング〔巻末の「ポーを読み解く人名辞典」参照〕の詩に目を通して、『怪しげな技をひけらかす太った小男』について書かれたところを引用なさい〔巻末の「ポーの文学闘争」参照〕。天上の唯一者について何か述べなさい。地獄の悪魔については一言も述べてはなりません。とりわけ、仄《ほの》めかしを研究なさい。すべて仄めかすのみで、はっきり言ってはいけません。『バターつきパン』と言いたければ、そのままずばりを言ってはなりません。『バターつきパン』にまつわることなら何を言ってもいいのです。そば粉のパンケーキや、オートミールのポリッジを仄めかすぐらいはかまいませんが、『バターつきパン』があなたの真意であるなら、サイキさん、何があっても『バターつきパン』と言ってはなりませんぞ！」

私は生涯その言葉を口にしませんと約束し、氏は私にキスをしてつづけました。

「混成調というのは、この世にあるあらゆる調子を均等に混ぜ合わせた賢明なるものでしかありませんから、深く、偉大で、奇妙で、辛辣《しんらつ》で、適切で、可愛らしいものから成っております。

さて、エピソードと文体とが決まったとしましょう。最も重要なのは――実際のところ、肝心要《かんじんかなめ》の仕事はこれからで――これを『中身を詰める』と申します。淑女であれ紳士であれ本の虫のような生活をしているものだなどと考えてはなりませんが、お書きになるものには、博識の雰囲気が必要なのです。少なくとも、かなり広範囲な読書をしていることを示さなければなりません。実例をお見せしましょう。これをご覧なさい！」(三、四冊のどうということもなさそうな本を取り出すと、さっと適当なところを開いて)「この世にあるどんな本のどんなページに目をやっても、ちょっとした学識や才気がたっぷり読み取れるものであり、それこそが『ブラックウッド』誌流のスパイスとなるのです。私があなたに読んでお聞かせするあいだ、少しメモを取ってみてはいかがでしょう。二つに分類します。一つは、**直喩《ちょくゆ》を生むための気の利いた事実**。もう一つは**時**

**折さしはさむべき気の利いた表現。**さあ書いて！——」そして私は、言われるまま書き取りました。

「**直喩を生むための気の利いた事実**——『詩文を司《つかさど》る女神ミューズは元来、メリテ、ムネメ、アオイデの三人しかおらず、瞑想《めいそう》、記憶、歌を司っていた』。このちょっとした事実をじょうずにあしらえば、大きな効果が得られます。一般に知られていませんから、偉そうな感じを出せます。何気なく当たり前のようにやるのがコツです。

同様に『アルフィオス川〔ペロポネソス半島最長の川。アルペイオス川とも〕は海底を流れ、その水の純度を損なうことなく海上に現れた』〔ウェルギリウスの『アエネーイス』では、海底を流れたのちシチリアのオルテュギアー島にあるアレトゥーサの泉で再び地上に現れる〕というのがあります。こいつは確かに陳腐ですが、うまいこと料理して盛り合わせれば、なかなか新鮮に見えるはずです。

もっといいものもあります。『ペルシャのアイリスという花は、強烈な甘い香りがすると思う者もいれば、何の香りもしないと感じる者もいる』〔香りで知られるイランの高山植物 *Iris persica*〕。こいつはいい。実に繊細だ！　こいつをちょっといじれば、すごいことができます。植物系では、ほかにもありますね。とりわけちょいとラテン語を混ぜれば、効果満点だ。書いて！

『ジャヴァのエピデンドラム・フロス・アエリス〔蘭〕は、世にも美しい花を咲かせ、根から抜いても枯れない。現地の人は天井から紐《ひも》で吊るし、何年もその香りを楽しむ』

〔当時の植物図鑑からの引用か〕。こりゃすごい！　これで直喩ができます。では、気の利いた表現に参りましょう。

**気の利いた表現**――『真正の中国小説「玉嬌梨《ユイ・チャオ・リ》」』〔張匀作。一八二七年英訳〕。よろしい！　この数語を巧みに導入するだけで、あなたは中国語にも中国文学にも精通していると示すことになります。こうなれば、アラビア語、サンスクリット語、チカソー語なしでもやっていけるでしょう。ただし、スペイン語、イタリア語、ドイツ語、ラテン語、ギリシャ語なしでは及第できません。それぞれの例をお見せしましょう。ほんの片言でいいのです。そいつを文章にはめ込むのは、あなたの才能次第ですからな。さあ、書いて！

“*Aussi*《オッシ》 *tendre*《ターンドル》 *que*《ク》 *Zaire*《ザイール》”――ザイールの如く優しい――フランス語です。そういう題名のフランス悲劇に「優しきザイール」〔ヴォルテール作『ザイール』のヒロイン〕という表現が頻繁に出てくることへの言及です。こいつをうまく使えば、フランス語がわかっていることだけでなく、博識と機知とをひけらかせます。たとえば、チキンを食べていたとしたら（チキンの骨が喉《のど》につまって死ぬという話をお書きなさい）、骨は“*aussi*《オッシ》 *tendre*《ターンドル》 *que*《ク》 *Zaire*《ザイール》”ではなかったとやればいいのです。書いて！

*Van*《ヴァン》 *muerte*《モルテ》 *tan*《タン》 *escondida*《エスコンディダ》*,*
*Que*《ケ》 *no*《ノ》 *te*《テ》 *sienta*《シエンタ》 *venir*《ヴェニール》*,*

*Porque*《ポルケ》 *el*《エル》 *plazer*《プラセ》 *del*《デル》 *morir*《モリール》*,*
*No*《ノ》 *mestorne*《メストルネ》 *a*《ア》 *dar*《ダー》 *la*《ラ》 *vida*《ヴィイッダ》*.*

こいつはスペイン語です。ミゲル・デ・セルバンテスからの引用〔『ドン・キホーテ』第二巻第三十八章。Van は Ven の誤り、mestorne は me torne の誤り〕です。訳は『急ぎ来たれ、死よ！　だが、その来るところを私に見せるな。死が来るとの喜びのあまり、また命を吹き返すことのないように』。こいつは、チキンの骨で最後の死闘を繰りひろげているところへ、うまいこと挿入できますな。書いて！

*Il*《イル》 *pover*《ポヴエ》 *'huomo*《ウオモ》 *che*《ケ》 *non*《ノン》 *se'n*《セ》 *era*《ネラ》 *accorto*《アコルト》*,*
*Andava*《アンダヴア》 *combattendo*《コンバテンド》*,* *e*《エ》 *era*《エラ》 *morto*《モルト》*.*

こいつはイタリア語ですな。アリオストからの引用です。偉大な英雄が、戦いの最中に、自分が殺されたことに気づかずに、死んでいるのに勇敢に戦いつづけたという意味です。こいつは、あなたの作品にぴったりですね――サイキさん、だって、あなたは例のチキンの骨を喉に詰まらせて死ぬまで、少なくとも一時間半は、じたばたもがき苦しむはずですからね。どうぞお書きください！

*Und*《ウント》 *sterb'ich*《シュタビッヒ》 *doch*《ドホ》*,* *so*《ゾー》 *sterb'ich*《シュタビッヒ》 *denn*《デン》
*Durch*《ドゥルヒ》 *sie*《ジー》*—durch*《ドゥルヒ》 *sie*《ジー》*!*

これはドイツ語――シラーからです。『死ぬのであれば、少なくとも私が死ぬのは――あなたのせい――あなたのせいよ！』

この使い方はわかりますね。厄災の原因であるチキンに呼びかけるわけです。実際、まるまる太ったモルッカ産鶏に、ケイパーとマッシュルームを詰め、モザイク状にオレンジ・ゼリーをあしらってサラダボウルに盛った料理を食べられるなら、死んでもいいと思わない紳士（ないし淑女）がいるものだろうか。書いて！（レストラン・トルトーニ〔パリの有名なレストラン〕へ行けば、そんな料理が食べられます）――どうぞ書いてください！

ちょっとすてきで珍しいラテン語の表現があります。（ラテン語であれば、気取りすぎにはなりません。どんなに短くしても大丈夫。よく用いられる手です。）*ignoratio*《イグノラシオ》 *elenchi*《エレンキ》――「論点のすり替え」――あの人は *ignoratio*《イグノラシオ》 *elenchi*《エレンキ》 を犯しているといった具合に使います。すなわち、こちらの述べた言葉は理解されても、その内容がわかっていないという意味です。おまえは馬鹿だと言ってるようなもんです。あなたがチキンの骨で喉を詰まらせながら話しかけて、それゆえあなたの言っていることがよくわからない哀れな男がいたとしましょう。そいつに面と向かって、*ignoratio elenchi* を叩《たた》きつけてやれば、やつはおしまいです。もし言い返してきたりしたら、ルカヌス〔ローマ帝政期の詩人〕から引用してやるといい（ほら、ここにある）。言葉なんて ***anemonae verborum***《アネモネウエルボルム》──「アネモネ言葉」──だってね。アネモネってとても艶《あで》やかですが、香りがしないんです。あるいは相手が怒鳴り散らしてきたら、***insomnia Jovis***《インソムニアヨーウイス》──「ジュピターの夢」──だと言って黙らせればいい。シリウス・イタリクス〔ローマ帝政期の詩人〕の文句でして（ほら、ここにあります！）、偉そうで膨れ上がった考えを指します。こいつを突きつけたら、やつの心臓にグサリと刺さります。ぶっ倒れて死ぬしかない。どうぞお書きいただけますでしょうか。

ギリシャ語には可愛いのがありますよ。たとえばデモステネスから、*Ανηρ ο φευγων*《アネール オ フエウゴン》 *και παλιν μαχησεται*《カイ パリン マケセタイ》──ちょっといい翻訳が『ヒューディブラス』〔サミュエル・バトラーの諷刺《ふうし》詩〕にあります。

　逃げる者はまた戦える。だが、永遠の眠りに
　ついてしまえば、それも無理に。

『ブラックウッド』誌ではギリシャ語ほど映えるものはありません。この文字それ自体が、深遠さを醸し出しますからね。ご覧なさい、あのイプシロン（ε）の明敏な様子を！　あのファイ（φ）は、チェスのビショップさながら！　あのオミクロン（ο）ほ

どスマートなやつがいますか？　あのタウ（τ）を感じて！　要するに、純粋に感覚的な作品を書くのにギリシャ語は打ってつけなんです。あなたの場合、これを使わないなんてありえない。チキンの骨に関するあなたの平明な英語がわからないような能無しの役立たずには、最後通牒《つうちょう》として、大いなる誓言とともに、この文を言ってやりなさい。やつは必ず怖気《おじけ》づいて、逃げていきますよ」

以上が、氏が私に下さった執筆法のすべてですが、これで十分だと思いました。私はついに純然たる『ブラックウッド』誌風な作品が書けるようになったのであり、早速とりかかろうと思いました。お別れの際、氏は、原稿が仕上がったら買い取りましょうと言ってくれましたが、一枚たった五十ギニーしか支払えないと言うので、そんな薄謝で無駄にしてしまうぐらいなら協会に寄付したほうがましだと思いました。けれども、ケチではあっても、この紳士はその他の点で親切にしてくださり、最大の礼節をもって接してくださいました。お別れのお言葉は心に沁《し》みるもので、感謝と共にいついつまでも覚えておきたいと思います。

「ゼノビアさん」と、氏は目に涙を浮かべておっしゃいました。「あなたのあっぱれなお仕事の成功のために、他に私にできることは何かございませんか。ちょっと待ってください！　まあそんなに都合よく――溺《おぼ》れたり――チキンの骨で喉を詰まらせたり――首を吊《つ》ったりなんてことはできないかもしれませんから――咬《か》まれたり――あ、そうだ！　ちょうど二頭の見事なブルドッグが庭にいるんです――すばらしいやつらですよ

——獰猛だしね——ちょうどあなたにおおあつらえ向きで——ぺろりとあなたを食べてくれますよ、プリムラ・オーリキュラの花ごとね、五分もかからず（ここに懐中時計があります！）――そしたら、感覚に集中するんですよ！　ほら！　おい――トム！――ピーター！――ディック、この野郎！――あいつらを放ってくれ」――けれども、私は大変急いでおりましたので、一刻も無駄にはできず、残念ながら早々に退散せざるを得ず、それゆえ直ちにお暇《いとま》致しました。厳密な礼儀作法から言うと、少々礼を失する飛び出し方だったかもしれません。

ブラックウッド氏のもとを去ったらすぐにご忠告に従って何か喫緊の難局に陥ろうというのが、私の最初の狙いでした。そのために、危機一髪の冒険を求めてエジンバラじゅうさまよって、その日の大半を過ごしました。感覚が掻《か》き立てられて、これから書く作品にぴったりの冒険はないかと。この散策には、黒人の召し使いのポンピーと小犬のダイアナがお供をしてくれました。フィラデルフィアから連れてきていたんです。けれども、私のこの困難な仕事がすっかりうまくいったときには、もう夕方になっていました。そのとき重大事件が起こったのです。その内容と結果について混成調で記したのが、以下の『ブラックウッド』誌風作品となっております。

# 苦境

ご婦人よ、どうしてそのように一人はぐれてしまわれたのですか？
『コーマス』〔ジョン・ミルトンの仮面劇、二七七行目〕

アディーナ〔エジンバラ〕のよき町の散策に出たのは、或《あ》る静かで穏やかな午後だった。通りの雑踏の混乱はひどかった。男はおしゃべり。女は悲鳴。子供はむせ、豚は口笛。荷車はゴトゴト。牡牛《おうし》はモウモウ。牝牛《めうし》はムウ。馬はヒヒン。猫はニャア。犬は踊っていた。踊っていた！ そんなことがありえるだろうか。踊っていたのだ！ ああ、と私は思った。私が踊った時代は過ぎ去った！ 永遠に過去のものとなった。想像力溢《あふ》れる天才的瞑想《めいそう》家の脳裡《のうり》に、何という陰鬱《いんうつ》な追憶の波が押し寄せることか――とりわけ、穏やかで神々しい天女のような崇高かつ高尚なる美貌《びぼう》により心洗われる効果が永劫《えいごう》かつ永遠に続かなければならぬ、永続的かつ持続的、そう持続的で連続的という、つらく苦しく不快な、こう言ってよければ、実に不快なる影響に運命づけられた天才の脳裡に！ 誰からも羨望《せんぼう》されると言ってしかるべき真の羨望の的――もとい、実に温和で美しく、この世のものとも思えぬほど世界一可愛い女《やつ》（とあえて言わせていただきます。失礼、読者の皆さん！）なのに——ですが、感情に走ってしまいました。ともかく、繰り返しますが、そのような脳裡には、ほんの些細《ささい》なことで何という追憶が湧き起こることか！　犬が踊っていた！　私は——私は踊れなかった！　犬は飛び跳ね——私は鳴いた。犬は跳ねまわり——私はすすり泣いた。感動的な情況！　これに関して、あの称賛すべき尊い中国小説『徐徐行《ジョ・ゴウ・スロー》』第三巻冒頭にある事物の合目的性にまつわるすばらしき一節を思い出さずにはいられない。

　この町での孤独な散歩には、ふたりの控え目ながらも忠実なる同伴者がいた。私のプードル犬ダイアナ！　とっても可愛い子！　片方しかない目がたっぷりの毛でおおわれ、青いリボンを首に巻いておしゃれしたメス犬。ダイアナは、身長は五インチ〔十二・七センチ〕もないけれど、頭は胴体よりいくぶん大きく、尻尾《しっぽ》はやたら短く切られていて、それゆえこのおもしろい動物は罪のない被害者の様相を呈して、誰ものお気に入りとなるのだ。

　そして、わが黒人ポンピー——素敵なポンピーちゃん！　なぜに汝《なんじ》を忘れられよう。私は彼の腕を取った。身長三フィート〔約九十一センチ〕（正確に記述したい）、年齢約七十、ひょっとすると八十歳。がに股《また》で肥満体。口は小さくなく、耳も短くはないが、歯は真珠のようで、そのまん丸お目めは真っ白だ。自然の女神から首は授からず、踝《くるぶし》は（黒人にありがちだが）足首の中央にあった。衣服はひどく質素で、身にまとうは九インチ〔約二十三センチ〕の靴下と、かつてはあの背の高い堂々たる名士マニーペニー博士が着用していた新品同様のくすんだ色のオーバーコートだけだった。上等のオーバーコートだ。スタイルがいい。仕立てもいい。ほぼ新品。ポンピーは両手で持ち上げて、泥がつかないようにしていた。

一行は三人で、そのうちふたりについては叙述した。三人目がおり、その三人目こそが私だ。私こそが、あのシニョーラ・サイキ・ゼノビア。スーキー・スノッブズではない。わが容姿は人目を奪う。この記念すべき散策時に私は空色のアラビア風ケープのついた深紅のサテンのドレスを着用していた。ドレスには、緑色の留め具とオレンジ色のプリムラ・オーリキュラのお花のひだ飾りが七つもついていた。こうして私は一行の三人目となった。プードルがいた。ポンピーがいた。私がいた。我ら三人組。かくて復讐の女神《フューリーズ》たちには元来三人しかいなかったとされる——瞑想、記憶、楽器演奏を司《つかさど》るメルティ、ニミー、ヘティである〔でたらめな名前〕。

雄々しいポンピーの腕にすがり、敬意を籠《こ》めた距離をとってついてくるダイアナに付き添われながら、私は今や閑散たるアディーナの町の陽気な雑踏を歩んでいた。突如、教会が見えてきた——ゴシック式大聖堂だ——巨大で厳かで、空に高い尖塔《せんとう》が聳《そび》えている。いかなる狂気が私を捕らえたのか。なぜに私はわが運命に突進する？　私はこの目も眩《くら》む尖塔を登り、町の広大なる景色を一望したいという抑えがたき欲求に捕らえられたのだ。大聖堂の扉は招くように開いていた。運命には逆らえない。不吉なアーチをくぐった。そのとき我が守護霊はどこにいたのか——守護霊なるものが、もし本当にいるのならば！　もし。何とおぞましい短い言葉！　その二文字のなかに何たる神秘、意味、疑念、不安が渦巻いていることか！　私は不吉なアーチから中へ入った！　入ったのだ。オレンジ色のプリムラ・オーリキュラを傷つけもせず、門をくぐって中に入れり！　かくして巨大なアルフレッド川は傷つきもせず濡《ぬ》れもせず海底を通ったと言われている。

　階段は果てしないものと思われた。ぐるぐると！　そう、回っては上へ、回っては上へ、回っては上へとつづいており、賢明なるポンピーの腕に昔からの馴染《なじ》みゆえ全幅の信頼をもってすがる私には——思えてならなかった——どこまでも続く螺旋《らせん》階段の上部は偶然あるいは意図的になくなっていたりするのではないかと、そう思えてならなかった、そう思わずにはいられなかったのだ。私は息をついた。そして、その間に、道徳的にも、そしてまた形而上学的《けいじじょう》に言っても看過し得ない大事件が発生した。何ということ！　私はそれまで、ダイアナの動きを注意深く警戒して見守っていたのだが——まちがいようはなかった——ダイアナが鼠の臭いを嗅ぎつけたのだ！　私は直ちにポンピーにこのことを教えると、彼も——彼も同意した。となれば、もはや疑いの余地はない。鼠が嗅ぎつけられたのだ——しかも、ダイアナによって。うわあ！　あの瞬間の激しい昂奮《こうふん》を忘れることができようか。悲しいかな、人間の誇る知性など、何程のものだろう。鼠が——いたのだ——つまり、どこかにいたのだ。ダイアナがその鼠を嗅ぎつけたのだ。私は——私には嗅ぎつけられなかった！　かくして、ペルシャのイシス〔月の女神〕は、強烈な甘い香りがすると思う者もいれば、何の香りもしないと感じる者もいる。

階段の上まできて、あと頂上まで三、四段を残すばかりとなった。さらに登って、あと一段となった。一段《ステップ》！　ただもう些細な、あと一段！　人生の偉大な階段に於けるそのような些細な一段《ステップ》に、如何《いか》に多くの人の幸福ないしは悲惨がかかっているものか。私は我が身を振り返り、ポンピーを思い、我らを取り囲む謎めいて曰《いわ》く言いがたい運命を思った。ポンピーのことを思った！――ああ、私は愛を思った！　これまで歩んでしまった、そしてこれからも踏み出すかもしれない多くの誤った歩み《ステップ》を想った。もっと気をつけよう、もっと控え目に行動しようと心を決めた。私はポンピーの腕を離し、彼の助けなしに最後の一段を登り、鐘楼《しょうろう》の部屋に入った。あとからすぐプードルがついてきた。ポンピーだけが後に残った。私は階段の上に立って、彼に登ってくるよう励ました。彼は私に手を差し伸べ、不幸なことに、手を私に差し伸べるには、自分のオーバーコートを握っていた手を離すしかなかった。神々はその迫害を終えることはないのか。オーバーコートは足先へ落ち、ポンピーの足がその長い裾《すそ》を踏んだ。彼は転んで倒れた――そうなるのは必然だった。前へ倒れ、その呪わしき頭がこともあろうに私の――私の胸にぶつかり、私は真っ逆さまに彼と一緒に、硬くて汚い忌まわしい鐘楼の床に落ちていった。しかし、我が復讐は確実に迅速に敢行された。彼の縮れ髪を両手で猛然とつかむと、私はその真っ黒のちりちりの毛を大量にむしって、あらゆる侮蔑《ぶべつ》の言葉とともに投げ捨てたのだ。毛は鐘楼のロープの上に落ちて、そこに積もった。ポンピーは立《た》ち上がったが、何も言わなかった。ただその大きな目で私を悲しそうに見つめて――溜め息《いき》をついた。神々よ――あの溜め息たるや！　それは私の心臓にずしりときた。そして髪――縮れ毛！　あの縮れ毛に手が届くものなら、私はそれを涙で洗い、わが後悔の印としただろう。だが無念！　とても手の届かぬところにあるのだ。鐘のロープから垂れ下がる毛を見つめながら、私はそれが生きていると想像した。それが怒りで立ち上がるのを想像した。かくして、ジャヴァの幸せな伊達男《だておとこ》フロス・アエリスは、世にも美しい花を咲かせ、根から抜いても枯れないという。現地の人は天井から紐《ひも》で吊《つ》るし、何年もその香りを楽しむのである。

喧嘩《けんか》の仲直りをすると、私たちはアディーナの町を一望できる穴はどこかにないかと部屋を見まわした。窓は一つもなかった。暗い部屋に差し込む唯一の光は、床から七フィート〔約二・一メートル〕ほどの高さにある直径約一フィートの四角い穴から洩《も》れていた。だが、真の天才の力をもって成し得ぬことがあろうか。私はその穴まで登る決意をした。穴の前には、穴から近いところに、大小の歯車がびっしりついた、謎めいた感じの機械があって、その機械から伸びる一本の鉄の棒が穴を貫いていた。歯車と穴のある壁との間に私の体が入り込む隙間はほとんどなかったが――私は必死だったので、決行することにした。ポンピーに隣に来てもらった。

「あの穴が見えるわね、ポンピー。あの穴から外を覗《のぞ》きたいの。あなた、この穴のすぐ下に立っていて頂戴《ちょうだい》――そうそう。今度は、片手を出して、ポンピー、私をその上に立たせて――そう。次にもう片方の手、ポンピー。その手で支えて、私をあなたの肩の上に立たせて頂戴」

彼は私の望んだとおりにしてくれた。肩の上に立った私は容易に穴から外へ顔を突き出すことができた。絶景が拝めた。これほど壮大な景色はなかった。私はただ息をついて、ダイアナにおとなしくするように命じ、ポンピーにはできるだけ肩に体重をかけないように軽くなってあげるからと言ってあげた。彼の気持ちをおもんぱかって、優しく《テンダー》なってあげると言ったのだ——*ossi*《オッシ》 *tender*《テンダー》 *que*《ク》 *beefsteak*《ビーフステーキ》——ビーフステーキのように柔《テンダー》らかい骨〔フランス語にもなっていない〕。忠実なる友にこうして正しく対処したのち、私は偉大なる熱意と興奮とをもって、眼前にひろがる壮大な景観を心ゆくまで楽しんだのだ。

けれども、この点を詳述するのは控えたい。エジンバラの町を描写すまい。誰だって、古きアディーナとも呼ばれるエジンバラの町を訪れたことがあるはず。私は自身の悲惨な冒険の重大な詳細を述べることに専念しよう。町の広大な外観への好奇心をある程度満たした私は、自分がいる教会を観察し、その尖塔の複雑な構造を吟味する余裕があった。今私が顔を突き出している穴は、巨大な時計の文字盤にあいているもので、下から見上げたら、フランスの懐中時計の文字盤にあるような、大きな鍵穴《かぎあな》のように見えたことだろう。必要に応じて、係の者が内側から腕を伸ばして、時計の針を調整するための穴であることはまちがいない。その時計の針の巨大さを見て私は驚いた。長針は十フィート〔約三メートル〕はあり、幅も一番太いところで八、九インチ〔約二十〜二十三センチ」ある。明らかに硬い鋼鉄でできており、両縁は鋭かった。これらの詳細を観察してから、私は再び眼下の絶景へと目をやり、やがて物思いに耽《ふけ》っていた。

数分して、ポンピーの声で我に返った。もうこれ以上耐えられないので、下りてきてくださいませんかと言うのである。無茶な依頼であり、彼にくどくどと説教してやった。彼は返事をしたが、明らかにこの件に関する私の考えを理解していなかったので、私は腹を立て、はっきりとおまえは愚かであり、*ignoramus e-clench-eye*《イグノラムス エ・クレンチ・アイ》を犯していると言ってやり〔*ignoratio elenchi* の言いまちがい。「無学」と「目を固く結ぶ」という意味が入っている〕、おまえの考えていることなんて *insommary Bovis*《インソマリー ボヴィス》〔*insomnia Jovis* の言いまちがい。「ジュピターの」が「牛の」と変わっている〕にすぎず、おまえの言うことなんて *enemy-werrybor'em*《エネミー・ウエリーボーレム》〔*anemonae verborum* の言いまちがい〕だと言ってやった。彼は納得したようだったので、私は瞑想《めいそう》を再開した。

この激論から三十分も経っただろうか、眼下にひろがる神々しい風景にすっかり夢中になっていると、とてもひんやりするものが私のうなじをゆっくりと押してきたので、ハッとなった。言うまでもなく、筆舌に尽くしがたい驚愕《きょうがく》だった。ポンピーは私の足元におり、ダイアナは明確な言いつけどおりに部屋の片隅にお座りしていることはわかっていた。一体、何が触れたのか？　ああ！　すぐにわかった。首をゆっくり一方に回して見ると、そこには何と、恐ろしいことに、あの巨大なキラキラ光る、三日月刀のような時計の分針が、一時間に一周する動きの過程で、私の首の上に下りてきていたのだ。

一刻の猶予もないことはわかっていた。すぐに首を引き抜き——ところが、手遅れだ。これほどがっしりと嵌《は》まってしまった恐ろしい罠《わな》の口から、首は抜けなくなっていた。分針のせいで、穴は、考えがたいほどの速度でどんどん狭くなっていく。その瞬間の苦悩たるや想像を絶する。私は両手を上げて、全身の力を籠めて、重たい鉄の棒を持ち上げようと頑張った。大聖堂そのものを持ち上げようとするようなもので、びくともしなかった。分針はじわりじわりと下りてきて、首にぐい、ぐいと食い込んでくる。私は悲鳴をあげ、ポンピーに助けを求めたが、彼は「無学な老いぼれの寄り目」と呼ばれて傷ついていると言う。私はダイアナを大声で呼んだが、「わんわん。何があってもその隅から動いてはダメと言われました」としか言わない。かくして仲間の救助は得られなかった。

その間も、重たく恐ろしい「時の大鎌」（今こそ、この古典的な言いまわしの文字どおりの意味がわかったのだ）は動きつづけ、止まる様子もなく、刻一刻と進んだ。下へ、そしてさらに下へ。すでにその鋭い刃は、私のうなじにたっぷり一インチ〔二・五四センチ〕は食い込み、私の感覚は朦朧《もうろう》となり混乱してきた。ある時にはフィラデルフィアで立派なマニーペニー博士と一緒にいるような気もして、またある時にはブラックウッド氏の奥の間で貴重な教えを受けているような気もした。それから、もっと楽しかった昔の追憶がいろいろと甦《よみがえ》り、世界がすっかり砂漠になっておらず、ポンピーもそれほど残酷でなかった幸せな過去を想った。

時計のチクタクいう音もおもしろく感じた。おもしろく感じたと言うのも、今や私の感覚は至福の域に達しており、ほんの些細《ささい》な情況でも愉快になってしまうのだ。時計が永遠に奏でるチクタク、チクタク、チクタクという音は、私の耳には素敵な旋律の音楽に聞こえ、ときにはオラポッド博士〔ジョージ・コールマン作の笑劇『哀れな紳士』の滑稽《こっけい》な登場人物《フィギュア》〕のありがたいお説教を聴いている気分にさえなった。そして、文字盤には偉い人《フィギュア》たちが、大きな数字《フィギュア》たちがいた——どれもまあ、何て知的、何て賢そうに見えることか！　やがて一同はマズルカ〔ポーランドの民俗舞踊〕を踊り出し、一番じょうずだと思ったのは数字のV〔5を表すローマ数字〕だった。明らかに育ちのいい貴婦人だ。そんじょそこらのいばりん坊とは雲泥の差で、その動きに不粋なところは一切なかった。その尖《とが》った先を軸に見事な爪先回転《ピルエット》を決めた。お疲れのようだったので、私は椅子を勧めようとしたが——そのとき初めて自分の嘆かわしい状況に気づいた。まったく嘆かわしい！　鉄の刃はわが首に二インチも食い込んでいた。激痛が走った。早く死んでしまいたいと願い、苦しみまぎれに、詩人ミゲル・デ・セルバンテスのあの優雅な詩を口ずさまずにはいられなかった。

　ヴァニー・ビューレン、来たれしよ！
　だが、おいちいぶた食うとこをみせな。
しがくるとのよ転びあまり、

またいの血をひっくり返すないよに
Vanny Buren, tan escondida
Query no to senty venny
Pork and pleasure, delly morry
Nommy, torny, darry, widdy!
〔でたらめだが、冒頭に当時のアメリカ大統領の名前 Van Buren が織り込まれている〕

しかし、今や新たな恐怖が訪れた。どんなに図太い神経の持ち主でもひるまずにいられぬほどの恐怖だ。わが目が、時計の残酷なる圧力によって、眼窩《がんか》からすっかり飛び出そうとしていたのだ。眼球なしでこれからどうしたらいいのかと思った矢先に、一つの眼球が転げ落ち、ころころと尖塔《せんとう》の急な斜面を転げ落ち、大聖堂の軒に沿って巡る雨どいに入った。片目を失ったことよりも、私から抜け出たその眼球が私を見下すような独立不羈《ふき》の不遜《ふそん》な態度を示したのが耐えがたかった。つい目と鼻の先の雨どいにいながら、そんな態度を示すのは馬鹿げていたし、不愉快だった。いやらしくウィンクして目配せして、見ていられなかった。雨どいにいるわが目のそのような振る舞いは、その明らかな無礼と恥ずべき忘恩ゆえに許しがたいものだったが、同じ顔にあった二つの目がどんなに離れていても通じ合う思いを考えると、実に不都合なものだった。こちらとしても、片目がないものだから、好むと好まざるとに拘わらず、つい目と鼻の先にいるあんちくしょうと同様にウィンクして返さざるを得ないのだ。しかし、やがてもう一方の眼球も落ちてくれたので救われた。落ちる際、仲間と同じところへ落ちた（きっと示し合わせていたのだろう）。二つとも一緒に雨どいを転がり出たので、私は厄介払いができて、せいせいしたのだった。

　鉄の刃は今や首に四インチ半〔約十一センチ〕食い込んでおり、もう少しで完全に切れそうだった。私の感覚は完璧《かんぺき》に幸福なものとなっていた。なにしろ、どんなに遅くともあと数分で、この困った情況から抜け出せるのだから。そして、期待どおりとなった。午後五時二十五分きっかりに、巨大な分針はその恐ろしき回転を十分に圧《お》し進めて、私の首のわずかな残りの部分を切断してくれたのである。私にこれほど恥ずかしい思いをさせた首が、ついに胴体から離れたのを見て悲しい思いにはならなかった。首は尖塔の急斜面を転げ落ち、数秒雨どいにひっかかって、それから通りの中央へと落下した。

　私の気持ちは、今や実に特殊なものであった——いや、実に神秘的で、実に困惑させられ、理解しがたいものであったことを白状しておこう。あっちとこっちと同時に自分を感じることになったからだ。頭では私こそが本物のシニョーラ・サイキ・ゼノビアだと考えるのだが、胴体である私こそがその人だという確信もあった。この点の考えをはっきりさせようと、私はポケットの嗅《か》ぎたばこをまさぐり、それをつかんで、そのありがたい中身をいつものように鼻に当てようとして、すぐ自分の欠如に気づき、箱を自分の首めがけて投げてやった。首はたばこを嗅いで大いに満足して、私ににっこり笑って礼をした。そのあと私に話しかけてきたが、耳がないものでよく聞き取れなかった。しかし、どうやらこんなことになっても、よくもしぶとく生きようとしているものだと驚いているらしかった。首は、アリオストの高貴な言葉を引用してその発言を締め括《くく》った――

死んでいるのに夕刊にたた買いつづけたエィ言《ゆ》う
自分が頃されたことに傷かなかったがその理由
*Il pover hommy che non sera corty*
*And have a combat tenty erry morty.* 〔でたらめ〕

こうして私を、戦いの最中に自分が殺されたことに気づかずに、死んでいるのに勇敢に戦いつづけた英雄に譬《たと》えてくれたのだった。こうなると、私はこの高みから身を下ろすべからざる理由もなく、下りることにした。ポンピーが私の外見の何にそれほど驚いたのかいまだにわからない。彼は裂けんばかりに口を大きく開き、両の瞼《ひとみ》でくるみを割りそうなまでの力をこめて両目を閉じた。そしてついには、オーバーコートを投げ捨てると、パッと階段へ走って、いなくなってしまった。私は悪党の後ろから、デモステネスの激しい言葉を投げつけてやった。

アンドルー・オ・プレゲトーンよ、何と逃げ足の速いこと
〔前出のデモステネスのギリシャ語の発音に似る。
プレゲトーンはギリシャ神話中の冥府《めいふ》の炎の川〕

それから、愛《いと》しい片目のぼさぼさ毛のダイアナちゃんを振り返った。ああ、何と！　何という恐ろしい光景がわが目に飛び込んできたことか。穴に隠れようとしていた鼠のせいか？　これは、あのひどい動物に残酷にも貪《むさぼ》り食われた可愛い天使の残骸？　ああ、神々よ！　今、目にしているのは――あれは、わが愛する小犬の昇天する霊魂、影、亡霊なのか。隅にしょぼんと可愛らしくお座りしていたのに？　聞け！　霊が口をきく。そして天よ！　それはシラーのドイツ語なり――

ウント・ズングリ・ダック、トッテモ・ズングリ・ダン
アノコハ・ダック！　アノコハ・ダック！〔前出のドイツ語の発音に似ている？〕

哀れ！――その言葉は、あまりに正鵠《せいこく》を得ていぬか？

死ぬのであれば、少なくとも私が死ぬのは――
あなたのせい――あなたのせいよ！

可愛い子！　あの子もまた、私のためにその身を犠牲にしたのだ。犬もなく、召し使いもなく、首もなく！　不幸なシニョーラ・サイキ・ゼノビアには今や何が残っているのだろう。哀れ——何もない！　これでおしまい。

# マージナリア

# マージナリア

本を買うとき、いつもページに十分余白があるか気になる。そのほうが好きというだけでなく、余白がたっぷりあるほうが、思いついたことや、書かれていることへの賛意や反論など、ちょっとした批評を鉛筆で書き込みやすいからだ。狭い余白に書き切れない場合は、紙きれに書きつけてページのあいだに挟んでおく。落ちないように、あるかないかの微量の糊《トラガカントゴム》でくっつける。

単なる物好きと言えば言えよう。陳腐だし、まったく無益な習慣かもしれない——でも、私はずっとつづけている。書き込むのが楽しいのだ。ベンサム氏〔ジェレミー・ベンサム〕が功利主義を振りかざし、ミル氏〔ジョン・スチュアート・ミル〕がそれを擁護しようとも、楽しければ、それは利益なのである。

しかし、こうして書き込むのは、単なる備忘録を作ろうというのではない。備忘録には疑いなく問題がある。ベルナルダン・ド・サン＝ピエール〔十八世紀末頃のフランスの小説家〕は、こう言っている——***“Ce que Je mets sur papier, je remets de ma mémoire, et par*** *conséquence je l'oublie*"〔紙に書きつけると、記憶をそこに託し、その結果忘れてしまう〕——実際のところ、何かすぐ忘れたいことがあれば、これこれを覚えておくべしと書きつければいいのだ。

しかし、余白《マージン》への書き込みは、備忘録とはちがい、はっきりとした表情はあっても、明確な目的はない。目的など皆無なのだ。それこそが、余白《マージナリア》への書き込みの価値と言えよう。とりとめもない気まぐれな文学的雑文よりずっとましだ。活字になる雑文は、えてして出まかせの「話のための話」だったりする。ところが、マージナリアは、その本の読者が考えたことを書きとめたくてわざわざ記したものだ。どんなにつまらなく——どんなに愚かしく——どんなに些細《ささい》であろうと、確かにそのとき考えたことであり、いずれしかるべき時がきたら考えに至ったかもしれないという類《たぐい》のものではない。そのうえ、マージナリアでは、自分にのみ話しかける。だから、新鮮で——大胆で——オリジナルで——気儘《きまま》で——気取らない。ジェレミー・テイラー〔十七世紀の詩人・主教〕や、サー・トマス・ブラウン〔『屍灰甕埋葬』などを書いた十七世紀の作家・医者〕や、サー・ウィリアム・テンプル〔十七世紀の詩人・外交官で、ジョナサン・スウィフトのパトロン〕や、解剖好きのバートン〔『憂鬱《ゆううつ》の解剖』（一六二一）を著した学者ロバート・バートン〕や、実に論理的な類推が得意なバトラー〔諷刺《ふうし》詩『ヒューディブラス』を著した詩人サミュエル・バトラーではなく、『宗教の類推』（一七三六）を著した神学者ジョゼフ・バトラー〕などの昔の人々がやったように、言いたいことがありすぎて、どう言おうかなどと気にもかけずに書き綴《つづ》ったその表現法こそがまさにマージナリア風で、表現法の鑑《かがみ》となったのである。

　鉛筆で書き込むスペースがかぎられていることも、不便というよりは利点と言うべきであろう。（どんなに散漫な考えを内心抱いていたにせよ）どうしたってモンテスキュー風に、タキトゥス風に、凝縮された難解なものとなるからだ（ここではタキトゥスの『年代記』の結論部は考慮しない）――あるいは、カーライル風文体になる。カーライルの文体は、いわゆる気取りやら、ひどい文法と混同してはならないそうなのだが――文法学者（書き手よりずっと文法をご存じでいらっしゃるはず）がカーライルの文法はおかしくないなどとおっしゃるので、あえて意地になって「ひどい文法」と書かせてもらった。言語の分析にすぎないので、分析家が賢いか馬鹿か――分析家がホーン・トゥック〔S・T・コールリッジの知己で、彼が敬意を払った言語学者〕か、コベット〔一八一八年に『英語文法』を執筆刊行した、週刊新聞『ポリティカル・レジスター』主筆でもあった政治文筆家〕か――によって、分析の結果はよくも悪くもなる。

　閑話休題。さほど昔ではない或《あ》る雨降りの午後のあいだ、気分が落ち着かず、勉強をつづけられなくなって、書斎の本のあれこれを手当たり次第に走り読みすることで倦《アン》怠《ニュイ》から逃れようとしたことがある――もちろん膨大ではないが、それなりに多岐にわたる蔵書なので、我ながらかなり凝ったものだと悦に入っている。

　たぶんそのとき、ドイツ人たちが言う「頭がまとまらない」気分だったためかもしれないが、夥《おびただ》しい鉛筆での書き込みの奇抜性《ピクチャレスク》が注意を引いた。コメントのしっちゃかめっちゃかさがおもしろいのだ。しまいに、本を汚したのが私ではない誰か他の人の手であればよかったのにと思い、そうだったらページをめくってどれほど計り知れない喜びを得られたことだろうと想像した。ここから、（ライエル氏やマーチソン氏やフェザーストンホー氏〔三人とも十九世紀の地質学者。地質学的過渡期――トランジッション――の連想から言及したものか〕が望むような）移行《トランジッション》の思考が自然と起こった――ただ書き込むためだけに私が書き込んだにすぎないものにも、ほかの人の興味を惹《ひ》くものがあるかもしれないと。

大きな問題は、本の書き込みを別の紙へ書き写す――テクストからコンテクスト〔文脈〕を移す――ことをしながら、コンテクストが埋め込まれた極めて繊細な読解の生《ファブ》地《リック》をどうやって傷つけずにすませるかだ。さまざまな仕掛けが整い、原文も参照できるとしても、コメント文はしばしばドドナ〔古代ギリシャの神託所〕の神託のように意味不明なものになってしまう――あるいはリコフロン・テネブロスス〔紀元前三世紀のアレキサンドリアの詩人〕の詩に出てくる神託――あるいはクィンティリアヌス〔ローマ帝国の修辞家〕の本〔『弁論家の教育』〕に出てくる衒学《げんがく》者の教え子の論文のように「先生でさえ理解不能であるのだから優秀にちがいない」となりかねない。では、一体どうなってしまうのだろう――このコンテクストは――移《トランスファー》されたら――翻訳《トランスレイト》されたら？　それはむしろ「翻訳」をフランス語の *traduit* で言うときのように「讒言《ざんげん》される」ことになり、オランダ語の *overzezet*〔正しいスペルは overgezet〕で言うときのように「ひっくり返される」ことになるのではないか？

結局、私は読者の慧眼《アキュメン》と想像力に大きな信頼《フェイス》を置くことにした——これが一般原則だ。だが、信仰《フェイス》が山を動かさない場合〔「マタイによる福音書」17：20、「信仰は山をも動かす」〕もあり、その場合は、書き込みを書き直して、少なくとも話がわかるように、ざっくりとしたポイントを伝えたほうが無難なようだ。ポイントを明確にするために、本文そのものがどうしても必要なら引用すればいい。言及した本の題名が不可欠なら記せばいい。要するに、ジレンマに陥った小説の主人公のように、「成り行き任せ」にしたのである。それに代わるべき満足のゆく行動原理がないのだから。

以下の雑然たる、ごたまぜの形で表現した多くの意見について——今も私がそう思っているかどうかとか——場合によっては、しょっちゅう考えを変えてはいないかとか——そうしたことについては、気の利いたことは言えないので発言は控える。しかし、真に笑える地口《パン》のおもしろさがそのむちゃぶりと正比例するように、ノンセンスこそマージナリアの神髄であるということは付言しておいてよいだろう。

## アメリカ文学の国民性

最近、アメリカ文学本来の国民性を維持する必要性が論じられているが、国民性とは何か、あるいはそれによって何が得られるのかという点は明確に理解されていない。アメリカ人ならアメリカ的なテーマのみ扱うべきだとか、扱ったほうがいいといった議論は、文学的というより政治的であり、よく言っても胡乱《うろん》だ。「遠くから眺めたほうがきれいに見える」ことを覚えておくべきだろう。他の条件が等しければ《ケテリス・パリブス》、外国を題材にしたほうが、純粋に文学的意味から好ましい。結局のところ、作者の人物が活躍すべき舞台は、全世界なのだ。

　しかし、アメリカ文学を守り、アメリカの作家を維持し、独立独歩で我らが威厳を支えるような国民性が必要であることは、疑う余地がない。だが、まさにこの点に我々はひどく無関心だ。アメリカの出版社がイギリスの本をやたらに出版してイギリスの考えをはびこらせているのは、国際的な著作権法がないせいだと我々は嘆くが、その同じ出版社が赤字覚悟であえてアメリカの本を出版したところで、どこぞの無学なロンドンの批評家が「読むに値する」とお墨付きを与えるまでは、アメリカ人は馬鹿にして見向きもしないのが現状だ。アメリカ人にとって、イギリスの『スペクテイター』誌、『アセニアム』誌、『ロンドン・パンチ』誌の無名な編集部員の意見と比べたら、ワシントン・アーヴィングやプレスコットやブライアント〔巻末の「ポーを読み解く人名辞典」参照〕の意見など、無に等しいと言っても過言ではない。決して大げさな言い方ではない。厳然たる、れっきとした悲惨な事実だ。アメリカのどんな出版者も事実と認めるだろう。イギリス批評に屈している我らが現状ほど、嘆かわしいものはない。おぞましいことだ。第一、へりくだっていて卑屈で意気地がないし、第二に、まったく不合理ではないか。

イギリス人が我々を見下していることはわかっているし——アメリカの本をいつだって偏見の目で見ていることもわかっている——我々の作家がイギリスの制度で同等に扱われた数少ない例に於《お》いても、そうした作家らはイギリスの制度に公然と敬意を払っているか、さもなければ心の奥底では密《ひそ》かに民主主義に反対しているのだ。そんなことはすべて明白なのに、日々、我々は父祖の国から生まれたあらゆる劣悪な意見という頸木《くびき》の下に、唯々諾々と首を差し出してしまう。ゆえに、国民性がなければならないなら、こうした頸木を振り払う国民性にしようではないか。

「山の長老」〔暗殺教団の最初の指導者ハサン・サッバーフ〕さながらに我らを死ぬほど苦しめる迷妄論者の首領は、あの無知で独りよがりのウィルソン〔巻末の「ポーを読み解く人名辞典」参照〕である。あえて迷妄論者と言わせてもらう。というのも、マコーリー〔同参照〕やディルク〔イギリスの『アセニアム』誌主筆を務めた批評家チャールズ・ウェントワース・ディルク〕ほか一人、二人を例外として、イギリスには批評家の名に真に相応《ふさわ》しい人物などいないからだ。ドイツ人のほうが、いやフランス人ですら、ずっと優れている。ウィルソンについて言えば、あんなにひどい批評を書くやつはいないし、あんなすごい大風呂敷《おおぶろしき》をひろげるやつもいない。「独りよがり」であることは、その著書を読めば一読瞭然《りょうぜん》だし、「無知」であることは、その馬鹿げた小学生並みのまちがいだらけのホメロス論が証拠となる。つい最近も、ミス・バレット〔一八四六年に詩人ロバート・ブラウニングと結婚してからはブラウニング夫人とも呼ばれた〕の詩についての彼の書評〔『ブラックウッド』誌一八四四年十一月号掲載〕に似たような誤謬《ごびゅう》が多々あるのを本紙〔ポーが編集長を務めた『ブロードウェイ・ジャーナル』一八四五年十月四日号〕は指摘したばかりだ――完全なる無知から生じたひどいまちがいの連続である。指摘した内容について一言でも反論ができる者がいたら、本人であろうと誰であろうと受けて立つ。

ところが、この男の一言が（そんなもの聞きたくもないが）アメリカの評判を左右してしまうのだ！『ブラックウッド』誌の最新号〔一八四五年九月号〕で、やつはそのつまらない「イギリス批評家抄」の連載で、アメリカの第一級の詩人ローウェル氏〔巻末の「ポーを読み解く人名辞典」参照〕を蹂躙《じゅうりん》し、侮辱している。攻撃の切っ先に、やつは言うに堪えない野卑な俗語表現を用いる。「やっつける《スクワバッシュ》」という語がお気に入りだ。「ふん《フォー》」というのもある。スコットランド人が「我々は骨の髄までスコットランド人である！」と言うようなもので――そんなことは言わなくたってわかっている。ローウェル氏のことを「カササギ」〔お喋《しゃべ》り〕、「サル」「ヤンキーのコックニー」〔ロンドンっ子の真似をするアメリカ野郎〕と呼び、その名前を意図的に「ジョン・ラッセル・ローウェル」と誤記している。こんなことをアメリカの批評家がやろうものなら、その批評家はアメリカ出版業界から爪《つま》はじきにされるだろうが、侮辱したのはウィルソン様でいらっしゃるので、我々は謹んでこの侮辱を受けるのみならず、うまい冗談であるかのように、国の津々浦々まで喧伝《けんでん》してしまうのだ。

キケロが謀叛《むほん》人の横暴を抑えようとして行った弾劾演説の冒頭の台詞《せりふ》「*Quamdiu Catilina?*〔カティリナよ、いつまで？〕」我々には自尊心という国民性が是非とも必要だ。政治に於いてと同様、独立宣言が必要なのだ。それよりも、宣戦布告したほうがよかろう。「敵地へ乗り込む」のだ。

## 短編

誰でも「おもしろいもの」をきちんと文章にできるわけではないが、きちんと書いたものを人に見せれば、十人に一人はそれを理解し、おもしろがってくれよう。本当に優れた「短編」を書くのに、普通の長さの通俗小説を書くほどの才能は要らないということはない。中長編を書くには確かに持続的な努力が必要だが、そんなものはただの忍耐力であって、才能と直接の関係はない。一方、一般人には容易に納得できず理解されてもいない特質である「効果の統一性」〔一気に読むことで味わえる効果のまとまり。「構成の原理」参照のこと〕と、理解する者にさえ修得がむずかしい「時代の要求《デジデラータム》」こそが短編には不可欠であり、中長編には不要なのだ。評判がいい中長編小説は、作品の全体的な意図とは無関係に、作品そのものと切り離し得る部分が称賛される。そうした部分は、仮にあったとしても、作家がほとんど注意を払っておらず、長い物語ゆえに読者が一目で見て取れるものでもない。

## 卑怯《ひきょう》

卑怯を決め込んだほうがいいときに、卑怯になりたくないとか卑怯と思われたくないと尻込《しりご》みする者は、真の勇者ではない。

## 批評

「権威」を気にかけず、批評原理を考え、長所ではなく短所に目を向ければ（多くの人は長所を取り上げようとするが）、よりよい批評家となれる。手本など忘れて、自分の能力を磨かなければならない。たまに出てきた佳作を褒めちぎったりするのは、もっとよいものが書けるはずということがよくわかっていないためである。「太陽を一度も見たことのない者が月ほど明るいものはないと考えても責められない。太陽も月も見たことのない者が、明けの明星の比類なき輝きを詳細に語ろうと、責めるわけにはいかない」と、カルデロンは言った。つまり、批評家は高く舞い上がって、太陽を見なければならぬのだ。たとえ、その日の出が、まだずっと先のことだとしても。

## 自己説明嗜好《しこう》

或《あ》ることを成し得るとわかっているだけでは満足できない困った気性がある。成し遂げたところで満足できず、どのようにやってのけたのかを明らかにして、人に説明したくなるのだ。

ディケンズの『骨董屋《こっとうや》』

『骨董屋』の偉大なる特徴は、その上品で活気に溢《あふ》れたすばらしい想像力にある。このあまりにも強力な魅力一つだけで、ディケンズ氏がこれまでどんなまちがいを犯そうともすべて補って余りある。それは物語の構想や展開、あるいは人物造形にのみ見られるのではなく、本の一文一文に染みわたっている。霊感を吹き込まれたどの語にも、想像力の驚異的影響が感じられる。苟《いやしく》も理想的な読者がしばしば読書の歩みを止め、時に奇妙な表現を読み返し、どうして自分でこいつを思いつけなかったのだろうと訝《いぶか》りながらも、確かに今まで読んだことがないと認め、あれこれ考える抑えがたい喜悦に耽《ふけ》ってしまうのは、まさにそのためなのだ。実際、それは魔法使いの持つ魔法の杖《つえ》なのである。

具体的に語る紙幅があれば、『骨董屋』の詩的想像力《アイデアリティ》を明確に例証したところである——店そのものの描写——その老いた店主がふと緑の野原の平穏さに焦がれる気持ち——老人の人物像と行動——幼い子供たちから愛されようとする、しがない学校教師——溝鼠《どぶねずみ》がひしめくクウィルプの棲《す》み処《か》——墓場で人形芝居の小道具の修理をする男たち—

―夜更けに鍛冶屋《かじや》が恐ろしい火を見つめて座りこむ見事な場面――この鍛冶屋の人物像。最後にして最大なのは、じわじわとネルに忍び寄る死――村へ旅するあいだにもネルはどんどん弱っていく――その様子は描写されるのではなく、巧みに暗示される――ネルの憂鬱《ゆううつ》な予知的な瞑想《めいそう》――自分がそこで死ぬことになる家が突然見えたときに頭をよぎる奇妙な想い――この家、古い教会、墓地の描写――何もかも一つの印象としっかりと響き合いながら伝えられており――深い井戸に象徴される虚無――教会の管理人の語る死、そして平穏な生活の話――そうした侘《わび》しくも平穏な想いの世界全体がついにはネリー〔ネルの愛称〕の死へ溶け込み、その祖父の諦《あきら》めきれぬ絶望に至る。この最後の場面では、想いの籠《こ》もった人間の言葉で、これでもかとばかりに極限まで読者の感情を掻《か》き立てる。この悲哀《ペーソス》たるや、詩的想像力《アイデアリティ》が生み出し得る最高級のものである。この点で、本作は他作品より優れており、一例を除いて、足元に及ぶものはない。その一例とはド・ラ・モット・フーケ〔ドイツのロマン主義作家〕の『ウンディーネ』〔一八一一〕である。後者は、想像力では『骨董屋』と互角かもしれないが、悲哀《ペーソス》は、確かに美しく深いものの、扱う題材のせいで効果が薄い。主要人物が実に空想的な存在であるため、読者が全幅の同情を寄せることができないのだ。普通の人間ほどにも哀れみを呼ばない。ネルの詩はあまりにも痛ましいので省いたほうがいいと一ページほど前に述べた〔ポーが『グレイアムズ・マガジン』一八四一年五月号に掲載した書評の前半部への言及。本項は書評の一部を抜き出したもの〕のは、もちろん作品全体の一般読者の受容や人気を考えてのことであって、描かれた死の場面は文学的に最高級の出来栄えであることは繰り返しておく。ただし、最高級である事実を否定し得る者はいないにしろ、あの結末をもう一度読みたいと思う読者はいないであろう。

いずれにせよ、『骨董屋』はディケンズ氏の最高傑作だ。どんなに絶賛しても足りない。あらゆる点で、才能ある万人の熱い称賛を浴びてしかるべき物語である。

## 天才

特に主義主張のない——とても古風で厄介な——我ら凡人は、天才には気をつけたほうがいい。天才のことを「可哀想に、もうおしまいだな」などと思って侮辱したり冷遇したりすると、まさに勝利の梯子《はしご》の天辺《てっぺん》に足を掛けようとしているときだったりする。積年の目的がついに達成するというときに、まるで絶望のどん底にあるかのようなふりをするのは、連中のよく使う手なのだ。それもただ、たちまちにして跳び上がってみせ、心に定めた成功の度合いを大きくしたいだけのことなのである。

## 天才

作品が優れていればいるほど、その作品に大きな欠点があっても私は驚かない。

或る作品に多くの問題があるとしても、それだけでは何もわからず、その作品の優劣は言えない。欠点のない作品があるとされるが、それが本当なら、その作品が優れているはずがない。

トリュブレ〔ニコラ・シャルル・ヨゼフ・トリュブレ著『文学と道徳の諸問題についてのエッセイ』(一七三五)より〕

この「はずがない」は言い過ぎだろう。トリュブレの意見は驚くほど流布しているが、それにも拘《かか》わらず、明らかにまちがっている。彼の意見がまかり通ったのは、ただ天才が怠惰だったためだ。最高レベルの天才は、実は常に野心と野心への軽蔑とのあいだを揺れているらしく、その野心はどうしたって消極的なのだ。あがいて——努力して——創造するのは、抜きん出たいと望むからではなく、抜きん出る力があるのを知りながら、他の人より劣るわけにはいかないからだ。確かに、最も偉大な賢者らは(そうした人たちは人間の野心など一笑に付すべき馬鹿げたものとはっきり見抜いているだろうから)「黙して無名」のままでかまわないと考える。いずれにせよ、今述べた揺れこそが天才の際立った特徴だ。ある時は高揚し、ある時は落ち込んで、その気分のむらは、仕事にもはっきり表れる。これが一般的な真相だ——これは、トリュブレの「はずがない」という断言とはかなりずれている。天才にそれなりのきちんとした動機を与えれば、結果として調和、均衡、美、完璧《かんぺき》さが生まれる——この場合どれも同じ意味であり、トリュブレが言うなくてはならない欠点はここにはない。なぜなら、美に対する感受性――天才の最も重要な要素となる感受性――は、醜さに対しても同様に繊細な嫌悪を示すからである。そうした動機――持続的な動機が――これまで稀にしか天才に与えられなかったのも事実だが、「無欠」であってしかも「優れた」――極めて優れた――作品だってある。今や世界は、冷静な哲理の助けがあれば、そのような作品が普通に真の天才の作品となる時代に入ろうとしているのだ。この新時代への最も重要な最初の一歩は、世俗の考えからまさにこのトリュブレの考えを――天才と芸術は相容れないという、ありえない逆説的な考えを――一蹴《いっしゅう》することだ。

## 天才と根気

天才は普通考えられているより遥《はる》かに大勢いる。実際、いわゆる天才の作品を完全に味わうには、その作品を生み出した才能全てを有している必要がある。だが、味わう側の人に、その作品やそれに類するものを生み出す力など一切ないのは、構成力とでも言うべきものが欠けているからにすぎない――これは「天才」という語で理解されるものとはまったく話がちがう。この能力は、確かに、作家が自分の意図した効果の機能をすべて掌握する分析力に多く依拠しており、それによって作品を生み出し、思いのままに操ることになる。だが、厳密には、精神的な特質に多く左右される――たとえば、忍耐力、集中力、つまり一つの目的にずっと注意を維持する力、自信、単なる意見でしかないあらゆる意見への軽蔑――とりわけ活力ないし根気。根気は特に重要であり、それなしに「天才の作品」と呼べるようなものが完成することはないだろう。それに、根気と天才とはほとんど性が合わないゆえに、天才は冒頭で先に述べたとおり大勢いても、「天才の作品」は少ないのである。ローマ人は、観察の鋭さに於《お》いて我々を凌駕《りょうが》していたが、観察された事実から結論を導き出すのには劣っており、根気と「天才の作品」の分かちがたい関係を十分認識して、根気はほとんど天才そのものだと誤解した。叙事詩などの作品に対してローマ人が *industriâ mirabili*〔驚くべき根気を以《もっ》て〕あるいは *incredibili industriâ*〔信じがたき根気を以て〕書かれた作品だというとき、最高の賛辞のつもりなのである。

## 神と霊魂

神と霊魂について、これまでに書かれたすべての書を読み、考え得るすべてを考えた末に、人は、ようやく少しは物を考える資格があると言えるが、そうして達する結論とは、この問題について最も深遠な考えは、最も浅薄な感情と分かちがたいというものであろう。

## 小説家の心得

物語を書く者は、ときに中国人からヒントをもらうといい。家を上から下へ建てる中国人は、本を終わりから始める分別を持ち合わせているからだ。

## 想像力

純粋な想像力は、美ないしは醜から、これまで結びつけられることのなかったもののなかで最も結びつけやすいもののみを選ぶ。結びつけられたものは――その素材はまだ構成要素として存在すると看做《みな》せるので――一般的に、その素材それぞれの美や崇高さの割合に応じて、美や崇高さの特徴を帯びる。しかし、物質化学でしばしば起こるように、この精神の化学に於いても、二つの要素の化合物が、どちらかの特質のみを持つ、あるいはどちらの特質も持たない場合がよくある。……このように、想像力の世界に際限はない。その素材は宇宙の隅々までひろがっている。醜いものから、それだけを見つめていたくなるような、想像力の真価を試す美を生み出しさえする。しかし、一般的に、結合されたものの豊かさや力、結合するに値する新奇な結合要素を発見する能力、とりわけ完成されたものの絶対的な「化学変化」といったものが、想像力の評価に於いてのポイントとなる。想像力に富む作品がこれらを完璧に調和させると、無思慮な者から過小評価されることがよくあるのは、明白さが併発されるからである。当たり前に思えてしまい、こんな結合は疾《と》うに思いついていてもよかったと思ってしまうのだ。

## 講演

劇場で経験する楽しみの半分は、ほかの観客との共感、特に皆も自分と同じ気持ちになっていると信じることから生じる。このあいだパーク座で、ボックス席にも平土間にも三階席《ギャラリー》にも誰もいないのに、独りで客席にいた奇矯な紳士は、そのままそこにいてもちっともおもしろくなかっただろう。追い出してやったほうが親切というものだ。最近の馬鹿げた講演熱は、こうした感情に根差している。頼まれたって読まないような論文――陳腐な内容で――お粗末な出来で――キリスト教圏にあるどんな百科事典を見たってもっとましな情報が書かれている論文でも、それが講演されるとなると、許してしまうどころか、なんと十回でも二十回でも繰り返されている講演に拍手喝采《かっさい》してしまう。それもみな偏《ひとえ》に、聴衆と共感するがためだ。同様にして、自分以外にも聴き手がいたほうが、人の話を熱心に聴くものだ。このことを意識して、あまり深く考えない作家は、周りに聴衆がいると想定して、自分の物語に共感してもらおうと語りかける手法を繰り返す。一見、なるほどと思えるかもしれない。しかし、会場で語る場合は、表情や身振りや短いコメントによって、実際の個人的な目に見える共感が――本当の個々人の共感が伝わる。それも、話されている内容にだけではなく、聴き手相互の共感だ。本の場合、書斎に独りいる読者が架空の聴き手との共感に共感しなければならず、実在しない聴き手はしばしば、二、三百ページも読み進めるうちに消えて忘れられてしまう。これでは二倍に薄められた共感であり、陰の影だ。この手法がいつも失敗に終わることは言うまでもない。

## 雑誌文学

アメリカ文芸誌の長短が何であれ、広汎《こうはん》な影響力を持つことは否めない。雑誌文学の問題は、それゆえ重要だ。数年のうちに、その重要性は幾何級数的に増大するだろう。時代の趨勢《すうせい》は雑誌に向かっている。ただ、季刊誌が人気を博したためしは決していない。（それなりの威厳を保とうとして）高踏的であるのみならず、大衆にはついていけない話題、しかも一握りの読者にとってもありきたりな話題ばかり論じてお高くとまっているからだ。発行も、あいだが空きすぎる。読者に供するときには、もう話題は冷めている。要するに、その重装備では時代のスピードについていけない。今必要なのは知性の軽砲だ。簡潔で、凝縮され、ピリッとして、すぐに拡散できるものであるべきで、冗長で詳細で大部でアクセスしにくいものではだめなのだ。しかし、軽砲の軽快さは豆鉄砲に堕してはならない。豆鉄砲という語が当てはまるのは大方の新聞だ——新聞の唯一の本来の目的は、束の間の事柄をその場かぎりで論じることだからだ。日刊紙でどれほどの才能が発揮されようと（多くの場合その才能《カレンテ・カラモ》は膨大ではあるが）、大衆の目の前を日々素早く過ぎゆく話題を片っ端から流れるペンで捕まえなければならない必要性が、当然ながらその力を大きく制限する。月刊誌であれば、その分量と発行期間は、現代の文学的要求のすべてとまでは言えずとも、そのほとんどの喫緊《きっきん》の要求にまさに応《こた》えるものと言えるのではないか。

## 雑誌

近年の雑誌の増加は、一部の批評家が考えるように、アメリカの趣味やアメリカ文学の低下を示すものでは決してない。むしろ時代の趨勢、すなわち嵩張《かさば》るものよりも、簡潔で、凝縮され、まとめられたものが――要するに論文の代わりにジャーナリズムが必要な時代となったことを示すものだ。今必要なのは、知性の軽砲部隊であって、知性の平和論者ではない。現代の人間のほうが五十年前よりも思慮が深いかはわからないが、まちがいなくその思考はより速く、より巧みで、より如才なく、手際よく、無駄がなくなった。そのほかにも、考えるべき事柄が格段に増えた。いろいろ考慮しなければならない事実が増えている。このため、膨大な思考を極めてコンパクトにまとめて、可能なかぎりの速さで拡散するようになってきている。こうして現代のジャーナリズムが生まれ、とりわけ雑誌が栄えるようになった。一般論として、増えすぎるのも困るが、創刊時に注目すべき価値を示して、その雑誌の価値を正しく評価できるほど十分長く継続してほしいものだ。

## 棒杭《ぼうぐい》を呑《の》み込んだ道徳家たち

いつも棒杭を呑み込んだようにまっすぐな姿勢を崩さない道徳家たちのあいだで、「当世風」小説をこきおろすのが流行《はや》りとなっている。そうした作品に欠点はあるものの、否定しようもなく良い影響力が大きいという点はきちんと考えられたことがない“Ingenuos didicisse fideliter *libros*, emollit mores nec sinit esse feros.”〔「良書をきちんと学べば、態度が柔和になり、野卑ではなくなる」オウィディウス『黒海からの手紙』第二巻第九章四十七節にある文の artes（文芸）を libros（本）に換えて斜字体としている〕さて、当世風小説は、当世風でない大衆が読むものであり、胸が悪くなるような大衆の下劣な俗悪さをなくして、凝り固まった悪癖をも正すその効果は絶大だ。連中にしてみれば、憧《あこが》れるのと真似するのとは同じことなのだ。この場合、真似された当世風の態度が虚飾でしかないとしても、野蛮より虚飾のほうがましであり――結局のところ、剛健な鉄の本質が、薄っぺらな鍍金《めっき》をしたところで損なわれる心配はないのである。

## 文学的倫理

敵を名指しで攻撃したも同然で、誰のことか世間もわかっているのに、「別に相手の名を、文字どおりに掲げて攻撃したわけではない」などと、もぞもぞ言うのは（穏やかな語を用いるなら）適切ではないし、勇敢とも思えない。——なのに、紳士を名乗る連中が、なんとしばしばこの卑劣な真似をすることか！　こうなったら文学的倫理の改革が必要だ。——さらにひどいのは匿名批評だ。この実に不公平な、実にあさましい卑怯《ひきょう》なやり方に、弁明の余地は一切あり得ない。

## 書物濫造の弊害

あらゆるジャンルに於《お》いて本が膨大に増えているのは、現代の最大の弊害である。読者は目の前に積み上げられた不要な本の山から、ひょっとして交じっているかもしれない役に立つ断片を手探りで見つけねばならず、正しい情報取得の深刻な障害となっている。

## 天体の音楽

詩人や特に雄弁家が好んで用いる「天体の音楽」(Music of the spheres) という表現は、プラトンが用いたμουσικη《ムーシケー》という言葉の誤解から生じたもので、この語はアテネ人にとって、音調と時間の調和のみならず、一般的な釣り合い《プロポーション》を意味した。「音楽」の勉強を「魂にとって最良の教育」として進める際に、プラトンは純粋理性の育成と対比させて趣味の育成に言及したのである。「天体の音楽」は、その天体の動きの諸法則の一致——適応——つまりは釣り合いを意味した。私たちが理解する意味での「音楽」に言及したのではなかった。Μουσικη《ムーシケー》に由来する*mosaic*(モザイク)という語も、同様に、モザイク芸術に於いて守られるべき色の釣り合いや調和を指す言葉である。

## 匂い——連想

匂いには、人に連想を起こさせる、まったく独特な力があると思う。触覚、味覚、視覚、聴覚とは本質的に異なる力である。

## 独創性

重箱の隅をつつく批評家どもが数年前、競うように独創性を排斥していた、あの見苦しい流行が下火になったのは、誠実な人間にとって寿《ことほ》ぐべきことである。一時は、アメリカ文学全般をフランドル美術のレベルまで貶《おとし》めかねないところだった。

洒落《しゃれ》を言えない者が洒落を一番嫌うと言うが、さらなる真実を以《もっ》て、独創性を排斥する者は偽善者でかつ凡庸だと言えよう。偽善と言うのは、新しきを好むのが人間の性《さが》であることに議論の余地がないからであり、独創的とはただ新奇であることなのだから、文学にしろ何にしろ、どのようなジャンルでも独創性への嫌悪を表明する馬鹿は、実は独創性への嫌悪ではなく、自分ではとても望めない優秀さを嫉妬《しっと》する者の心に生じるあのいらついた憎悪を表明しているにすぎない。

## つむじ曲がり

ろくでなしに向かって、日に三、四度、君は清廉潔白の権化だと言ってやると、そいつを本当にどこから見ても「きちんとした」人にすることができる。一方、立派な人物を執拗《しつよう》に悪党だと糾弾しつづければ、その人はいじけて、そう呼んだ君がやっぱりまちがっていなかったことを示してやれと、つむじ曲がりの野望で膨らむだろう。

## 剽窃《ひょうせつ》——文学の掏摸《すり》

通常の掏摸《すり》は財布をくすねれば、それで事は終わりだ。掏摸は、財布を盗んでやったと大っぴらに自慢することもしなければ、盗まれた相手に自分の代わりに窃盗の嫌疑がかかるように仕向けるわけでもない。つまり、おぞましい文学の掏摸より遥《はる》かにましなのだ。剽窃者ほど不愉快なものはない。他人が受けるべき称賛とわかっていながらそれを横取りし、横取りされた人よりも鼻高々と胸を高鳴らせ、世間を闊歩《かっぽ》してみせる。正当な名声の純粋さ、気高さ、絶妙さ——その絶妙さと、剽窃という犯罪の悪辣《あくらつ》さとを比べてみれば、剽窃がどんなに唾棄《だき》すべき罪かわかるだろう。同じ一つの胸の中に、名声への崇高な渇望と、くすねてやれというあさましい性向とが同居しているとわかると身が竦《すく》む。この矛盾、この不和こそが我慢ならないのである。

## 詩的許容《ポエティック・ライセンス》

There lies a deep and sealed well
Within yon leafy forest hid,
Whose pent and lonely waters swell
*Its confines chill and drear amid.*

深き井戸ありて覆われ
茂れる森の奥に隠れ、遠く遥かに、
そこに溢《あふ》れる水、寂しく囚《とら》われ
牢獄、冷たく侘《わび》しき、その中に

このように名詞の後に形容詞を置くのは、許しがたいフランスかぶれ《ギャラシズム》にすぎないが、名詞の後に前置詞を置くのは、あらゆる言語の原則に反している。そんなことをすれば一般的に作者の力不足を露呈するだけであり、この種の倒置が起こると、「ここで詩人は手詰まりになって、通常の自然な言葉の順序を歪《ゆが》めてしまった」と考えられる。しかし時折、この誤りの原因を技量不足ではなく、もっと弁解のしようのないところに求めざるを得ないことがある――詩とはそういうものだ、という考えである。散文と区別するためにこうした手法が必要であり、要するにこうやって非散文的にすればするほど詩的になるという考えだ。「詩的許容《ポエティック・ライセンス》」という用語――この用語のせいで夥《おびただ》しい過ちが犯されている――を使うときでさえ、そのように考える人々はどうやら、許容されている破格を用いなければならないと思い込んでいるらしい。真の詩人は「詩的許容」など一切用いない。そんな言葉など忌み嫌う。というのも、この言葉が意味するのは――「どうも君はこの微罪免除の許しなしには詩が書けないようだから、許してやるしかないね。世間も目をつぶって、破格のせいで君の詩に刻印される不自然さに気づかないふりをしてくれるだろう」ということなのだから。

倒置法ほど詩を貧弱にするものはない。大概の場合、「力がある」とされる詩行では、力とは表現の直截《ちょくせつ》さを指す。何度も引用されてお馴染《なじ》みとなった多くの詩句は、この直截さがあるから、ないしは一般に「詩的許容」を軽蔑《けいべつ》しているから、人気を博したのだ。要するに、言葉の構文としては、詩の文体は散文的であればあるほどよい。そのような散文性ゆえに、それより高度な詩的要素を持ち合わせていなかったロマン派詩人ウィリアム・クーパーも、その時代に於いてポープとほぼ同列に評価されたのだ。トマス・ムーアの詩の並々ならぬ力強さの四分の三も、同じ原因に求められる〔詩人については巻末の「ポーを読み解く人名辞典」参照〕。この二人の詩人の散文性こそが、その詩を特に引用しやすいものとしているのである。

## 詩

『一般教養の主たる特徴』の著者ビールフェルトは詩を *"l'art d'exprimer les pensées par la fiction"*〔虚構によって思考を表現する術〕と定義している。この馬鹿げた定義と完全に合致する二つの言葉がドイツ語にある――「虚構《フィクション》の術」を意味する *Dichtkunst* と、「ふりをする」を意味する *Dichten* である。一般に、「詩」と「詩作」の意味で用いられている。〔ビールフェルトの『一般教養の主たる特徴』のW・フーパーによる英訳版 *The Elements of Universal Erudition*, 1771, II: 134-35 参照。ポーは、『グレイアムズ・マガジン』一八四二年四月号誌上、ロングフェローの『バラッドとその他の詩』第二版の書評でもビールフェルトのこの箇所を引用し、詩とは美を作り出すものと論じ、「ポイエーシス（創造）という語それ自体がこの点〔美の創造〕を多く語っている」としている。因《ちな》みにフィクションの語源であるラテン語の fingere には「ふりをする」（feign）のほかに「作る、形作る」の意味もあった〕

# 句読点

句読点が重要であることには誰もが同意するが、どこまで重要かを理解している者の何と少ないことか！　句読点を忘れたり、まちがえたりする作家は、文章を誤解されやすい――世間が考えている、不注意と無知から生じる弊害はせいぜいそんなものだ。意味が完全にはっきりしていても不適切な句読点のせいで、文の力――その言わんとするところ――その要点――の半分が失われてしまうことがあるとは知られていないようだ。カンマ一つがないだけで、公理が逆説になり、皮肉が説教に変わってしまいかねないのに。

この問題はまだ誰も論じていないが――これほど論考が必要な問題はない。句読点の用法は単なる慣習的なものであって、明確で一貫した規則に収まるものではないという俗見があるようだ。だが、正面からきちんと見据えれば、事態はすこぶる明瞭《めいりょう》であり、その原則など即座にわかる。誰も手をつけないなら、私がいずれ「句読点の原理」の論考を雑誌に書いてやろうと思う。

とりあえず、ダッシュについて二、三、言っておきたい。正確さを心がけて印刷所に入稿する作家は、原稿にあったダッシュの代わりにセミコロンやカンマを使ってしまう最近の印刷所のやり方のために、文意を枉《ま》げられて、悔しがったり苛立《いらだ》ったりした経験が多いはずだ。ダッシュがまったく、あるいはほとんど用いられなくなったのは、二十年ほど前に使われすぎた反動である。バイロン時代の詩人たちは、みないダッシュを使った。ジョン・ニール〔巻末の「ポーを読み解く人名辞典」参照〕は初期の小説で、ダッシュを目も当てられないほど濫用した――ただ、その誤りは、ニールの哲学的で独立独歩の精神から発していて、それゆえに彼はひとかどの人物となっているのであり、私が彼を誤解しているのでなければ、きっと我が国の宝となるような文学作品を残してくれるだろう。

なぜそうなのかはひとまず措《お》くとして、印刷業者は、原稿のダッシュが正しく使われているか不適切に使われているかを判断する際、ダッシュは「再考」――「修正」を表すと覚えていてもらいたいと思う。今実際にダッシュを用いて、その用例を示した。「修正」という語は、文法構造から言うと、「再考」と同格になっている。「再考」と書いてから、私はその意味を別の語でさらに明確にできないか考えた。そして「再考」という語もそれなりに有効なので――ある程度意味を伝えており――私の言いたいことに一歩踏み出したものであるので――それを削除せずに残し、その語と「修正」とのあいだにダッシュを置くだけにしたのである。ダッシュは、読者にこの二つ、ないしは三つ、あるいはそれ以上の表現の中の一つを選ばせる。そのうちの一つはほかよりもわかりやすいかもしれないが、どれもが言わんとすることを助けているのである。一般的にダッシュは「あるいは、より明確に言えば」の意味となる。こうした機能がダッシュにはある――そして、この機能を持つ句読点はほかにない。ほかの句読点はまったく別の、誰もが知っている用い方をされる。それゆえ、ダッシュを廃することはできない。ダッシュはさまざまな具合に用いられる——今述べた機能にヴァリエーションもあるが、主たるもの——再考と修正の機能がその根本なのだ（因みに、現代の英語の用法では、言い換える部分をダッシュで挟むのが正しい。たとえば、「さまざまな具合に用いられる——今述べた機能にヴァリエーションもある——が、主たるもの——再考と修正の機能——がその基本なのだ」となる）。

## 循環論法

ベーコンは洞窟《どうくつ》、種族、劇場の「偶像《イドラ》」に、「客間《パーラー》」（あるいは、先のマージナリア〔本書では割愛〕で述べたように「機知」）の偶像を加えてもよかった——なるほどと思わせる説明で目を眩《くら》まして真実を見えなくしてしまう偶像だ。だが、これらすべてを合わせたよりもひどい誤謬《ごびゅう》をまき散らしたあの偶像を何と呼ぶべきだろうか？　すなわち、原因と結果をとりちがえさせてしまう偶像だ——自分のズボンを持ち上げることによって地面から浮き上がるとか——自分自身を籠《かご》に入れ、それを頭に載せてどこへでも行くといった、道理の循環である。

魂あるいは神の本性についてのありとあらゆる議論は、この名づけがたい偶像崇拝にほかならないように私には思われる。*Pour savoir ce qu'est (sic) Dieu, il faut être Dieu même*〔神が何かを知るためには神そのものとならねばならぬ〕とビールフェルトは言うが、この厳かな真実に耳を傾ける者などいやしない。物の道理について道理を説くことほど道理に反する話はない。少なくとも、その議論が常軌を逸していることを瞬時に見抜ける者のみが、この問題を論じるにふさわしい。

## 改革――反対

「何らかの点で私が通常受け容れられている説とはちがうことを言うとしたら、それは事態《メリウス》の改善を推し進めるためであって、それ以外《アーリウド》ではない」とベーコン卿《きょう》は言っている〔『学問の進歩』第九書第二巻〕――だが、現代の「改革」が一般的に帯びる性質は、改善どころか、現状に「反対」するだけのものでしかない。

## 押韻《ライム》

じょうずに作られた押韻から生まれる効果について、世間はまったくきちんと理解していない。伝統的に「押韻」とは、韻文の行末にある音の近似のみを示唆してきたが、長いこと人類がこの狭い概念で満足してきたのは実に奇妙なことだ。押韻のまず何がおもしろいかと言えば、それは同一性を楽しむ人間の感覚を刺激する点にあると言えよう。

とりわけ拍子や韻律がそろうと、いい感じに思えるわけで、これは最も広義の音楽〔均衡〕から得られるあらゆる歓《よろこ》びと共通の要素である。たとえば水晶を見て、その一面の各辺や角度の同一性に直ちに興味を惹《ひ》かれつつも、二つ目の面を見ると、最初の面にあらゆる点で同じであることで歓びが二乗される。三つ目の面を見ると三乗されるという具合だ。確かに、経験された歓びが計測可能なものなら、今言ったような正確な数学的関係、あるいはそれに近い関係が成立することはまちがいない。ただし、増加は或《あ》る点までであり、それを超えると、同じ割合で減少していく。その点こそが、人間が均等の感覚に喜びを見出《みいだ》す究極点なのである。詩人は、この悦楽を原則として明確に理解するというよりは直感的に捉《とら》えて、まず二つの音の類似（つまり均等）からくる効果を増大しようとして、押韻を等距離――つまり、同じ長さの行の終わりに配置することで、第二の均等化を図って効果を増した。こうして、押韻と詩行の終止とが人々の考えの中で結びついていき――慣習となり――もともとの原理はすっかり忘れられた。そして、それよりも前の時代にピンダロス派の韻文〔十七世紀後半の詩人エイブラハム・カウリーが代表的なピンダロス派。ギリシャの詩人ピンダロスにその名を借りるが、ピンダロスの詩形は形式的なので、この呼称には誤解がある〕――すなわち不均等な長さの韻文――があったために、長さが同じでない行の終わりでも韻が踏まれるようになったのである。押韻が行末に来るものとされたのは、これだけの理由であり――何ら深い理由はなく――こうして今日まで至るようになったのだ。

しかし、考慮すべき点がまだあることは明らかだ。これまで、均等性だけの効果が考慮され、均等性に少し変化があるとしたら、それは偶然であって――ピンダロス派の韻律があったからにすぎないとされてきた。押韻は常に期待されていた。長詩であれ短詩であれ、目は行末を注視し、押韻を聞くのを期待した。意外さ――つまり新奇さ――独創性という大きな要素は考えもされなかった。「しかし」と、ベーコン卿は言う（何と的を射て！）。「真に優れた美には、どこか均衡を壊す奇異なところが必ずある」『ポー傑作選1』「リジーア」作品解題参照）。この奇異――意外さ――新奇さ――独創性――何と呼んでもよい――の要素を除外すれば、絶妙なる美しさは直ちに失われる。失われるのは――味わえなくなるのは、未知なるもの――曖昧《あいまい》で――理解しがたいものであり、それを確かめて理解する間もなく与えられたために、失われるのだ。要するに、夢に見る天上の美を思わせるような地上の美を失うのである。

　押韻は、均等性と意外性という二つの要素を結びつけることで初めて完成される。しかし、悪が善なしに存在し得ないように、意外性が生じるには期待が必要だ。ただでたらめに押韻しても意外にはならない。まず、基本である期待感を生むために、等距離、つまり定期的に起こる押韻がなければならず、そこから押韻を適当ではなく、意外性が大きくなるように配慮して導入することで意外性の要素が生まれくる。ゆえに、一行の中に何度も押韻を入れ込んだりすべきではない。たとえば私が――

And the silken, sad, uncertain rustling of each purple curtain,
紫絹《むらさきぎぬ》のカーテンの悲しき音に動顚《どうてん》し、
〔ポーの詩「大鴉」の一行。『ポー傑作選1』80ページ参照〕

と書くとき、確かに効果はあるものの、行末に規則的に来る押韻の通常の効果よりも特に大きなものはない。というのも、この韻文全体の音節の数は、真ん中で導入された韻の前の音節の数の倍でしかなく、それゆえ、少しは期待感が残っているからである。意外性の要素は、ここでは目にだけ向けられており――耳はこの行を次のように通常の二行に分けてしまう。

And the silken, sad, uncertain　　紫絹《むらさきぎぬ》のカーテン
rustling of each purple curtain,　　の悲しき音に動顚《どうてん》

ところが、次のように書けば、完璧《かんぺき》な意外性を得られる〔「大鴉」の次の行〕――

*Thrilled* me, *filled* me with fantastic terrors never felt before.
私は驚懼し慄《おのの》いた――かつてない奇妙な恐怖に襲われて。

原注　現在普通に用いられる押韻は近代の発明と思われているが、古代ギリシャ喜劇「雲」（アリストパネス作）を見よ。ただし、ヘブライ語の韻文には押韻はなかった。はっきり行末とわかるところに、押韻らしきものは何も見当たらない。

## 真実

「これは正しい」とエピクロス〔古代ギリシャの哲学者〕は言う。「なぜなら、大衆の気に入らぬことだから」〔ポーの友人H・B・ウォラスの『スタンリーあるいは通人の回想』第一巻二三二ページにある引用より〕

ミラボー〔フランス革命期の立憲王政派の政治家〕の取り巻きだったシャンフォール〔十八世紀フランスのモラリスト。「盗まれた手紙」でも言及される〕は言う――*"Il y a à parier, que toute idée publique — toute convention reçue — est une sottise; car elle a convenu au plus grand nombre."*〔世の中の通念すべて、受け容《い》れられてきた因襲すべては愚かしいものであると思ってよい。なぜなら、それらは大衆向けのものだからだ〕

偉大なアフリカの主教〔聖アウグスティヌスと思われる〕は言う――*"Si proficere cupis, primo id verum puta quod sana mens omnium hominum attestatur."*〔「前進したければ、まず万人の健全なる心が支持するものを真と看做《みな》せ」ウォラスの『スタンリーあるいは通人の回想』第一巻一三二ページより。聖アウグスティヌスの著作にこの一節は見当たらない〕

さて、「博士らの意見が合わないとき、誰に決断できよう？」〔アレグザンダー・ポープ『道徳論』「書簡」より〕

私には、いつの時代にも、最もとんでもない虚偽が少なくとも *mens omnium hominum*〔万人の心〕によって真実として受け入れられてきたように思える。いわゆる *sana mens*〔「健全な心」。ローマの詩人ユヴェナリウスの「健全な肉体に健全な心」より〕については――健全な心とは一体何なのかどうやったらわかるというのだろう？

## 自然を超越すること

「人間と生まれついた者は、人間以上に気高くも偉大にも善良にもなれないし、なるべきではない」と、ヴィーラント〔ドイツ古典主義時代の詩人・作家〕はその小説『ペレグリナス・プロテウス』〔一七九一、英語版一七九六〕で記している。実際は、人間の限界を超えて飛翔《ひしょう》しようと努力しても、必ず失敗する。神様気取りの改革派どもは、悪魔をひっくり返したものにすぎない。

## シューの『パリの秘密』

シュー〔十九世紀フランスの小説家ウージェーヌ・シュー〕の『パリの秘密』をちょうど

読み終えた――力作であることはまちがいない――新奇で独創的な出来事が陳列された博物館であり――子供じみた愚行を完璧なる技巧で描いた逆説だ。出来事は前提（設定）から必然的に起こるけれども、設定自体は笑えるほどあり得ないという点で、あらゆる「痙攣《けいれん》的な」小説と共通している。たとえば、ロドルフのような人物が存在する可能性や、彼があのように自由に介入できる社会状態がありえると認められるなら、彼が作中描かれるようにいろいろやってのけてみせるのも容易に認められる。シューの一派を特徴づけるもう一つの点は、技巧を隠す技巧《アルス・ケラーレ・アルテム》が完全に欠如していることだ。実際、作家は常に読者に「さあ――これから、お見せしましょう。あなたを驚かせてあげましょう。想像力や哀れみの心を大いに刺激される準備をしてください」と言っているようなものなのだ。人形を操る糸は、隠されないのみならず、動いている人形同様に、鑑賞されるべく示されている。その結果、たとえば『パリの秘密』の哀れを誘う章を読んでも、涙を流すことなく「おっと、こいつは泣かせるところだ」と呟《つぶや》くだけだ。シューの作品に哲学的動機を求めるのは、まったく馬鹿げている。彼の第一の、というより唯一の目的は、読者を興奮させる本、つまりよく売れる本を書くことなのだ。社会改良等に関するもっともらしい言いまわしは（直接にせよ間接にせよ）、適当なことを書いているのを覆い隠すために威厳を添え、功利主義的な調子を上げる作家がよく使うトリックにすぎない。この手は、わけのわからないものに意味を接《つ》ぎ木するときによく用いられる。
しかし、後者の場合、この手は後から付け加えられ、（イソップ物語のように）教訓の形で最後に加えられるか、あるいは作品本体に少しずつ丁寧に組み込んで、後付けだとわからないようにされる。

翻訳（C・H・タウン訳）は、実に不完全で、慣用句を直訳しすぎて、原作の全体の調子を壊してしまっている。あるいは、表現の文化的特有性を文字どおりに訳しすぎていると言うべきか。翻訳で明らかに考慮されなければならない点が（これまで誰も指摘していないと思うが）一つある。それ（原作）が書かれた国の人が原作を読んで受ける印象とそっくり同じ印象を、翻訳で読む読者も受けられるように、翻訳しなければならないのだ。さて、（慣用句はもとより）表現の文化的特有性にすぎないものを逐語訳したら、作者の意図した意味を歪《ゆが》めるのは必定である。必ずしも滑稽《こっけい》でないにしても、少なくとも異様な感じとなる――というのも、この種の新奇さは不適切――珍妙なのだ。もちろん、ある国特有の表現法と、作家ならではの表現法は区別しなければならない――後者はどんな国の読者にも似た効果を与えるものとして、そのまま訳されなければならない。ここに挙げた翻訳の原則に誰もが注意を払っていないから、文学に関して国際的に軽蔑《けいべつ》とまでは言わなくても誤解が横行している。たとえば、イギリスの書評は、フランス文学の「軽薄さ」を書き立てるが、そんなものはフランス風のやり方から受けた印象でしかなく、しかもそのやり方にも本質的に軽薄なところなど一切なく、ただ外国人から見たら奇妙であるため外国人（特にイギリス人）にはそう思えるというだけのことだ。フランス人にしたって、イギリスのぎこちない文体をおかしいと考える。どの国民の言いまわしも、別の国の言語を話す別の国の人の耳には、どこか変な感じがするものだ。そこで、作者の真意を伝えるには、この変な感じは翻訳で直さなければならない。逐語訳ではなく、巧みに言い換えをしてみせなければならない。そうした巧みさによって、翻訳は、原作よりも正確に原作の概念を外国人に伝え得るということは明らかではないだろうか。

単なる慣用句（もちろん逐語訳してはならないもの）と「表現の文化的特有性」とのちがいを示す例として、タウン氏の翻訳の二九一ページの一節を見てみよう。

Never mind! Go in there! You will take the cloak of Calebasse. You will wrap yourself in it〔気にするな！　中へ入れ！　カルバスのマントをもらうといい。それを着るんだ〕

これは男が愛人に言う言葉で、命令口調ではあるが、やさしく言われなければならない。ここに表現の文化的な特性——フランスならではの特性——があり、（フランス人の耳には）まったく横柄には聞こえない。ところが、我々には、まるで軍の将校が部下に命令しているように聞こえ、原文とはすっかりちがう調子になってしまっている。こういった場合、翻訳は大胆な言い換えをすべきである。たとえば、I must insist upon your wrapping yourself in the cloak of Calebasse〔カルバスのマントを着てくれなくっちゃいけないよ」といった具合に。

しかし、タウン氏訳の『パリの秘密』は直訳が多すぎるだけでなく、原文の意味をとりちがえているところが多すぎる欠点もある。最も奇妙な誤りは、三六八ページにある次のようなものだ。

From a wicked, brutal savage and riotous rascal, he has made me a kind of honest man by saying only two words to me; but these words, "voyez vous," were like magic.〔邪悪で残忍な野蛮人、手の付けられない悪党だった私を、彼はたった二つの言葉を私に言うことで、一種の正直者にしてくれた。だが、その言葉"voyez vous"は魔法のようだった〕

ここで、"voyez vous"は、彼が話した魔法の二語ということになっているが、こう訳すべきだった――「その言葉は、おわかりでしょうが、魔法のようだったのです」〔"voyez vous"は英語の"you see"(おわかりでしょうが)に相当する〕。魔法のようだったとされる言葉は「心」と「名誉」である。

同様の奇妙なまちがいが、二四五ページにある。

"He is a *gueux fini* and an attack will not save〔原文はscareであり、ポーの誤引用〕

him," added Nicholas. "A — yes," said the widow.〔「やつはどうしようもないごろつきだから、一度ぶん殴ったくらいでは、こたえないよ」と、ニコラスは付け加えた。「あ——こたえるわ」と寡婦は言った〕

タウン氏の翻訳を読んだ人の多くは、この寡婦の「あ——こたえるわ」がどういう意味で、どうつながるのかわからなくて当惑したにちがいない。フランス語の原書は手許《てもと》にないが、だいたいこんな感じと思われる——"Il est un gueux fini et un assaut ne l'intimidera pas." "Un — oui!" dit la veuve.〔「やつはどうしようもないごろつきだから、一度ぶん殴ったくらいでは、こたえないよ」「一度では——こたえないわね！」と寡婦は言った。因《ちな》みに原書では "C'est un gueux fini... mais une batterie ne lui fait pas peur, dit Nicolas. —Une... oui, dit la veuve, mais tous les jours, tous les jours..." となっている〕

活発なフランス会話では、「ウイ」は、相手の気持ちに同意を表明するのであって、言葉の論理を肯定するものではない。つまり、イギリス人なら〔相手が用いた否定構文に賛同して〕「ノー」と言うところを、フランス人は普通「イエス」と言う。イギリス人なら、たとえば「一度ぶんなぐっても、こたえない」という文に対して「ノー」と返せば、「こたえないと思う」の意味となる。ところが、フランス人が「イエス」と返せば、「おっしゃるとおり——こたえないでしょう」の意味となる。もちろん、どちらの返事も同じだが、辿《たど》る道が反対だ。そう考えれば、寡婦の "Un — oui!" の正しい訳は「一度ぐらい殴っても、こたえないでしょうね」となり、その直後に「でも、毎日——毎日そんな目に遭えば地獄よ！」とつづくことからも、これが正しい訳だとわかる。

さらにひどい誤訳が二九七ページにある。ブラ・ルージュが警察官にこう言うところである——「かまわない。そんなことで文句を言っているのではない。どんな職業にも不一致（disagreements）がある」明らかにこのフランス語は désagrémens——不便さ、よくないところ、おもしろくないところ——のはずだ〔正しくは désagrément〕。フランス語の désagrémens が「不一致」を意味しないのは、ラテン語の *religio*《レリギオ》（遵守）が「宗教（religion）」を意味しないのと同じである。

この本のページを繰っていて、「ラ・フォース」〔と呼ばれる監獄〕の中でピク・ヴィネールが仲間たちに語る「グランガレとクープ・アン・デュー」というまったくもっておもしろい話に遭遇して少なからず驚いた。これほど絶妙な技巧で楽しませてくれるものを読んだことがない。魂を賭《か》けて言うが、ここには欠点が一つもない——ただ、とても哀れな話をしようとする意図があまりに見え透いているとは言えるが。

しかし、この話に遭遇して驚いたと言ったのは、シュー氏が私の小説からヒントを得ているためだ。クープ・アン・デューという男は、巨大で強力で獰猛《どうもう》な猿を持っていて、その猿は人真似をしたがる。絶対ばれないように殺人を犯そうとして、飼い主はこの動物に理髪師の真似をするよう教え込み、或《あ》る子供の喉《のど》を掻っ切るように仕向ける。そうすれば、人殺しがばれても、猿が勝手にやったことにできる。

これを最初に見たとき、私の友人たちが、私の「モルグ街の殺人事件」はこれの剽窃《ひょうせつ》じゃないかと非難しやしないかと不安になった。だが、私の作品は『グレイアムズ・マガジン』一八四一年四月号で初めて刊行されたことをすぐ思い出した〔『パリの秘密』は一八四二年六月から翌年十月にかけて連載で発表された〕。数年前、『パリ・シャリヴァリ』誌が私の小説を称賛のコメント付きで転載しつつも〔そうした事実はない。ポーの誤解か〕、（同誌の知るかぎりでは）「モルグ街」などという通りはパリに存在しないと文句もつけていた。もちろん私は、シュー氏が私のものを翻案したことを称賛として以外受け取るつもりはない。似ていたのはまったくの偶然だったのかもしれないし。

## スウェーデンボルグ派の軽信

スウェーデンボルグ派〔霊的体験に関する著述の多いエマヌエル・スヴェーデンボリの神秘主義思想を信じる一派〕の人たちが、私が「睡眠術の啓示」という雑誌記事で述べたことの真実を最初は強く疑っていたが、完全に真実だとわかったと教えてくれた――この点について、私自身は、疑わないなんて夢にも思っていなかった。あの話は最初から最後まで完全な作り事なのである。

## 短編

短編では——人物を発展させたり多くの出来事を詰め込んだりする余地はないので——当然ながら構成が中長編小説より絶対的に必要となる。中長編小説なら筋に欠陥があっても気づかれずにすむが、短編ではそんなことはありえない。しかし、短編作家のほとんどは、この区別を無視している。どのように話を終えるかわからないまま書き始めているようなのだ。その結末は、大概——トリンキュローによる国家支配と同様に——始まりを忘れているように思われる。〔『テンペスト』第二幕第一場。アントーニオが「この国家論の結論は始まりを忘れている」と言うのは、トリンキュローではなく、ゴンザーロの語る国家支配。ポーの時代に上演されたドライデンとダヴナント版の『テンペスト』では、原作よりもトリンキュローがずっと重要な人物になるので、その影響があるのかもしれない〕

## 思索

「人は思索について語るが、私は、座って書き始めるまで考え始めることはない」と言ったのは、確かモンテーニュだったと思う。もっといい方法は、最後まで考え切らないうちは、書くために座らないことである。〔マラン・キュロー・ド・ラ・シャンブルの言葉をモンテーニュの言葉として誤引用したエドワード・ブルワー＝リットンの恋愛小説『アーネスト・

マルトレイヴァーズ』に依拠したと考えられる〕

## 復讐《ふくしゅう》

侮辱を加えられた復讐をするとき、ただ敵に対して正義を以《もっ》て報いればよいという確信ほど、誇りと良心を宥《なだ》めてくれるものはない。

## 天才

天才が人間的には下劣だなどと言うのは逆説でしかないし、最も偉大な天才は最高に気高い有徳の士であると、私は自信をもって主張する。

## シェイクスピア批評

シェイクスピア批評に関して、これまで指摘されてこなかった致命的な誤りがある。それは、その登場人物を——その行動を説明しようとし——その矛盾を解消しようとして——人間の頭脳から生み出されたものではなく、あたかも地上に実際に生きていた人であったかのようにその性格を分析しようとする誤りである。登場人物ハムレットではなく、ハムレットという人間を語り――シェイクスピアが生み出したハムレットではなく、神が生み出したものとしてハムレットを語っているのだ。ハムレットが本当に実在したなら――この悲劇が彼の行為の正確な記録であるなら――その記録から（少しは苦労するだろうが）彼の矛盾を解消し、その真の性格を明らかにすることもできよう。しかし、扱う対象は幻影でしかないのだから、そんなことをするのはまったく馬鹿げている。つまり、議論の対象となっているのは行動する人物の矛盾ではなく――（まるでそのように考えてしまい――それゆえまちがえてしまうわけだが）シェイクスピアの思いつきや迷い――気力と無気力の葛藤《かっとう》――なのである。こんな当たり前のことがこれまで見逃されてきたとは、奇蹟《きせき》としか思えない。

ついでながら、作者の意図とデンマーク王子の描写について愚見を述べておこう。（どのような原因であれ）激しい陶酔状態にある人の主たる特徴が、実際感じているより激しい昂奮《こうふん》を装いたくなる抗しがたい衝動にあることはよく知られているはずだ。狂気に於《お》いても同様な衝動があるのではないかと、考え深い人なら類推を働かせるだろう――そして、実際そうであるのは明らかだ。それをシェイクスピアは――感じた――のであって、考えたのではない。彼は、人類に及ぼすその魔法の影響力の究極の源――人類全体との一体化――が持つ驚くべき力によって、それを感じたのだ。彼は、まるで自分がハムレットであるかのようにハムレットのことを書いた。そして、まずこの主人公が、亡霊に教えられて真相を知ったことで狂気に陥りかけたと想像し――彼（詩人）は、王子がその狂気を誇張せずにはいられなくなるのが自然だと感じたのである。

## 批評

一般的に言って、馬鹿をやっつけようというときに、言葉遣いをいちいち気にするものではない。言いたいことをぶちまけろ！——さもなければ、相手にはわからない。おまえなんか首をくくられろ、と言いたい？　なら、是非くくってやればいい。だが、敬意を払うつもりもないのにお辞儀をして、芝居の道化のように「どうぞ、お立ちになって、死刑になってくださいまし」〔シェイクスピアの『尺には尺を』第四幕第三場でポンピーが死刑囚へ言う台詞《せりふ》〕なんて滑稽《こっけい》な気取りをしてみせることはない。

ただし、これは男性相手にしか通用しない。女性が相手なら、批評家として取るべき道は一つ——誉め言葉が言えるなら口をきき、さもなければ黙っていることだ。というのも、女性は、自分と自分の本とは別であることをどうしても認めることができないからだ。優れた古《いにしえ》のイギリスの道徳家ジェイムズ・パックル〔一六六七〜一七二四〕がその『緑の頭に灰色帽子』〔道徳対話集『ザ・クラブ』（一七一二）の副題〕でいみじくも述べているように、「育ちのよい男は、決して女性の悪口を言ったりしないもの」〔前掲書二八六番〕なのである。

## 作品の転載

雑誌に発表した作品が、旅人のように、海を渡ると小ざっぱりと身なりを整えるのには驚かされる。私自身、容赦なく海賊版を出されるという栄誉を賜ってきた――が、その過程で自作がよくなっている（少なくともアメリカ人はそう言っている）ので、当然何も言わずにすませてきた。次から次へ作品を書いても、『ベントリーズ・ミセラニー』誌や『パリ・シャリヴァリ』誌にその雑誌の作品として現れるまでは、何の注目もされないのだ。『ボストン・ノーション』誌は、かつて「アッシャー家の崩壊」を威勢よくこきおろしたくせに、しばらくして『ベントリー』誌がその雑誌の作品として作者名を伏せて公表すると、私が書いたことを忘れて、嫌になるほど《アド・ノーセアム》褒め上げたうえに、そっくりそのまま《イン・トートー》転載した。

今の世界をつらつら眺めるに、世俗的な成功を得るには美徳よりは悪徳の道を進むのが確実だということは、否定するも愚かであろう。聖書が言う「不正のパン種」（「コリントの信徒への手紙一」5：8）とは、パンを膨《ふく》らませるように、人の野望を膨らませて出世させてくれる種なのである。

# オムレット公爵

たちどころに涼しい国に足を踏み入れた。

クーパー

キーツは批判されて斃《たお》れた〔実際は結核で死亡したが、『ブラックウッド』誌で酷評されて死んだという俗説がある。巻末の「ポーを読み解く人名辞典」ロックハート参照〕。『アンドロマック』で死んだのは誰だっけ？〔原注　モンフルーリ。『改革されたパルナッサス』〔一六六八〕の著者〔ガブリエル・グエレ〕は、モンフルーリに地獄でこう言わせている——「私がどうして死んだのかを知りたい人には、風邪とか痛風とかではなくて、『アンドロマック』で死んだのだと教えてやってください」〕みっともないやつらだ！——オムレット公爵は、ズアオホオジロ料理で死んだ。その話は短い。アピシウス〔古代ローマ帝国ティベリウス皇帝の時代の美食家〕の霊よ、手を貸したまえ。

黄金の鳥籠《とりかご》に入って、その故郷ペルーから遠く離れたショセ＝ダンタン通り〔パリのファッショナブルな通り〕まで運ばれてきたのは、誰からも愛されて、とろけそうな、怠惰な小さな渡り鳥だった。女王のごとき持ち主ラ・ベリッシマ〔「絶世の美女」の意〕より、オムレット公爵へ、帝国の貴族六人が、この幸せの鳥をもたらしたのだった。

その晩、公爵は一人で夕食をとろうとしていた。自室で誰にも気兼ねせず、気だるげに脚を投げ出していたオットマン〔ソファーの脚置き〕こそは、王への忠誠心を犠牲にしてまでも彼が競り落とした、あの悪名高きキャデのオットマンだった。

公爵は枕に顔を埋《うず》めた。時計が鳴る！　感情を抑えきれずに、公爵はオリーブを呑《の》み込む。その瞬間、穏やかな音楽とともにドアがゆっくりと開く。見よ！　最高に繊細な鳥が、人々の愛を一身に受けたその人の前に！　なのに公爵の顔を翳《かげ》らせるあのいわく言いがたい困惑は何？――「恐ろしい《オレール》――犬め《シャン》！――バプティスト！――小鳥じゃないか《ロワゾー》！――アー何てひどい《ボン・デュー》！――この可愛い小鳥の羽をむしって《セトワゾー・モデスト・ク・トゥ・ア・デザビエ・ドゥ・セ・プリューム》、紙のフリルもつけずに食卓に出すとは《エ・ク・テュ・ア・セルヴィ・サン・パピエ》！」それ以上言う必要はあるまい――公爵は悶絶《もんぜつ》死してしまった。

「ハ！　ハ！　ハ！」死後三日して、公爵は言った。

「へ！　へ！　へ！」悪魔が微《かす》かに返事をして、偉そうに姿勢を正した。

「おや、まさか本気じゃないだろうね」オムレット公爵は言い返した。「私は罪を犯した――それは本当だ《セ・ヴレ》――だが、君、考えてもみたまえ！――まさか本当にそんな――そんな野蛮な脅しを実行に移そうっていうんじゃなかろうね」

「何を言ってる？」大王様は言った――「さあ、脱げ！」

「脱ぐだって！　こりゃまた傑作だね、君。私は脱いだりしないよ。君は誰かね。私はオムレット公爵。フォワグラ王子、ちょうど成人したばかり。『マズルキアド』〔架空の書名〕の作者。そして学士院会員。そんな私が、ブールドン〔実在したパリの仕立て屋〕が作ったなかでも最高にすばらしいズボンを君が命じるままに脱いだりするものかね。

ロンベールが縫いあげたなかでも最も華美な部屋着《ローブ・ド・シャンブル》を脱いだりするものかね——私の髪を紙から外したり——手袋をわざわざ外したりしないことは、言うまでもないが」

「俺が誰かだと？——ああ、なるほど！　俺は蠅の王ベルゼブブ〔悪魔〕だ。今おまえを、象牙《ぞうげ》の内装が施された紫檀《ローズウッド》の棺桶《かんおけ》から出してやったところだ。奇妙な香を薫《た》きしめられたおまえには「送り状つき」という札がついていた。ベリアル〔堕天使〕が——俺の墓地検察官が——送ってよこしたんだ。ブールドン製とか言ってたが、おまえが穿《は》いているのは、上等なリネンのズボンだよ。おまえさんの部屋着《ローブ・ド・シャンブル》は、たっぷりした死に装束だぜ」

「君！」公爵は返事をした。「私はやられたら、やりかえす男だ！——君！　この侮辱のお返しは、機会があり次第、させてもらうぞ！——君！　覚えておきたまえ！　それまでは、さようなら《オー・ルヴォワール》」——公爵は一礼してサタンと別れようとしたが、控えていた紳士に取り押さえられ、連れ戻された。ここで、公爵は両目をこすり、あくびをし、肩をすくめて考えた。自分が何者であるかについて納得すると、あたりの鳥瞰図《ちょうかんず》を得ようと見まわした。

　部屋は豪奢《ごうしゃ》だった。オムレット公爵でさえ、しかるべききちんとしている《ビャン・コム・イル・フォー》と断言した。広さではない——高さがあるのだ——ああ、これはすごい！——天井がない——確かにない——あるのは、濃く渦を巻いている、燃えるような深紅の雲だけだ。見上げた閣下は眩暈《めまい》を覚えた。上からは、得体の知れぬ血の赤色をした金属の鎖がぶら下がっている

——その上の橋は、霧に霞《かす》むボストン市のように雲の中《パルミ・レ・ニュー》に見えなくなっていた。鎖の下端には、大きな火籠が揺れている。公爵はそれがルビーでできているとわかった。だが、そこから、とても強烈で、とても静かで、とても恐ろしい光がこぼれている。ペルシャ人もこれほどの光を崇《あが》んだことはなく——ゲベル人〔火の崇拝者〕もこれほどの光を想像したことはなく、イスラム教徒もこれほどの光を夢見たことはなかった。まるで、アヘンに陶酔して芥子《けし》の花壇にさまよい出て、芥子の花を背後に太陽神アポロを仰ぎ見るがごとき陶酔感だった。公爵は、微かな誓言を口にしたが、明らかに賛嘆の声だった。

部屋の隅々には壁龕《へきがん》があった。そのうちの三つには、巨大な像が収まっていた。その美しさはギリシャ風で、その歪《ゆが》みはエジプト風、全体のまとまり《トゥータンサンブル》はフランス風で色っぽい。四つ目の壁龕の像にはヴェールがかけられていた。巨大な像ではない。しかも、ほっそりした足首がのぞいているではないか。足にはサンダルを履いている。オムレット公爵は、胸に片手を置き、目を閉じた。目を開けて、サタン大王をちらりと見やれば——悪魔は赤面していた。

それにしても、何という絵画だろう！——クプリス〔愛の女神アフロディーテを指す。その生誕地キプロスより〕！　アスタルテ〔フェニキア神話の愛の女神〕！　アストレト〔愛の女神の別名〕！——一千もの絵に描かれた同一の女性！　ラファエロもこれらを見たのだ！　そう、ラファエロはここにいたはず。だって、＊＊を描いたではなかったか？　そして、それゆえに呪われたのではなかったか？　絵画——絵画だ！　何という贅沢《ぜいたく》！

何という愛！――この禁じられた美女たちを見つめていたら、誰がジャシンス〔赤い宝石ジルコン〕と斑《まだら》岩の壁に星のように鏤《ちりば》められた黄金の額縁の繊細な意匠に気づくだろうか。

公爵の心臓は、胸の奥で失神せんばかりに縮み上がっていた。しかし、お察しのとおり、豪華さに目が眩《くら》んだわけでも、あの夥《おびただ》しい香炉から立ち上る恍惚《こうこつ》たる息に酔い痴《し》れていたわけでもない。そうしたものが彼の気を大いに惹いていたのも確かではあるが《セ・ヴレ・ク・ドゥ・トゥ・セ・ショーズ・イラ・パンセ・ボクー》――しかし《メ》！　オムレット公爵は、恐怖で震え上がっていた。というのも、一つだけカーテンがない窓の向こうにぎらつく光景が――見よ！　そこに最もおぞましい炎がきらめいているではないか！

哀れな公爵《ル・ポーヴル・デュック》！　公爵には、この部屋に流れている豪華で官能的で果てることのない旋律が、希望を失った地獄の亡者たちの阿鼻叫喚《あびきょうかん》に思えてならなかった。魔法の窓ガラスを通るとき、その錬金術により濾過《ろか》され、変質されたように思えたのである！　そして、そこ！――そこだ！――オットマンの上！――あれ《い》は誰だ？――あの――いや、神だ――まるで大理石から彫られた像のように座って笑っている《エ・キ・スリ》、青白い顔をしてあんなに辛辣に《スイ・アメルモン》。

だが、何とかしなければ《メ・ジル・フォー・アジール》――つまり、フランス人は決してあっさり気絶したりしないものだし、公爵閣下は愁嘆場を演じるのが大嫌いなのだ。オムレット公爵はまた自らを取り戻した。テーブルには、何本か剣が並んでいた――先留めのない剣もある。公爵は

B氏のもとで修業をし、その六人の部下を殺した《イラヴェ・トュエ・セ・シゾム》。では、ここを脱する方法はある《イル・プ・セ・シャペ》。公爵は二本の真剣の長さを確かめ、実に優雅な身振りで、悪魔大王にどちらか選ぶように求めた。何ということ《オレール》！　大王はフェンシングなどしないだと。

だが、トランプならする《メ・ジル・ジュ》！――何てよい思いつきだ！――公爵は昔から記憶力がよかった。ゴルチエ神父の著書『悪魔《ディアーブル》』を昔かじったことがあり、その中に「悪魔はエカルテの勝負を断れない《ク・ル・ディアーブル・ノーズ・パ・レフュゼ・アン・ジュ・デカルテ》」とあったではないか。

だが、勝てるのか――勝てるのだろうか！　確かに――いちかばちかだ。でも、もうすでに絶体絶命なのだ。それに、秘訣《ひけつ》があるではないか――ル・ブラン神父の本に一通り目を通したではないか――クラブ二十一《ヴァンテアン》の会員ではなかったか？「負けたとしても《シ・ジュ・ペール》」と彼は言った。「二度死ぬだけのことだ《ジュ・スレ・ドゥ・フォワ・ペルデュ》」――二度地獄堕ちになる――「それだけのことだ《ヴォワラ・トゥ》！（ここで閣下は肩をすくめた）。「勝てば《シ・ジュ・ギャーニュ》、ズアオホオジロたちのところへ戻れる《ジュ・ルヴィアンドレ・ア・メソートロン》」――トランプの用意をせよ《ク・レ・キャルト・ソワ・プレパレ》！

公爵閣下は、慎重に、注意深く事を進めた。大王のほうは自信たっぷりだ。対戦を見守る人がいたら、フランソワ〔フランス王フランソワ一世〕とカール〔神聖ローマ皇帝カール五世〕の対戦かと思ったことだろう。公爵閣下はゲームのことを考えていた。大王は何も考えず、カードをシャッフルした。公爵はそれをカットした。

カードを配る。切り札を開く――やった――やった――キングだ！　いや――クィーンだった。大王はクィーンの男性的な衣装を呪った。オムレット公爵は片手を胸に置いた。

二人はプレイした。公爵は計算する。この手では駄目だ。大王はじっくり数え、微笑み、ワインを呑む。公爵はカードを一枚、袖《そで》に隠した。

「君の番だよ《セタ・ヴ・ザ・フエール》」カットをしながら、大王が言った。閣下は会釈し、カードを配り、キングをテーブルに置いて《アン・プレザントン・ル・ロワ》立ち上がった。

大王は、悔しそうな顔をした。

アレグザンダー大王は、自分がアレグザンダー大王でなかったらディオゲネス〔樽《たる》に住んでいた古代ギリシャの犬儒学派哲学者〕でありたかったと言ったが、公爵は相手に別れを告げながら、こう言ってやった——「もし自分がオムレット公爵でなかったとしたら《ク・シル・ニュ・パ・ゼテ・デュク・ロムレット》、悪魔になってもかまいやしなかったよ《イル・ノレ・ポワン・ドブジエクション・デトル・ル・ディアーブル》」

# 独り

子供の頃から、ちがってた、
他の人とは。見える世界もちがってた、みんなと同じ泉を見ても
感情は湧かなかった。同じ處《ところ》にいても
同じ悲しみを感じはしなかった。
歓《よろこ》びが目覚めもしなかった。
同じ音を聞いても――私はちがうんだもの。
私が愛したのは――私だけが愛したもの。
それから――嵐の人生の夜明け、つまり
幼い頃に――呼び込んでしまったのが誤り、
私をずっと縛りつけてきたあの謎を――
善悪の深みから呼び込まれたあの謎を――
それはやってきた、急流より、泉より――
山の断崖《だんがい》絶壁より――

秋の黄金色に染めてから
私を巡《めぐ》る太陽――それから、
私の傍らを通って今も
空から落ちてくる稲妻も――
嵐に雷――そして奇《く》しくも
晴れ渡る空に浮かぶ黒雲――
それは見る見るうちに、
変わるのだ、守護霊《ディーモン》の形に――

# 作品解題（ネタバレあり注意）

河合祥一郎

ブラックユーモアや頓智《とんち》や諷刺《ふうし》や仕掛けに溢《あふ》れた作品や創作論を中心に『ポー傑作選3』をお届けする。これまであまり紹介されてこなかった「仕掛けのある詩」も仕掛けがわかるように訳したので、お楽しみいただければ幸いである。

「構成の原理」はレヴァイン編纂《へんさん》の『エドガー・アラン・ポー――批評理論』（Stuart Levine and Susan F. Levine, eds, *Edgar Allan Poe: Critical Theory*, Urbana and Chicago: University of Illinois Press, 2009）より、「マージナリア」は主にポーリン編纂の全集第二巻（Burton R. Pollin, ed., *The Collected Writings of Edgar Allan Poe*, vol. II: *The Brevities: Pinakidia, Marginalia, Fifty Suggestions and Other Works*, New York: Gordian Press, 1985）より、それ以外の作品はマボット編纂の選集三巻本（Thomas Olive Mabbott, ed., *Collected Works of Edgar Allan Poe*, 3 vols, Cambridge, MA: The Belknap Press of Harvard University Press, 1969–78）より訳出した。

翻訳に当たっては、パイスマン（Stephen Peithman, ed., *The Annotated Tales of Edgar Allan Poe*, New York: Doubleday & Company, 1981）とヘイズ（Kevin J. Hayes, ed., *The Annotated Poe*, Cambridge MA and London: The Belknap Press of Harvard University Press, 2015）とレヴァイン

(Stuart and Susan Levine, ed., *The Short Fiction of Edgar Allan Poe*, an annotated edition, Indianapolis: The Bobbs-Merrill Co., 1976) の注釈を参照した。

　なお、本書のページ数に言及する際は、算用数字で表記した。

### 「Xだらけの社説」 "X-ing a Paragrab" (1849)

初出は、一八四九年五月十二日発行の『ザ・フラッグ・オブ・アワ・ユニオン』誌上。足りない活字をXで代用するのは当時の印刷所の常套《じょうとう》だった。一八三六年三月五日発行の『ニューヨーク・ミラー』紙には、フランス語からの翻訳として「Oがない」と題された類似の滑稽譚《たん》が掲載され、一八四〇年九月十二日発行の同紙には「Xだらけの異X」(Xtraordinary Play upon Xes) が掲載された。こうした活字にまつわる滑稽譚が出てくるよりずっと以前、一世紀に活躍したアッシリア人諷刺作家ルキアノスがギリシャ語で書いた「母音の裁判所に於ける審判」の中で、法の守り手である母音たちが陪審員となって、盗みを働いたゼータ(Z)やクサイ(Ξ)を裁く際に、文字が置き換えられる遊び——英訳では xympathizing with his xystem などとなっている——があるのをポーは読んでいたはずである。ルキアノスは最古のSFとも称される月旅行を扱った「本当の話」を一六七年頃に執筆しており、ポーへの影響は看過できない。

　本作ではOの文字をXで置き換える趣向になっているが、John の母音を x に置き換えており、翻訳では「ジョン」が「ジXン」になるのが肝要と判断し、「よ」及び「ョ」をXで置き換えることにした。また、原書では印刷所の親方が見習いに「やつらの i を一つ残らずかっぱらえ。それから（ちくしょうめ！）やつらの izzards（Z）を奪ってこい」と命じているところがあるが、これは i と目（eye）が同じ発音であることと、damn them their gizzards（やつらをぐうの根も出ないようにしてやれ）と読めることに基づく言葉遊びである。説明訳にせず、日本語でも同じように言葉遊びをしたので、お断りしておく。また、印刷所の見習いは英語で printer's devil といい、原書では「大変厄介なこと」を意味する俗語表現 there be the devil to pay にある devil（悪魔）と掛けて遊んでいるが、この遊びを日本語で表現するのは断念せざるを得なかった。

冒頭の「東方」とは、超絶主義者らのいるボストンを中心としたニューイングランドを指している。ボストンの公園ボストン・コモンに有名な蛙が池《フロッグポンド》があるため、蛙が池と言えばボストンを指す。ボストンはポーの生まれ故郷でもあるが、ポーが「蛙が池の蛙」と言うとき、ボストンで活躍していた超絶主義者や派閥連中を意味した。一八四九年二月十四日に、ポーは友人のフレデリック・W・トマスに宛てた手紙で、最近の蛙が池の連中はどんどんひどくなっていると憤慨し、「あの自惚《うぬぼ》れた阿呆《あほう》の東部め——あの東部は、聖書にある賢者たちが出てきた東方では決してない！……やつらは考え得るかぎり卑屈なまでにイギリスの模倣者でしかないのだ。それを思うと、いつもカッとなってしまう。やつらを一括《くく》りにやっつけるのはいとも容易《たやす》いはずだ。実によくできた諷刺一つで、事が足りる」と書き送っている（「ポーの文学闘争」蛙が池戦争の項を参照のこと）。ポーは『ゴデイズ・レイディズ・ブック』一八四六年九月号で、宿敵ルイス・ゲイロード・クラークを攻撃して「額は丸く、〝弾丸《ブレット》のよう〟だと言える」と揶揄《やゆ》しているので、クラークがタッチ－アンド－ゴー弾丸頭《ブレット・ヘッド》――氏のモデルなのかもしれない（Cf. Magdalen Wing-Chi Ki, "Superego Evil and Poe's Revenge Tales," *Poe Studies*, 46 (2013): 59-77）。そうだとすれば、ポーは、クラークを超絶主義の編集者と戦わせたのち、遁走《とんそう》させているというおもしろい構図が見えてくる。

「蛙はコンコルドへ帰れ」という表現につづいて、原文には「帰らないなら、おまえは log だ、dog だ、hog だ、frog だ」という言葉遊びがあるが、これらは順にクラーク、カーライル、ジェイムズ・ホッグ、超絶主義者を指すとされている（「ポーを読み解く人名辞典」参照）。つまり、ポーは、クラークも、超絶主義者も、『ブラックウッド』誌も、一緒くたにして揶揄していることになる。

なお作中に「ウナギの皮剝《む》きの原則に従って」という表現があり、マボット教授もポーがどういう意味で用いているのかわからないとしているが、スペインに「小さすぎるウナギの皮は剝けない」という諺《ことわざ》があるのに基づいて、「高潔な人柄は傷つかなかったようだ。傷つくほどの高潔さはなかったので」としてみた。

「悪魔に首を賭けるな――教訓のある話」
“Never Bet the Devil Your Head: A Tale with a Moral”（1841）

ポー自ら主筆を務める『グレイアムズ・マガジン』誌一八四一年九月号に「首を賭けるな」の題名で初めて発表した作品。『ブロードウェイ・ジャーナル』誌一八四五年八月十六日号に再録した際にこの題に変わった。

冒頭部分で言及される作品二点は、当時話題になった実在の作品である。ジェイムズ・マックヘンリー博士が書いた物語詩「ノア以前の《アンティディルーヴィアン》話または破壊された世界」（一八三九）は、『ブラックウッド』誌一八三九年七月号や『グレイアムズ・マガジン』一八四一年二月号で酷評された。セーバ・スミスが書いた小説「パウハタン――韻律的ロマンス」は、ポー自身が『グレイアムズ・マガジン』一八四一年七月号で酷評したばかりだった。「コック・ロビン」とは、マザーグース「誰がコマドリを殺したの」を指し、「一寸法師《ホプ・オブ・マイ・サム》」はシャルル・ペローの作品集に収められた作品。その直後に言及される雑誌も実在のものである。『ダイヤル』誌は超絶主義の機関誌であり、『ダウン・イースター』誌は一八二八〜二九年にジョン・ニールが刊行した雑誌『ヤンキー』のことを指すとされている。

ダミットが「超絶主義は治った」ように思えたのに「超絶主義的に」ジャンプして首をなくすという話には、もちろん超絶主義への揶揄《やゆ》がある。「奇妙な、つまらないことをぼそぼそ言ったり、むずかしそうな言葉を怒鳴ったりし、そのあいだじゅうずっとひどくまじめな顔をしている」という描写は、そのまま超絶主義者の文体をからかうものである（「ポーの文学闘争」蛙が池戦争の項を参照）。

ポーは「構成の原理」で論じているように、知的かつ論理的に作品を作るべきだと考えているので、人間の経験を超越して、絶対的な価値を直観によってつかみ取ろうとする超絶主義には、思考する器官である頭が要らないのではないかと皮肉っているわけである。語り手が最後に「超絶主義者たちへ控え目な請求書を送りつけた」とあるので、語り手が超絶主義者らと距離があるかのように思えるかもしれないが、語り手の友人が『ダイヤル』誌に勤めていて、カーライルが友という設定を見逃すわけにはいかない。よく読めば、語り手自身が、超絶主義的な直観に冒されていることがわかるだろう。語り手が「考え込む」のを嫌って、「何かを感じた」としているところがポイントだ。それを「コールリッジ氏であれば神秘的と言うだろうし、カント氏であれば汎神論的《はんしんろん》と言うだろうし、カーライル氏であれば歪《ゆが》みと言うだろうし、エマソン氏であれば超絶奇抜と言うだろう」というのは、コールリッジのロマン主義もカントの超越論哲学も思考ではなく直観に頼る点で、エマソンの超絶主義と同工異曲とポーが考えているからである。

悪魔の描写が出てくるが、これはポーが嫌悪する宗教的なへぼ詩人ロバート・モンゴメリー（「息の喪失」にも言及あり）の風貌《ふうぼう》となっている。トーリー党（保守党）の機関誌『クォータリー・レビュー』誌の編集者とは、『ブラックウッド』誌の寄稿者でもあるロックハートのことであろう。「馬鹿な」（Fudge）という叫びについては、「ポーを読み解く人名辞典」ムーアの項を参照のこと。

この作品はジョークで締め括られている。直訳しても笑えないので、ポーが狙った効果が出るように工夫して訳してあるが、原語の言葉遊びをここに説明しておこう。「彼の家の紋章に棒を横たえてやった」のところに a bar sinister という語があり、これは紋章学に於《お》いて「庶子」を示すために左を下にして斜めに入る棒を指す。この場合の sinister はラテン語で「左」を意味するが、英語の sinister が「不吉」を意味するため、まるでダミットの死因となった「不吉な棒」であるかのように読めるのがミソ。そして最後に「犬」(dog) という語が出てくるが、これは作中（23ページ）で用いられた「放《ほう》蕩《とう》者（sad dog）」との言葉遊び（「一週間に日曜が三度」でも用いられている）になっており、「負け犬」という語を加えて遊びがあることを示した。『ポー傑作選1』所収の「早すぎた埋葬」では「犬のように埋め」（215ページ）られたとパニックを起こす主人公が登場するが、本作ではリアルに考えずに、言葉遊びとして笑い飛ばす書き方になっている。ホラーとはちがうポーの笑いをお楽しみいただきたい。

ただし、語り手が突然「僕のママは」と言い出す箇所があるため、語り手は幼い少年で、ダミットはその飼い犬ではないかとする説もある (John A. Dern, "Rhetoric in Edgar Allan Poe's 'Never Bet the Devil Your Head'," *The Edgar Allan Poe Review*, 14. 2 (2013): 163-77)。結末でダミットは犬として扱われるし、副題の「教訓のある話」の「話」(Tale) は「尻《しっ》尾《ぽ》」(tail) と読み替えられ、「困っている人を助ける」という意味の英語の慣用表現 to help a dog over a sitle（犬が木戸《スタイル》を越えるのを助ける）に掛けているのではないかと言う。そうだとすると、その犬は親指を鼻に当てて他の指をひらひら動かして馬鹿にするジェスチャー（Thumbing one's nose）ができる犬ということになる。ちなみに、「おまえの母さんは、おまえがおうちにいないって知ってるのか」（“Does your mother know you're out?”）という表現は、相手を馬鹿にして喧嘩《けんか》を売るときの表現（『オックスフォード英語辞典』はMotherのP2. aで「子供染みた、不適切な振る舞いをする人に対してする馬鹿にした問い」と定義する）であり、「Xだらけの社説」でX化される文中でも用いられている。

なお、23ページのラテン語の引用について、ポーは「ピナキディア」25や「五十の提案」9でも、“Defuncti injuriâ ne afficiantur”は古代ローマの成文法である十二表法にあるとしているが、十二表法にそのようなことは書かれていない。

フェデリコ・フェリーニ監督が本作を『トービー・ダミット』（一九六八）の題名で映画化しており、フェリーニらしいアレンジがなされている。アルコール依存症のイギリス人俳優トービー・ダミット（テレンス・スタンプ）が映画製作のためにローマにやってくるが、彼には悪魔（ボールで遊ぶ少女）の姿が見えており、フェラーリでローマの街を疾走するうち再び悪魔と出会い、そこに向かって突っ込んでいくと、彼の首が……という原作に基づいた展開であり、より現代的な恐怖を感じさせる作品になっている。この作品は、「世にも怪奇な物語（*Histoires extraordinaires*）」（英語の題名は*Spirits of the Dead*）と題された三部構成からなるオムニバス形式の作品の第三話であり、ロジェ・ヴァディム監督による第一話「メッツェンガーシュタイン」では、伯爵家の令嬢フレデリック（ジェーン・フォンダ）が男爵家のウィルヘルム（ピーター・フォンダ）の馬小屋に放火し、ウィルヘルムは愛馬と共に焼死するが……と展開し、ルイ・マル監督の第二話「ウィリアム・ウィルソン」ではアラン・ドロン演じる高慢なウィルソンがもう一人のウィルソンに悩まされる。第一話と第二話は一部しか確認できなかったが、フェリーニの第三話はよくできている。

なお、本作は、リンカーンが奴隷解放宣言を行った一八六二年の二十一年前に書かれた作品であり、ポーの属していた南部では黒人への差別が強固だった史実を踏まえて読む必要がある。ダミットの皮膚の色が変わるほど叩《たた》いたという描写に黒人への言及があるのもそれゆえであるし、現代では児童虐待と看做《みな》される「折檻《せっかん》」や「体罰」についても当たり前のように行われていた時代だったことを考慮されたい。

**「アクロスティック」**（詩）“An Acrostic”（c. 1829）

タイトルの「アクロスティック」は、行頭の一文字ずつを拾っていくとそこに意味が読める仕掛けを指す。従妹《いとこ》のエリザベス・レベッカ・ヘリング（「ポーを読み解く人名辞典」参照）の「エリザベス」の名前が浮かびあがる。原文ではElizabethの文字に合わせて九行詩だが、日本語の語数に合わせて五行で訳出した。

押韻形式はaabbccddであり、日本語もそれに合わせた。活字になったのは、J・H・ホイッティ編纂『全詩集』（一九一二）が最初。同時にL・E・Lとして知られたイギリスの詩人・小説家リティーシャ・エリザベス・ランドン（一八〇二～三八）へも言及している。L・E・Lの詩「警告」の中で――

I have said, heart, be content!
For Love's power o'er thee is spent.
That I love not now, oh true! —
I have bade such dreams adieu:

言うことは言った。心よ、諦《あきら》めなさい！
あなたへの愛の力は尽きた、一切。
本当だ、私がもはや愛していないことは！
別れを告げたのだ、そんな夢とは。

――とあるのを受けて、ポーは“Love not”（愛するなかれ）と言われても、服従できないと反論する詩を書いたのである。L・E・Lは、ブラウニング夫妻、ロセッティ、テニソンにも影響を与えた人気詩人であり、ポーが死ぬ十一年前に三十六歳の若さで亡くなった。ポーは彼女が「天才であることは明らか」としている。

**「煙に巻く」**　“Mystfication”（1837）
初出は、ニューヨークの『アメリカン・マンスリー・マガジン』誌一八三七年六月号。

その際の題名は「神秘主義者フォン・ユング」。『グロテスクとアラベスクの物語』再録時は「フォン・ユング」という題になっていたが、『ブロードウェイ・ジャーナル』誌一八四五年十二月二十七日号掲載時にこの題に変更された。

滑稽譚《こっけいたん》ではあるが、ポーが初めて暗号を導入した作品でもある。また、本作で憎しみを鏡《ミラー》にぶつけるのには、一八二八年から長年ニューヨークの『ミラー』紙の共同編集者を務めたフェイ（「ポーを読み解く人名辞典」参照）を揶揄する作品だからである。このフェイは父親ゆずりの決闘マニアであり、フェイが書いた長編小説『ノーマン・レズリー』にも決闘の場面が出てくるが、その描写は剽窃《ひょうせつ》であり、作品はくだらないとポーが『サザン・リテラリー・メッセンジャー』一八三五年十二月号で酷評した。詳細は「ポーの文学闘争」を参照されたい。

さて、本作の謎解きのためには、十六世紀のフランス人詩人デュ・バルタスのノンセンス詩について理解する必要がある。ポーは本作に先立って自ら主筆を務める『サザン・リテラリー・メッセンジャー』誌一八三六年七月号に掲載した書評（ロバート・サウジー『医者』評）で、「少なくとも本の半分は、デュ・バルタスのノンセンス詩のように、深遠な思考があるかの様相を帯びながら何も意味しない、わかりきった問い、堂々巡りの理屈、文章で出来ている」と記している。本作の後にも、『グレイアムズ・マガジン』一八四一年八月号の書評で、再び「意味があるようでいて実は何も意味していないデュ・バルタスのノンセンス詩のよう」と使っている。ポーのお気に入りの表現となって、このあともさらに三度この表現を用いている。

では、フランス国王アンリ四世に仕えた宮廷人にして法律家・詩人でもあったデュ・バルタス（Guillaume de Salluste Du Bartas, 1544-90）のノンセンス詩とはどのようなものかというと、実は、この人はそんなものは一切書いていない。ポーは愛読書であるアイザック・ディズレーリ著『文学珍品録』（一七九一）に、デュ・バルタスが雲雀《ひばり》の声を韻文で表現したとある次のパラグラフに「フランスのノンセンス詩」への言及があるのを誤解した可能性が高い。ポーにとって重要なのは「深遠な思考があるかの様相を帯びながら何も意味しない」というイメージであり、それが実在したかどうかは問題ではないのだろう。そして、ポーは、わけのわからないノンセンス文を生み出すために、暗号術を考案した——すなわち、伝えようとする文書の意味をカモフラージュするために、余計な単語を規則的に書き加えていくのである。文章の最初の単語の次に余計な単語を一語追加、その二語先に余計な単語を一語追加、次にその一語先に一語追加、さらに二語先に一語追加……と繰り返していく。こうして、本作のポ＊氏が読んでも何のことやらわからない文書ができあがる。そして種明かしをする男爵は、一語おき、二語おきに規則的に余計な単語を飛ばしながら読むので、正しい文意が読み取れるという仕掛けである。

問題の書の作者名としてエドランとあるのは、実在の十七世紀フランスの著述家フランソワ・エドラン・ド・オービニャックであるが、その著書として掲げられたものは架空の書である。そもそも題名——*“Duelli Lex scripta, et non; aliterque”*〔決闘について書かれた規則そして否、それ以外」——からして意味をなしていない。章題も然《しか》り。

ポーは、このエドランが、決闘する者を「二匹の狒々《ひひ》」に譬《たと》えるような「近代の一騎打ちを揶揄《やゆ》した滑稽な諷刺《ふうし》」の書を書いたと想定した。そして、男爵はこの本に前述の暗号化を施し、それを再び本として印刷、製本したということなのだろう。

本作は英語の構文や表現が異様に凝っている作品である。一例を示しておこう。文中hobbyという語が出てくる。「趣味」ではなく、子供がまたがって遊ぶ「棒馬《ホビーホース》」と同義で、「お得意、十八番《おはこ》」の意味だ。ポーは"ride one's hobby"(自分の得意分野を滔々《とうとう》と披露する)という表現を使ったうえで、「猛然と事に当たる」や「抑えが利かなくなる」という意味の慣用句"take the bit in one's teeth"と重ねた。このbitは、馬が口にくわえる銜《はみ》のことであるから、「棒馬《ホビーホース》が銜《はみ》を咬《か》んだ」と馬のイメージをつなげつつ、「自分の得意分野を披露して抑えが利かなくなる」と表現してみせたのだ。見事なものである。

冒頭のエピグラフは、エリザベス朝劇作家ベン・ジョンソンの『気質比べ』(*Every Man in His Humour*)第四幕第五場より。主人公のエドワード・ノーウェルが、武術を自慢していた軍人ボバディルがあっさり武器を奪われるのを見て言う台詞《せりふ》。「ノーウェル」を「ノウルズ」としたのはポーの記憶ちがい。冒頭の誓言はエリザベス朝時代によく用いられた「神の瞼《まぶた》」(God's lid)の省略形。

ゲ＊＊＊＊＊ン大学と伏字にされているのは、ドイツの有名なゲッティンゲン大学。

「一週間に日曜が三度」 "Three Sundays in a Week" (1841)

初出は、一八四一年十一月二十七日発行のフィラデルフィアの『サタデー・イヴニング・ポスト』誌上。当初は「日曜連続」という題だった。かなり書き直されて『ブロードウェイ・ジャーナル』一八四五年五月十日号に再録された。

文学志望のポーに対して義父ジョン・アランが反対して厳しく接したように「伯父」が「僕」の文学志望に反対して厳しく接していること、ポー自身が十三歳の従妹と結婚したように「僕」が十五歳の従妹と結婚すること、「伯父」が裕福で「僕」は放蕩《ほうとう》者であることなど、自伝的要素が多々あることが指摘されている。

ラブレーの『ガルガンチュアとパンタグリュエル』第二巻第一章にある「木曜が三度ある週」の場合は閏年《うるうどし》が原因。ポーの種本は、一八四一年十月二十九日発行のフィラデルフィアの『パブリック・レジャ』誌に発表された無記名の論考「一週間に木曜が三度」であると特定されている。その中で、東回りで地球を一周すれば地球の自転とともに一日進むので、到着地での曜日が水曜でも、一周した者にとっては木曜となり、西回りで地球を一周すれば地球の自転と逆行して一日遅れとなるので、到着地での曜日が木曜でも、一周した者にとっては水曜となると説明されている。海外旅行の際、西向きに飛ぶときは時間を得するのに、帰国時には損をするのと同じ理屈である。なお、同誌の十一月十日号に「太平洋には船が日付を調整する特定の場所があるのですか」という投稿があり、同月十七日号に「ネイヴァル」と署名のある以下の返答が掲載された――「アメリカ合衆国艦隊ポトマック号は、グリニッジの経度を七月四日（日）に通過した際、日付を変更しました。東向きの航路であったため、翌日も七月四日（日）としたのです。これにより、ポトマック号船上では一年に二回の七月四日があり、九日間に三度の日曜、三十二日の月があったということになります」。ポーはこのときフィラデルフィアに在住しており、この記事を読んだと思われる。

ちなみに、経度十五度進むごとに一時間ずれる（十五度×二十四時間＝三百六十度）という計算で経緯法ができ、一八七一年の第一回国際地理学会でグリニッジを経度〇度とする提案が出され、一八八四年の国際子午線会議に参加した二十五か国の代表がこれを議決したことによって国際日付変更線が成立したとされる。本作はそれより四十年以上前に執筆されている。

歴史を遡《さかのぼ》れば、マゼラン一行が西回りで世界一周をした際、船の日誌の曜日が現地の曜日より一日遅れとなっていることがわかって騒ぎとなった。船の時間では一五二二年七月九日水曜日に北西アフリカ沖合のカーボベルテに立ち寄ったのに、現地の時間は一五二二年七月十日木曜日だったのである。乗組員らは「日誌は正確である」と訴え、ローマ教皇を巻き込む大騒動となったが、スペイン在留のヴェネツィア大使ガスパロ・コンタリーニ枢機卿《すうききょう》が最初に正しい説明をしてみせたという。なお、ポーが作中でプラット大佐に「今日は十月十日」と言わせたのは失策であり、大佐にとって「今日は十月九日（土）」としなければならなかったことは付言しておこう。
作中で言及されるディー博士とは、一八四〇年十一月十八日よりニューヨーク市からボストン、フィラデルフィアでの講演旅行を開始して一般の人々に科学熱を広めたロンドン大学教授ディオニュソス・ラードナー（一七九三〜一八五九）がモデルか。

**「エリザベス」**（詩）“Elizabeth”（c. 1829）
一八二九年頃、ポーが従妹のエリザベス・レベッカ・ヘリングのアルバムに書いた詩。活字になったのは、J・H・ホイッティ編纂《へんさん》『全詩集』（一九一一）が最初。
行頭の一文字ずつを拾っていくと「エリザベス・レベッカ」と読める仕掛け。原文ではElizabeth Rebeccaであるため十六行詩だが、日本語の語数に合わせて九行で訳出した。押韻形式はabab cdcd efeff ggeと変則的であり、日本語もそれに似せた。
ポーの原注にあるゼノンの発言は、おそらく行頭にZ（ゼノンの頭文字）を用いるために、ポーが例によってでっちあげたものと思われる。

**「メッツェンガーシュタイン」**“Metzengerstein”（1832）
初めて活字になったポーの小説。初出は、一八三二年一月十四日発行のフィラデルフィアの『サタデー・クーリエ』誌上。同誌の懸賞小説に応募し、入賞は逃したものの、佳作として掲載された。一八三六年二月にポー自身が編集する『サザン・リテラリー・メッセンジャー』誌に再録された際には、「ドイツものを真似て」と副題が加えられた。

「ドイツもの」とは、E・T・A・ホフマンの『砂男』(一八一七)やC・F・A・グローセの『守護精霊』(一七九一～九五)などのゴシックものを指し、ウォルポールの『オトラント城』(一七六四)、ベックフォードの『ヴァセック』(一七八二)、マシュー・G・ルイスの『破戒僧』(一七九六)などのイギリスのゴシック小説もこの伝統上にある。

しかし、形式はゴシックものではあっても、同様に輪廻《りんね》転生をモチーフにした「モレラ」や「リジーア」と比べると、それほど怪奇を感じない。むしろ、輪廻転生をベースにしながら、極めて理知的なひねりの加わった作品だと言える。

要するに、読者は、「死すべき人間であるメッツェンガーシュタインが、騎手が馬を御するがごとく、不滅のバーリフィッツィングに勝ち誇るとき、高邁《こうまい》な名は恐ろしき転落をすべし」という予言が、『マクベス』の魔女の予言のように二重の意味をもって、勝者と見えた者を地獄へ落とすことを読み取らねばならないのだ。種明かしをすれば、次のようになる。

メッツェンガーシュタイン男爵が絵の中のバーリフィッツィングを無慈悲にも「殺して勝ち誇る男の姿勢そっくりとなり、男の輪郭とぴたりと重なった」そのとき、バーリフィッツィング伯爵ウィルヘルムは死んだのだ。そして、死んだ伯爵は馬に生まれ変わってメッツェンガーシュタイン男爵のもとへやってくる。額にW・V・Bの文字（ウィルヘルム・フォン・バーリフィッツィングの頭文字）が刻まれていることからそれがわかる。この馬はどうやら絵から抜け出てきたらしい。男爵は、伯爵の訃報《ふほう》を聞くと「或《あ》るおもしろい考えの真相に気づい」たとあるが、それは恐らくこの馬こそ伯爵の生まれ変わりだと気づいたのであろう。そこで予言にあるとおり、「騎手が馬を御するがごとく、不滅のバーリフィッツィングに勝ち誇」ろうとして、馬に転生して不滅の命を誇る伯爵を乗りこなそうとする。しかし、そのとき転落すべき高邁な名とは自分の名であることに、メッツェンガーシュタイン男爵は気づいていなかった。馬は、男爵を乗せて炎の中へ運び、彼を「恐ろしき転落」へと陥れ、彼が「死すべき人間」にすぎないことを思い知らせたのである。

この短編は一見、ホラー小説の様相をしているが、読者はこれを読んでも特に恐怖を感じないだろう。むしろ今解説した謎解きを味わう仕組みになっている。最後に煙の雲の中から立ち上がった馬の姿は、詩「独り」の最終行にあるように、不滅のバーリフィッツィングの守護霊《ディーモン》の形と読める。そして、そのことは本作の冒頭部に「魂は馬……の儚《はかな》い似姿となる」とあるのと符合する。G・R・トンプソンは本作をホラー小説のパロディーと解釈すべきだと論じている（G. R. Thompson, *Poe's Fiction: Romantic Irony in the Gothic Tales*, The University of Wisconsin Press, 1973）。トンプソン説に従えば、本作はブラックユーモアの作品群の一つと言えるのではないだろうか。

なお、これまでの邦訳では初出時の原稿を訳出したようだが、ポーはその後改訂を加えており、ここではマボット編版で採用されたものと同じく改訂版(一八五〇年の全集に収められたもの)を訳出した。男爵フレデリックの年齢が十五歳から十八歳に引き上げられるなど、多くの変更が加えられている。

エピグラフはマルティン・ルターが教皇クレメンス七世へ述べた言葉。死してなお宿敵を苦しめたバーリフィッツィングを表す言葉として用いられている。また、冒頭のラ・ブリュイエールの言葉は、『カラクテール』「人間について」九十九に「人は独りでいられぬから、賭博《とばく》、奢侈《しゃし》……羨望《せんぼう》、自己と神との忘却が生まれる」とあるのに基づく。原注にあるアメリカ独立戦争の英雄アレン大佐(一七三八~八九)は、自らの大きな白馬となって生き続けたという伝承がある。

**「謎の人物」**(詩) “An Enigma” (1848)

初出は『ユニオン・マガジン・オブ・リタラチャー・アンド・アート』一八四八年三月号。初出時の題は「十四行詩《ソネット》」。十四行あることが重要となる。

Sarah Anna Lewisはちょうど十四文字だが、日本語では彼女の旧姓ロビンソンも加えて十四文字を読み込むこととした。ルイス及び、詩の中で言及があるタッカーマンについては「ポーを読み解く人名辞典」を参照のこと。

次のように斜めに読んでいく。
**せ**めてわずかでも、この深遠極めるソネットを読み解いてほしいところ。
ま**あ**、それは無理、と言う愚者ソロモンは手厳しい。
かな**ら**ず、浅薄なるものは見透かされるのだ、たちどころ。
いわば**あ**のナポリの婦人帽——向こうが透けてみすぼらしい。
淑女がこ**ん**なくずをかぶれるものか、恥ずかしい。
けれど、虚**ろ**《うつ》なペトラルカ風の詩よりはましだ、かなり。
詩人が手すさ**び**に作るそばからトランクの裏地紙となり、
ふっと吹けば飛**ん**でしまう梟《ふくろう》の羽毛のへぼ詩などより重々しい。
いやはやまったく**ソ**ロモンの言葉は至言なり。
絢爛《けんらん》たるタッカーマ**ン**流の詩はひどいもの。
泡沫《ほうまつ》だ——透けて見え**る**、はかないもの。
だが、この詩は違う。だ**い**じょうぶ、信頼してほしい。
しっかりしていて永遠で、**す**けたりしない——なぜなら、麗《うるわ》しい、
貴女の大事なお名前が詩の中**に**隠れているから。実に奥ゆかしい。
詩の内容は、ペトラルカ風ソネットの伝統が、一八三〇年以降アメリカで流行したシ

ルクのタフタでできた派手な「ナポリの婦人帽」のように透けて空虚になり、そんな詩を書いた紙はトランクの裏地として貼る反古《ほご》紙となってしまうけれども、このソネットはあなたの名前が潜んでいるから透けたりはしない、というもの（ポーの『オックスフォード・ハンドブック』二〇一九年、第六章参照）。「愚者ソロモン」とはポーのこと。

韻律は基本的に弱強五歩格。押韻が abab bccb cdd bbb と特殊であり、これはシェイクスピア式ソネット（abab cdcd efef gg）でも、ペトラルカ式（イタリア式）ソネット（abba abba cde ced など）でも、スペンサー式ソネット（abab bcbc cdcd ee）でもなく、ゲーテの追随者たちが用いたドイツ式ソネット（abba bccd cdd cdd）に近い。

**「本能と理性――黒猫」**（評論）"Instinct versus Reason: A Black Cat" (1840)

初出は、フィラデルフィアの『アレグザンダーズ・ウィークリー・メッセンジャー』誌一八四〇年一月二十九日号。ポーは猫を飼っていたが、ここで言及されるのは一八四四年から一八四九年まで飼っていた大きな錆《さ》びネコのキャタリーナ（愛称ケイト）ではなく、それ以前に飼っていた大きな黒猫である（名前は不詳）。黒猫は悪魔ないし魔女の化身という俗説があり、そこからポーは小説「黒猫」（一八四三）を執筆する。

「ヴァレンタインに捧ぐ」（詩）“A Valentine”（1849）

最初に作られたのは一八四六年二月十三日で、翌日修正を加えて、ニューヨークのアン・リンチ夫人宅で開かれた聖ヴァレンタイン・パーティーに送った（ポーは欠席）。一週間後に『イヴニング・ミラー』紙に掲載されたが、読み込んだ詩人の名「フランシス・サージェント・オズグッド」のミドルネームSargentをSergeantと誤記しており（ゆえに二十行詩ではなく二十一行詩となっていた）、誤りに気づいたポーは、これを訂正して、「一八四八年聖ヴァレンタインの日に」と日付を新しくして作り直した。訂正版は、ボストンの雑誌『ザ・フラッグ・オブ・アワ・ユニオン』一八四九年三月十七日号に掲載された。ところが、その年の二月二十四日に発行された『サーテンズ・ユニオン・マガジン』三月三日号にすでに掲載されていることがわかり、『ザ・フラッグ』誌の編集者は自分たちがポー氏に原稿料を払って直接購入したものであり、他誌から転載したものではないことを断っている。ポーの弁明に拠れば、ポーはかつてニューヨークで雑誌を始めようとしていたジェイムズ・L・ドゥグロー氏にこの詩を渡したことがあったが、氏が企画を諦めてカリフォルニアへ帰ったので、詩は再び自分のものとなったと考えて『ザ・フラッグ』誌に売ったのだという。

原文では一行目の一字目、二行目の二字目、……というふうに順次一文字ずつ拾ってつなげると、当該の詩人の名となる仕掛けであり、日本語では次のようになる。

ふたご座の二つの星のごとく
きらめく目をしたあなたに捧げるこの詩の中に
ひそんでいます、あなたのお名前が。この詩を読み解く
まなざしを避けて、密《ひそ》やかに。
詩の中をすみからすみまで探してほしい。
あるのはまさに宝物、誰もがほしがる
神々しい霊験あらたかなお守り。共にあれかし、わが魂。
音と音を一字一ジつなげてゆけば浮かび上がる。
些細《ささい》な点もよくチェックして。ゴルディアスの解けない
結び目ではありません。剣が不要なのはあたりまえ。
仕掛けさえわかれば、とけないはずはない。
心躍る目が見つめる紙のおくに潜むのは詩人の名前。
詩人だったら知っているはずだよ、ちゃんと。
うっそうとした言葉のジャングルに隠れて頰かむり
でも嘘も隠れもない詩人——嘘つき騎士ピントがヒント！
とはいえ、まあ諦《あきら》めたまえ、君がどう頑張っても謎ときは無理。
隠された名前 Frances Sargent Osgood が七字・七字・六字の計二十字であるため原

文は二十行詩だが、翻訳では「フランシス・サージェント・オズグッド」の字数に合わせて十六行詩とし、押韻を原文どおり交互韻の四行連とした。オズグッドについては、「ポーを読み解く人名辞典」参照。

韻律構成は、基本的に弱強五歩格で、abab のように交互に押韻する四行連が繰り返される英雄連（heroic stanza）ないしエレジー風連（elegiac stanza）である。原題は「二月十四日の聖ヴァレンタインの日に贈り物をする相手（恋人）」を意味する。西洋では、この日は男性から女性に贈り物をする日であり、女性がチョコレートを贈るという日本の文化は二十世紀後半に企業が生み出したもの。

**「天邪鬼《あまのじやく》」** “The Imp of the Perverse” (1845)

初出は、一八四五年七月発行の『グレイアムズ・マガジン』誌上。「黒猫」や「告げ口心臓」で展開される「やってはいけないと思うと逆にやってしまう、あるいは、やらなければならないと思うとやりたくなくなる心理」について詳細に述べた作品。

そうした方がいいに決まっているのに、そうしていない自分をイメージしてしまった瞬間に、人は後悔の道を歩みだす。うまくいかない自分をイメージし、それを現実化してしまう。そんな自分を考えてしまった瞬間が命取りなのだ。ポーはそのことがよくわかっている。そして我々がポーに惹《ひ》かれるのも、その反理性的な人間性を自分のなかに認めるからにほかならない。あんなことするんじゃなかったという後悔のない人間などいないのではないか。

作中言及されるマダム・ピローとは、リシュリュー枢機卿《すうききよう》時代のフランス人で、毒入りの蠟燭《ろうそく》のせいで死にかかった。『ニュー・マンスリー・マガジン』一八三九年十二月号に掲載されたキャサリン・ゴアの「十七世紀の奇妙な出来事」で語られており、ポーはこれを読んだと思われる。

ポーは、「自己破壊の器官」を巡って展開するレイディ・ジョージアーナ・フラートンの小説『エレン・ミドルトン』(一八四四)を書評で褒め、それをマージナリア五十二としている。その小説では骨相学的に分類されていた自己破壊の衝動について、骨相学では捉《とら》えられていないことを明確にして考え直す必要をポーは感じたのだろう。作中の「形而上学的哲学《メタフィジシアニズム》」という語は、『オックスフォード英語辞典』がポーの用語として、このこと「息の喪失」の削除部分での使用例を引用している。

「謎」(詩) “Enigma” (1833)

初出は『ボルティモア・サタデー・ヴィジター』一八三三年二月二日号。署名は「P」とのみあったが、他の原稿にも「P」とだけ署名することがあったポーの作とされる。読み込まれた人物名は以下のとおり。

①代表作『妖精の女王』にアレゴリー（寓意《ぐうい》）が溢《あふ》れていることで知られるエドマンド・スペンサー（Spenser）――S

②「怒り――女神よ、ペーレウスの息子アキレウスの怒りを歌え」の一行から始まる『イーリアス』を書いたホメロス（Homer）――H

③万学の祖とも呼ばれ、倫理学を創始し、徳（アレテー）を説いたアリストテレス（Aristotle）――A

④紀元前三世紀の古代ギリシャの詩人で、のちのオウィディウスらによるラテン語作品に多大な影響を与えたとされているカリマコス（Kallimachos）――K

⑤妻ハリエットがいながら新たにウィリアム・ゴドウィンの娘メアリ（『フランケンシュタイン』の作者）を妻とした醜聞から生前はあまり評価を受けておらず、ポーが十三歳のときに没したロマン派詩人パーシー・シェリー（Shelley）――S

⑥英雄詩体を得意とした詩人であり、『愚人列伝』や『髪の掠奪《りやくだつ》』などの批評精神に於ける鋭い分別《センス》で知られるアレキサンダー・ポープ（Pope）――P

⑦アイスキュロス、ソフォクレスと並ぶ古代ギリシャ三代悲劇詩人のうち、ポーが代表格と看做《みな》していたエウリピデス（Euripides）――E

⑧『想像力の快楽』（一七四四）という長詩によって想像力を定義し、その多様な快楽を語った詩人マーク・エイケンサイド（Akenside）――A

⑨長詩『記憶の快楽』（一七九二）で過去を歌ったロマン派詩人サミュエル・ロジャー

ズ (Rogers) ——R

⑩ 再び、古代ギリシャ悲劇の代表的劇作家エウリピデス (Euripides) ——E

以上の人物の頭文字をつづけるとShakspeare（十九世紀まで用いられていたシェイクスピアの綴《つづ》りの一つ）となる。これらの詩人の才能をすべて束ねた才能を持つのがシェイクスピアということである。ポーは、シェイクスピアを時代を超越した最高の作家と称賛し、シェイクスピア作品に数多く言及している (Burton R. Pollin, "Shakespeare in the Works of Edgar Allan Poe," *Studies in the American Renaissance* (1985): 157-186)。

**「息の喪失——『ブラックウッド』誌のどこを探してもない作品」**

**"Loss of Breath: A Tale neither in nor our of 'Blackwood'"** (1833)

『サタデー・クーリエ』誌一八三一年六月号で公募された懸賞にポーが応募し、同誌の翌年十一月十日号に掲載された"Decided Loss"（定まった喪失）という小品が原型。ポー自身がこれを大幅に膨らませ、「息の喪失」と題を付け直した。一八三三年に出版予定だった『フォーリオ・クラブ物語』に収められるはずだったが、結局『サザン・リテラリー・メッセンジャー』誌一八三五年九月号に掲載され、このとき副題は「『ブラックウッド』誌風の話」と付けられた。翌年『グロテスクとアラベスクの物語』に再録。さらに最後の二十六段落を削除し、削除部分を六段落に書き直し、副題も改めて、『ブロードウェイ・ジャーナル』誌一八四六年一月三日号に掲載したのが最終形であり、本書ではその最終形を訳出している。

ポーの懸賞作品「壜《びん》の中の物語」の審査員もした作家・政治家のジョン・ペンドルトン・ケネディへの手紙（一八三六年二月十一日付）にポー自身が記したように「『ブラックウッド』誌のやりすぎ」を諷刺《ふうし》する作品である。

ほとんど死んでいる自分を語るというブラックユーモアであり、ポーの真骨頂の一つだが、当時はあまり大きな注目を集めなかった。その理由は、本作の種本とされる、自分の影を悪魔に売った男を主人公としたアーデルベルト・フォン・シャミッソーの中編小説『ペーター・シュレミールの不思議な物語』（一八一四）や、ヴォルテールの『カンディード』（一七五九）——家庭教師パングロスが絞首刑になり、外科医がその体を切り刻もうとしたところで息を吹き返す場面が似ているとされる——が、厄災を悲惨の対象として描くのに対して、本作では笑い飛ばそうとしており、そのブラックユーモアがまだ理解される時代になっていなかったためと考えられる。ポー自身が、厄災を恐怖の対象として描くホラー小説を物していることもあって、まったく系統がちがうものであることが十分に理解されなかったのではないだろうか。後述の「『ブラックウッド』誌流の作品の書き方」「苦境」と同様に、自分の首が転がっていくのを見守る趣向のブラックユーモア作品として再評価されるべき作品である。

フランスのシュールレアリスト、アンドレ・ブルトンが『ブラックユーモアのアンソロジー』（一九四〇）を出した際、ポーの「不条理の天使」の抄訳もその中に加えているが、「ブラックユーモア」という語が広く用いられるようになったのは、一九六〇年代だとされる。その意味でポーは、早すぎたブラックユーモアリストだったと言えよう。

　副題にある『ブラックウッド』誌については後述する作品の解説を参照のこと。作中の「息満氏」は、『ブラックウッド』誌の主要執筆者ジョン・ウィルソンがモデルと思われる（「ポーを読み解く人名辞典」参照）。

　エピグラフは、アイルランドの詩人・作詞家トマス・ムーア（同参照）著『アイルランド旋律』に収められた曲「ああ、彼の名を言うなかれ」への言及。Oh! Breathe not his name の最初の三語だけ引用して、意味を変えている。途中で息が切れて、音にならなくなることで、意味が無化されることと、作品世界の道理が「脱臼《だっきゅう》」することについて、八木《やぎ》敏雄《としお》氏がわが師・高橋康也《たかはしやすなり》を引用して次のように岩波文庫に記している——「高橋康也は『ナンセンスが《意味《センス》のない状態》のことをさすとすれば、ノンセンスとは《意味を無化する方法》のことである』と言っているが、するとこれは『ノンセンス』な作品であり、ポオが生涯にわたって反復して再利用することになる有力なサブジャンルの一つの原型を形成する、ただ笑ってすますわけにはいかない、人間存在にかかわる深刻な意味や深層心理を反映する笑劇《ファース》に属する作品のはしりなのである」（八木敏雄訳『黄金虫・アッシャー家の崩壊・他九篇』岩波文庫）。

　ポーは「マージナリア」の序でもノンセンスの重要性について触れており、ポーのノンセンス性はその乾いた笑いの根底を成していると言えよう。ノンセンスの旗手ルイス・キャロルも「詩人は生まれるのではなく、作られる《ポエタ・フィト、ノン・ナスキトゥール》」と題した詩の中で、文を書いたら細かく切って混ぜ合わせ並べ替えなさいと語っているが、これはポーが「『ブラックウッド』誌流の作品の書き方」で述べる手法とよく似ている。ポーは直観を信じる超絶主義者らを揶揄《やゆ》して論理的な効果の構成の重要性を主張する一方で、最も効果的なのは意外性だと信じるがゆえに、論理のずれで遊ぶのである。失くした息があたかも物体であるかのように取り戻されることにより、身体をかなり切断・破壊されている主人公が息を取り戻して生き返るというノンセンスは、胴体のないチェシャー猫の首が斬れるかという難問に匹敵するだろう。

本作の終わりには謎が多い。作者が言及をはばかる「第三者」とは何者か。オムレット公爵が勝負した相手やペーター・シュレミールが取引をした相手と同一人物か。もしそうなら、最後の「それを司《つかさど》る神」の意味も自《おの》ずと決まってくるだろう。確実に言えるのは、本作で扱われる「息」とは「精神《スピリット》」「魂《ソウル》」「風《ウインド》」と通じており、後の作品で「私は魂そのもの」と言うサイキ・ゼノビアの話が「all wind《オール・ウインド》」（でたらめ）であることと無縁ではないということだ。

なお、最後の署名「リトルトン・バリー」は、ポーが自作を『ブロードウェイ・ジャーナル』誌に掲載する際に、自分以外の寄稿者がいるように見せかけるために用いた筆名である。同誌に「ペスト王」「煙に巻く」「小さいフランス人はなぜ手に吊《つ》り包帯をしているのか」を掲載した際にもこの署名を使用している。

**「ソネット——科学へ寄せる」**（詩）"Sonnet — To Science"（1829）

ポーが第二の詩集『アル・アーラーフ、タマレーンほか小詩』を一八二九年に刊行した際、巻頭に付した詩。ファンタジー（幻想）が重要となるとき、科学的事実を無視してもかまわぬことを宣言した作品であり、アメリカの桂冠詩人リチャード・ウィルバーが、「アル・アーラーフ」とともに「ポーの韻文作品の中で最も豊かで最も重要」と絶賛した。一八四一年六月に幻想散文詩「妖精《ようせい》の島」を『グレイアムズ・マガジン』に発表した際にはその冒頭に付した。

弱強五歩格で、abab cdcd efef gg と押韻するソネット形式である。

**「長方形の箱」**"The Oblong Box"（1844）

初出は、一八四四年八月二十八日発行の『ダラー新聞』。友人が大切にしている長方形の箱の中には何があるのかという謎が謎を呼び、友人の妻として紹介された人物は実は他人がなりすましていた……といったミステリーの謎解きが最後になされるものの、推理小説の要素は薄いため、ジャンルとしてはホラーに分類されることもある。

しかし、最後のオチを考えると、やはりこれもブラックユーモアの部類と考えるべきではないだろうか。もしこの事件で友を失った語り手が、亡くなった友の恐ろしい死にざまを思い出して夜も眠れないというのであればホラーであろうが、語り手が寝つけない理由はワイアット氏の「ヒステリックな笑い声」のせいだ。この笑い声が語り手の脳《のう》裡《り》から消えない理由を考えれば、作品のオチがわかる。本作に関して、「ポーが身の毛のよだつゴシック効果の名手であるがゆえに読者の目が眩《くら》まされ、ポーが煽情的《センセーショナル》ゴシック素材を大いに楽しんで扱うこともあるのだと気づけなくなってしまっている」と指摘するフロリダ大学の故ゴールドハースト教授は次のように説明する――「だが、喜劇は、この物語の結末の台詞《せりふ》にあるのだ。（中略）語り手の最後の台詞を注意深く見てみれば、彼が夜も眠れないのは、ワイアットの恐ろしい経験のせいではなく、語り手が友人に近づいて長方形の箱の中身について大外れの推測をしてしまった、その愚かしさのせいだとわかる。『ヒステリックな笑い声が、耳の中でいつまでも鳴り響くのである』と彼は言う。要するに語り手は、己の馬鹿さ加減が悔しくてたまらないのである。きちんと読めば彼の言っているのはそういうことだとわかる」（William Goldhurst "Self-Reflective Fiction by Poe: Three Tales," *Modern Language Studies*, 16. 3 (Summer, 1986): 4-14)。

この短編は、当時話題になった事件に基づいているとされている。その事件とは、ジョン・コールドウェル・コルト（一八一〇〜四二）――リボルバー拳銃《けんじゅう》の製造で知られるコルト社社長・発明家サミュエル・コルトの兄――が、複式簿記の教科書を刊行した際にニューヨークの印刷業者サミュエル・アダムズに借金を負い、それが原因で一八四一年九月コルトはアダムズを手斧《ちょうな》で殺害し、その遺体を木箱に塩とともに詰めて、架空の住所宛ての船便にして貨物船カラマズー号に積んだというものである。アダムズの家族の捜索依頼を受けた警察は、嵐のために出航が遅れて港に停泊中だったカラマズー号の木箱を調べ、遺体を発見、コルトを逮捕した。遺体を塩漬けにして木箱に詰めるところが、ポーにインスピレーションを与えたのではないかとされている。

また、本作を発表する数か月前、ポーは病弱であった妻ヴァージニアを連れて蒸気船でニューヨークへ旅しているので、そのときの経験も反映されているかもしれない。

**「夢の中の夢」**（詩）"A Dream Within a Dream"(1849)

初出は、一八四三年一月発行のボストンの『パイオニア』誌。一八二九年に書いた「〜へ」という詩に何度も手を加えて完成させたポー後期の傑作である。

シェリーの詩「繊細な植物」（一八二〇）に「私たちは夢の影」とあり、E・C・ピンクニーの詩「ロドルフ」（一八二五）に「そのような話は夢を夢見る虚構と思えるにちがいない」とあり、超絶主義詩人マーガレット・フラーのノン・フィクション「湖畔の夏」（一八四三）に「夢の中の夢」という表現がある。以上を踏まえたうえで、マボット教授は、『グレイアムズ・マガジン』一八四八年十月号掲載のC・A・ウォシュバーン作「夢の中の夢」をポーは読んだに相違なく、それが本作最終改訂の契機となったのではないかと指摘する。ウォシュバーンの「夢の中の夢」は、「長いことシャーロットに求愛していた夢を見ていた」で始まり、彼女と夢の結婚生活を送り、子供もできるが、それもすべて夢で、最後は「僕は一人だった。昔と同じ孤独な男。すべては夢の中の夢だったのだ」で終わる非常に短い短編である。

もちろん「人生は夢」はエリザベス朝演劇に流布していた概念である。「夢の影」という表現は『ハムレット』第二幕第二場にも出てくる。

**「構成の原理」**（評論）　“The Philosophy of Composition”（1846）

初出は『グレイアムズ・マガジン』誌一八四六年四月号。自作の詩「大鴉」を例に、後ろから書くという執筆のやり方を披露する。

まるでデュパンの謎解きのように、帰納的《ア・ポステリオリ》に考えを進めていく（『ポー傑作選2』40ページ参照）。「殺人犯はこの窓のどちらかから逃げたに決まっている」という論法と同様に、最も効果のある詩の長さや調子が割り出され、リフレインに使うべき一語は“Nevermore”と結論付けられる。

マボット教授は、ポーが後ろから書いたというのは信じてよいだろうと述べているが、ここでポーの書いた一語一句を信じてしまうようなナイーヴな読者は、ポーの読者としては失格だろう。ありとあらゆる仕掛けや技巧、ときにはパロディーや諷刺を籠《こ》めずにはいられない作家なのだから、むしろこの作品全体をポーお得意の一種の hoax（一杯食わせる作り話）として楽しんでよいのかもしれない。もちろんかなりの部分は本気で書いているだろうが、最後に「どんなもんだい！」とポーのほくそ笑みが浮かんできそうな書きっぷりは、「鋸山奇譚」ほかにも見られる、シリアスに見せておいて実はひねってニヤリと落とす手法に通ずるところがあるように感じられる。

「鋸山《のこぎりやま》奇譚」"A Tale of the Ragged Mountains"（1844）

初出は、一八四四年四月二十七日発行の『コロンビア・スパイ』誌上。

舞台となっているヴァージニア州シャーロッツヴィルは、ポーが通ったヴァージニア大学のある場所であり、ポーの馴染《なじ》みの地である。鋸山はシャーロッツヴィルの南西に位置していた。

やはり「メッツェンガーシュタイン」と同様に、G・R・トンプソン（前掲書）が論じるように、バーレスク小説と考えるべきであろう。

本作の筋を確認しておこう。主人公ベッドロウは、鋸山を散策中に、モルヒネ服用による幻覚症状と思われる夢を見て、或《あ》る騒動に巻き込まれてこめかみに毒矢が当たって死ぬという経験をし、眠りから覚めてその話を語りながら、その経験は夢ではなく現実だったと主張する。テンプルトン医師の説明により、ベッドロウは、四十七年前の一七八〇年にインドの町ベナレスで起こった謀叛《むほん》を鎮圧しようとしたイギリス小隊の司令官オルデブとそっくりの顔をしていたことが明かされる。どうやらベッドロウは、一七八〇年のベナレスに戻ってオルデブとしてその最期の瞬間を生き、オルデブとして死を経験したらしい――少なくともテンプルトン医師はそう考える。テンプルトン医師が治療としてベッドロウのこめかみに当てた医療用蛭《ひる》の中に毒性の蠕虫《ぜんちゅう》が交じっていたためにベッドロウが死亡し、物語は終わる。

トンプソンの解釈はこうだ。ベッドロウの顔があまりにもオルデブとそっくりであることに衝撃を受けたテンプルトン医師は、ベッドロウがオルデブの生まれ変わりなのではないかと考える。そして、テンプルトン医師がかける催眠術によって「強力な交感関係」にあったベッドロウは、医師が近くにいなくても催眠にかかるようになっていたため、医師の思考をそのまま幻覚として生き、オルデブの死を経験する。ベッドロウが幻覚を見ていたまさにその瞬間に医師がその内容をノートに書き記しながら心に思い描いていた内容を追体験したわけである。ところが、医師自身はやはりベッドロウはオルデブだったと確信し、死んだはずのオルデブが甦《よみがえ》ってきたことに恐怖したテンプルトン医師は、ベッドロウをオルデブだと思い込んで殺してしまう。医療用蛭と毒性の蠕虫は容易に見分けがつくという注記によって、これがテンプルトン医師による殺人であったことが明確にされる。こめかみ（temple）がテンプルトン（Templeton）医師の名前との洒《しゃ》落《れ》になっているのも無意味ではない。

種本であるチャールズ・ブロックデン・ブラウンのゴシック小説『エドガー・ハントリー』（一七九九）との類似も重要だ。主人公ハントリーは友人をインドで殺され、その謎を解こうとするのだが、不思議な状況がつづき、主人公は（ベッドロウと同様に）いつの間にか（突然、豹《ひょう》が飛び出してくる場面もある）インドでの戦闘に巻き込まれる。そして、インドの部族に属する老女オールド・デッブ（Old Deb）のせいで友人はその部族に殺されたと知るのだが、ハントリー自身が、夢遊病に罹《かか》っているうちにその連中を殺してしまうのだ。Old Deb と Oldeb のつながりは明白であり、殺された友に関する謎を解こうとする主人公自身が――本作ではテンプルトン医師が――殺人を行う。ポーが『エドガー・ハントリー』をひねって使ったとしたら、そう解釈できる。

最後に新聞の訃報《ふほう》にあった Bedlo という綴《つづ》りが Oldeb をひっくり返したことに気づいた語り手は、Oldeb と Bedlo が鏡像関係にあり、一方が他方のドッペルゲンガーであって、小説より奇なる「生まれ変わり現象」が真相だと考えるわけだが、ポーの語り手ほど読者を惑わすものはない。この語り手も、「長方形の箱」の語り手と同様に独りよがりの解釈をして悦に入っていると考える必要があろう。さらに言えば、「悪魔に首を賭けるな」の冒頭で、語り手が「どんな小説にも教訓がなければならない」と主張するのは、ポー自身の強烈な主張と逆になっていることも参照されたい。ポーの語り手は騙《かた》り手なのだ。

「海中の都《みやこ》」（詩）　"The City in the Sea"（1831）

一八三一年出版の『詩集』初出時は「呪われた都」という題名だった。改訂して『アメリカン・レビュー』一八四五年四月号掲載時に「海中の都」となった。
死海の傍にあった美しい町ゴモラが神の怒りを受けて海に沈んだという伝説を扱う。海底の都はいずれ地震によって崩壊するだろうとされ、このテーマは当時の詩人や作家たちに人気があった。何度も取り上げられたテーマではあるが、ポーほど巧みに取り上げた者はいないだろうとマボット教授は指摘する。なお、ポーは詩「アル・アーラーフ」（一八二九）でも、ゴモラの町が波に呑《の》まれる様を描いている。

「『ブラックウッド』誌流の作品の書き方」／「苦境」

"How to Write a Blackwood Artilce"／"A Predicament"（1838）

初出は、一八三八年十一月発行のボルティモアの『アメリカン・ミュージアム』誌上。そのときは『ブラックウッド』誌流の作品の書き方を指南する本編は「ザ・サイキ・ゼノビア」という題名で、その実践編は「時の大鎌」と題されて一緒に発表された。しかし、ポーが編集に携わった『ブロードウェイ・ジャーナル』誌一八四五年七月十二日号に再録されたときは、「苦境」は「『ブラックウッド』誌流の作品の書き方」に含まれ、合わせて一つの作品とされた。

『ブラックウッド』誌とは、一八一七年四月にスコットランド人ウィリアム・ブラックウッドによって『エジンバラ・マンスリー・マガジン』として創刊され、シェリーやコールリッジなどの作品を掲載して文学や批評に大いに貢献したことで知られる有名な雑誌である。一八一七年十月から『ブラックウッズ・エジンバラ・マガジン』と名前を変えて人気を博し、『マガ』と短く呼ばれることもあり、一九〇五年からは『ブラックウッド』誌として親しまれた。イギリスの文芸誌として初めてアメリカ人批評家（ジョン・ニール）の論評を多数掲載した。特に寄稿者の一人ブルワー＝リットン（「ポーを読み解く人名辞典」参照）はポーに大きな影響力を与えた人物である。

ポーは、同誌に掲載されたホラー小説や幻想譚《たん》の過剰に煽情的《センセーショナル》な書き方を滑稽《こっけい》に諷刺《ふうし》しつつ、警句や外国語の引用を交えた気取った書き方をパロディー化している。だが、その外国語の引用を交えた書き方はポー自身も自家《じか》薬籠中《やくろうちゅう》の物としているところもあり、半ば自分のスタイルを戯画化しているところもある。

ホラー小説の滑稽さはポーに於《お》いては重要なポイントとなる。というのも、ポーに於いて極限状況は、恐怖へ傾く代わりに、哄笑《こうしょう》へ傾く場合もあるからである。本作で言及されている幾つかの作品は、実際に『ブラックウッド』誌に掲載されたものだが、その取り上げ方からもポーがこれらの作品から恐怖の要素と笑いの要素との両方を汲《く》み取っていったことが読み取れる。ブラックウッド氏がまず挙げた「生ける死者」は、『ブラックウッド』誌一八二一年十月号掲載の「埋葬された生者」と内容が合致しており、ポーはこれを「早すぎた埋葬」に取り込んでいる。次のサミュエル・ファーガソン作「不本意な実験主義者」（『ブラックウッド』誌一八三七年十月号掲載）は、オーブンではなく、ボイラーの中に人がいるときに他の人間がまちがえて火をつけてしまう話であり、高熱に耐えて生還する描写をポーは「落とし穴と振り子」で利用しているが、本当なら死んでいる状態なのに生きていた滑稽譚とも読める。サミュエル・ウォレン作の「今は亡き内科医の日記」（『ブラックウッド』誌一八三〇年八月号から一八三七年八月号まで連載）は医学系ホラー小説であり、石塚久郎《いしづかひさお》氏が「医学小説」の嚆矢《こうし》及び「探偵小説の源泉の一つ」として取り上げ、「『ブラックウッズ』の「恐怖もの」(tales of terror) はその煽情性によって読者の心を鷲《わし》づかみにしていたが、人気を博したのは話が単に恐ろしいというだけでなく、臨床（医学）的眼差《まなざ》しに比する科学的で正確な描写やディテール、当人に起こった恐ろしい出来事がどんなトラウマ的心身の効果をもたらしたのかを本人が語るという語りの形式（一人称の語り）にあった」と鋭く分析しておられるのは傾聴に値する（石塚久郎「医学が文学に出会うとき——サミュエル・ウォレンと医療小説の誕生」『ヴィクトリア朝文化研究16』二〇一八年十一月、一八二頁）。

ウィリアム・マギン作「鐘の中の男」（『ブラックウッド』誌一八二一年十一月号掲載）は、鐘楼に上がっているときに鐘が鳴りだして危険な目に遭った男が、その轟音《ごうおん》や危険な足場から転落する恐怖ゆえに激しい迷妄状態に陥る恐怖譚であるが、ポーは滑稽譚のようにわざと枉《ま》げて伝えている。

これら『ブラックウッド』誌掲載作品の重要性については、ポー自身がホーソーンの『トワイス・トールド・テイルズ』の書評（『グレイアムズ・マガジン』一八四二年五月号掲載）で次のように述べている。

というのも、美を扱うのは〔小説より〕詩のほうがよいからだ。身に危険が及ぶ恐怖《テラー》や感情や身の毛がよだつ思い《ホラー》やその他多くの効果を描く場合は小説のほうがいい。この点で、いわゆる「効果のある物語《ティル・オブ・エフェクト》」——その多くの例は初期の『ブラックウッド』誌に掲載された——に対してよくなされた酷評がいかに偏見に満ちたものかがわかろう。生み出された感覚《インプレッション》はしっかりとした行為の枠内でなされており、ときに強調されすぎているとはいえ、きちんと興味深いものになっているのだ。

つまりポーは、『ブラックウッド』誌風の書き方の過剰なところは揶揄《やゆ》するが、その本質的なところでは、大いに評価しているわけである。従って、ブラックウッド氏の教えの根幹はほぼそのままポーのものと考えてよい。ところが、その教え子のゼノビアはおバカさんであって、教えの意味がわからず、滅茶苦茶《めちゃくちゃ》をやらかす。ただし、彼女が生み出す意味不明の引用詩は、キャロルのノンセンス詩「ジャバウォックの詩」さながらの音の響きを持つことに注目する必要もあろう。

　このゼノビアのモデルは、エマソンに依頼されて『ダイヤル』誌の初代編集長となった超絶主義詩人マーガレット・フラー（「ポーを読み解く人名辞典」参照）の戯画《カリカチュア》だとする説もある。ホーソーンは本作を踏まえて『ブライズデイル・ロマンス』（一八五二）にフラーをモデルにしたゼノビアを登場させているとも言われる。その場合、マニーペニー博士はエマソンか？　ただし、ポーリン教授はゼノビアにフェイ（同参照）への揶揄を読み込んでいる（Burton R. Pollin, "Poe's Mystification: Its Source in Fay's 'Norman Leslie'," *The Mississippi Quarterly*, 25.2 (Spring 1972): 111–130）。

　作中に言及される『アヘン常用者の告白』（実は『ブラックウッド』誌ではなく、『ロンドン・マガジン』一八二一年九月号・十月号に掲載され、翌年に本として出版された作品）の作者トマス・ド・クィンシーは、『ブラックウッド』誌の常連寄稿者だった。発表時にこの作品は無記名だったため、アヘンを吸って「クーブラ・カーン」（一八一六年発表）を書いたコールリッジの作かという憶測がなされたのである。

　シラーからの引用として掲げられたドイツ語はゲーテのバラッド詩「スミレ」からの引用であり、一世紀のローマの詩人マルクス・アンナエウス・ルカヌスからの引用として掲げられたラテン語は、二世紀のギリシャの諷刺作家ルキアノスの*Lexiphanes*（『気取った話し方をする者』）からの引用である。ポーは『サザン・リテラリー・メッセンジャー』一八三六年四月号では正しくルキアノスからとしてこの言葉を引用しているので、ここは意図的にまちがえていると思われる。

ギリシャ語の出典も正しくはメナンドロスだが、ポーはフランシス・ベーコンの誤りを踏襲したらしい。一世紀の叙事詩人シリウス・イタリクスからの引用として掲げられたラテン語は「ジュピターの夢」という意味ではなく「ジュピターの不眠」であり、出典はイタリクスでなく、三世紀のギリシャの修辞学者ロンギノスの『崇高について』第九部。これについて、ポーは「ピナキディア」一〇八で正しくロンギノスとして引用しているので、ここはわざとまちがえているのだろう。

誤引用はポーの十八番《おはこ》でもある。本作でも、引用がまちがっていても訂正する必要はなく、それらしい脚注をつけておけばいいとある。

なお、「苦境」にある「鼠の臭いを嗅《か》ぎつける」という表現は、サミュエル・バトラーの諷刺詩『ヒューディブラス』で用いられて以来、「何か怪しいと勘づく」という英語の慣用句となっている。ゼノビアは勘づけず、頭を失うのである。

本作でも黒人に対する差別が描かれているが、「悪魔に首を賭けるな」の解説にも書いたように、時代や地域の差があることを考慮されたい。全般にできるだけ現代の読者が不快に感じないように配慮して訳したが、ポンピーが怒ってしまう表現などは原文のママとさせていただいたことをお断りしておきたい。

「マージナリア」（エッセイ）　"Marginalia"（1844-49）

初出は『ユナイテッド・ステイツ・マガジン・アンド・デモクラティック・レビュー』誌一八四四年十一月号。ここに最初の四十三項目が掲載され、同誌の翌十二月号に追加の七十三項目を掲載。つづいて『ゴディズ・レイディズ・ブック』一八四五年八月号と九月号に追加の三十というように、あちこちの雑誌に掲載をつづけ、一八四九年九月までに合計二百九十一項目を書き上げた。バートン・R・ポーリン教授は補遺二十五も加えて全三百十六項目を数えている。そこから厳選し、さらにジョン・H・イングラム編『ポー全集』第三巻（一八七五）にマージナリア補遺として収められた「シェイクスピア批評」と「作品の転載」（『ブロードウェイ・ジャーナル』一八四五年八月十六日号と三十日号初出）を加えて全四十項目を訳出した。

ポーリン教授は「マージナリア」という語はポーが発明した語だと記しているが、『オックスフォード英語辞典』によれば、初出は『ブラックウッド』誌一八一九年十一月号で「G・J」と署名した人物が用いたものである。一八三〇年にコールリッジも用いており、ポーの用例はその次となっている。いずれにしてもポーの時代の言葉であることにはまちがいない。

さまざまにポーの思考が滲《にじ》み出ており興味深い。「小説家の心得」や「短編」で言及される「本を後ろから書き始める」という発想は、「構成の原理」で詳述される方法だ。ちなみに、中国人は上から下へ家を建てるという点について、日本語の「屋根」の

「根」が上にあることを指すのではないかという説もある。中国人が本を最後から書くというのは、縦書きの本では、洋書とは逆向きにページを繰ることになるからだろうか。

「批評」で言及されているジェイムズ・パックルの道徳対話集『ザ・クラブ——緑の頭に灰色帽子』(James Puckle, *The Club; or A Gray Cap for a Green Head*, 1711) は、ポーのお気に入りの本だったようで、ポーはいろいろなところでこの本を利用している。この本には番号付きで格言めいた言葉が列挙されているのだが、たとえば七八三番に「死者を語る際には、その美徳が外に現れ、悪徳は無言で包み込むように話に織り込むべし」とあるのは、「悪魔に首を賭《か》けるな」や「五十の提案」で用いられている。八七〇番に「何もまちがったことをしないことが、敵に復讐《ふくしゅう》する最善の方法である」とあるのは、そのままマージナリアの「復讐」に活《い》かされている。二一五番にある“O tempora! O mores!”(何たる時代、何とひどい風習か)は、キケロのカティリナ弾劾演説の冒頭の言葉としてポーにとってお馴染《なじ》みの言葉であり、その題で諷刺詩も書いているが、「Xだらけの社説」でも用いられている。

なお、「シェイクスピア批評」は、『ブロードウェイ・ジャーナル』一八四五年八月十六日号に記載されたポーの書評——ウィリアム・ハズリット著『シェイクスピアの登場人物』(一八一七)を再収録したワイリー&パトナム編『ライブラリー・オブ・チョイス・リーディング』(一八四五)の書評——よりの抜粋である。ここでポーが書いていることは、のちにシェイクスピア性格批評の大家A・C・ブラッドリーが『シェイクスピアの悲劇』（一九〇四）を著して、まるで実在の人物のように劇中人物の性格を分析したことで巻き起こった学界の批判を大きく先取りしている。ポーが常に時代の先を行く人であったことは、この点でも確認できる。

最後に一つ、注目しておきたい一文がある。「シェイクスピア批評」に、「激しい陶酔状態にある人の主たる特徴が、実際感じているより激しい昂奮《こうふん》を装いたくなる抗しがたい衝動にあることはよく知られている」とあるが、この一文は、ポーが少量のアルコールで酔う体質なのに酒癖の悪さで悪名高かった理由を教えてくれるのではないだろうか。

**「オムレット公爵」** "The Duc de L'Omelette"（1832）

初出は、一八三二年三月三日発行のフィラデルフィアの『サタデー・クーリエ』誌上。英語の表現「悪魔をやっつける」（beat the devil）――「ありえない」「完勝する」などの複数の意味がある――を踏まえた滑稽譚《こっけいたん》であると同時に、肉体から魂が離脱する状況を描く「体外離脱」ものでもある。自分の存在が肉体から離れるという点では、「鋸山奇譚」「息の喪失」「メッツェンガーシュタイン」「苦境」と共通する。

キーツの死に関して、シェリーは詩「アドーニス」（一八二一）に於《お》いて、キーツは蛇のごとき批評家の毒によって殺されたが、その「純粋な精神」は肉体から解き放たれて、自然界と一体になったと歌った（ポーが他の作品で扱う輪廻転生と繋《つな》がる）。キーツの詩「ナイチンゲールに寄す」（一八一九）で「不死鳥」と歌われ、シェリーの「ひばりへ」（一八二〇）では「陽気な魂」と歌われた鳥が、本作では魂のメタファーとして描かれる。鳥が羽をむしられたように、肉体を失った公爵は服を脱ぐように命じられるが、「紙のフリルもつけずに」悲惨な目にあった鳥とはちがい、「髪を紙から外」すことに抵抗することで、鳥と公爵の重なりと相違とが見えてくる。鳥が黄金の鳥籠で運ばれたように、公爵は「送り状つき」の棺桶で運ばれる。公爵は、自分が肉体を失った魂（鳥）となったことを自覚すると、「あたりの鳥瞰図《ちょうかんず》を得ようと」する。しかし、ズアオホオジロとはちがい、公爵は最後には料理され（＝やっつけられ）なかったわけである（Cf. David H. Hirsch, "'The Duc De L'Omelette' as Anti-Visionary Tale," *Poe Studies*, 10. 2 (1977): 36–39)。

かてて加えて、当時『アメリカン・マンスリー・マガジン』編集長を務めていたナサニエル・パーカー・ウィリス（「ポーを読み解く人名辞典」参照）を諷刺《ふうし》した作品でもある。イエール大学卒業後直ちに出版者・編集者として成功を収めたウィリスは、自らのコラム「編集者のテーブル」で、自分のすばらしいオフィスに読者を招待するとして、オフィスには二匹の犬、香り付きの羽根ペン、深紅のカーテン、エキゾティックなラウンジ、ディヴァン（ソファーの一種）、ジャポニカ・フラワー（椿？）、ルードシャイマー・ワイン一瓶があると誇る。とりわけ仕事は紫檀《ローズウッド》の机で行い、くつろぐときは豪華なオットマンに脚を伸ばし、オリーブを口に入れ、南アメリカ産の小鳥が部屋の中を飛ぶのを楽しむという。本作で、紫檀、オットマン、オリーブが出てくる所以《ゆえん》である。ウィリスのコラムがフランス語だらけなのを揶揄《やゆ》して、本作にもフランス語が充満する。また、公爵が「バプティスト！」と召し使いを呼ぶのは、ウィリスにアルフォンソという召し使いがいると書かれていたことを踏まえている。

ポーはあまりに羽振りのよすぎるウィリスをからかっただけで、敵意を持っていたわけではなさそうだ。ひょっとすると、『アメリカン・マンスリー・マガジン』一八二九年十一月号でウィリスにポーの詩「妖精《ようせい》の国」を酷評されたのを根にもって、一矢報いてやりたい気持ちはあったかもしれない。しかし、一八三九年六月に上演されたウィリス作の劇『高利貸しトーテサ』をポーは「アメリカ人作家の筆になる最高の劇」と絶賛したし、ポーの成功を決定づけた「大鴉」を掲載したのは一八四五年当時ウィリスが編集していた『イヴニング・ミラー』紙であり、ウィリスは同紙上でこの詩を絶賛した。ポーを一八四四年に『イヴニング・ミラー』紙の編集助手に採用したのはウィリスだったし、翌年二月にポーが勝手にその仕事を辞めたのちも、ウィリスは援助を惜しまなかった。ポーが妻ヴァージニアの病気やトマス・ダン・イングリッシュとの訴訟で苦しんでいたとき、ポーを経済的に支えたし、ポーの死後に至るまでポーの味方だったのである。相手が恩人であろうと依怙《えこ》贔屓《ひいき》をせず批判を加えるポーは、『ゴディイズ・レイディズ・ブック』一八四六年五月号に掲載した「ニューヨーク市の文学者たち」では、歯に衣《きぬ》着せずにウィリスの文才を批判しているが、このときは文壇全体を相手に喧嘩《けんか》を売るという「作戦」だったので、ウィリスに個人的恨みがあったと考えるには至らない。

当時、二十代前半の若さで急速に人気を博していたウィリスの気取りを多くの編集者が揶揄しており——公爵がその部下六人を殺したB氏こと『クーリエ』誌編集者ジョゼフ・T・バッキンガムもその一人——ポーはその潮流に乗りながら、嫉妬《しっと》も交えてウィリスを揶揄し、それでも若き公爵にスマートに悪魔を出し抜かせることで、文才のある優雅なウィリスは最後には勝ちを収めるだろうと予言しているように読める（Cf. Kenneth L. Daughrity, "Poe's 'Quiz on Willis'," *American Literature*, 5.1 (Mar., 1933): 55–62)。

エピグラフは、ロマン派詩人ウィリアム・クーパーのブランク・ヴァースによる長詩『課題』（一七八五）の第一巻「ソファー」より。原詩では、作者クーパーが愛《いと》しい友メアリーとともに自然を散策するうちに、急に太陽が翳《かげ》り、並木が切り倒された場所に足を踏み入れる。ポーはこの詩の一行を、オムレット公爵が地獄に足を踏み入れるメタファーとして用いている。そこは意外とすばらしく美しい場所であり、悪魔は愛人を隠して快適に暮らしていることもわかり、最後のオチの台詞《せりふ》が出てくることになる。

ズアオホオジロ料理はフランス料理の中でも最高級の美味とされた。秋の渡りの季節に捕らえ、太らせ、その鳥の脂肪で炒《いた》め、脚に紙のフリルを巻いて、それを指でつかんで胸肉を一口で食べる。のちに英国首相となるベンジャミン・ディズレーリ（アイザック・ディズレーリの息子）が二十七歳のときに発表した小説「若き公爵」（一八三一）の第一巻第十章に次の描写がある——「ああ、可愛い渡り鳥よ、その蔦《つた》の葉のベストを外して、女性の胸よりもおいしい胸を見せておくれ！　何という恍惚《こうこつ》の味覚！　何たる美味！　何と独特！　何て神聖！　天はマナとともに小鳥も送ってくれたのだ。〔中略〕天国の門が開く！　優しい音楽を聴きながら、ズアオホオジロを食べながら死んでしまいたい！」ポーの主人公の気取りは、この公爵の気取りに由来するが、ポーはディズレーリの作品を読まずに、『ウェストミンスター・レビュー』一八三一年十月号に掲載された書評からその内容を把握したらしい。

　公爵の台詞にある「やられたら、やりかえす」は、「アモンティリャードの酒樽《さかだる》」に出てきた主人公の家の標語《モットー》である「ネモ・メ・イムプネ・ラケシト」（侮辱を受けたら黙っていない）と同じ。ウィリスは、私的な会話を公にしたことで『メトロポリタン・マガジン』編集長F・マリヤットに非難され、彼に決闘を申し込み、実際にピストルを撃ち合ったことがある。ポーもまた一八四八年夏に『リッチモンド・エグザミナー』の若い編集者ジョン・ダニエルに決闘を申し込んだことがあるが、酒に酩酊《めいてい》して現れたポーはピストルを手にすることはなかった。

　なお、イタリア・ルネサンスを代表する画家ラファエロは、「システィーナの聖母」「フランソワ一世の聖家族」など一連の聖母のモデルとして「同一の女性」、彼の恋人フォルナリーナ（パン屋の娘）のマルゲリータ・ルーティを描いたと言われている。

**「独り」**（詩）“Alone”（1829）

ポーが二十歳のときに書いた作品。「E・A・ポー」とサインが入った無題の手書き原稿が残っている。初出は死後の『スクリブナーズ・マンスリー』誌一八七五年九月号であり、その際に「独り」という題がつけられた。ポーには珍しい、自己について語った詩作品であり、音韻的にも非常に優れた独特な初期作品である。

弱強四歩格で二行連句が繰り返される二十二行詩。原文は基本的に一行が八つの音で成立しており、偶数目の音に強拍があるのだが、日本語ではそれを表現できないので原文のリズムにできるかぎり近づけて「**子供**の**頃**から、**ちがっ**て**た**」と一行に四回の強拍を置いて読めるように訳した。**ill / still** や **storm / form** というように、二行ずつ行末が韻を踏む（ライムする）二行連句が連続しており、日本語でも「つまり／誤り」「奇《く》しくも／黒雲」などと押韻した。本書ではこのように原文の押韻はすべて訳出してある。

最終行の「守護霊《ディーモン》」の原語は **demon** であり、これはマボット教授が「強力ではあるが、必ずしも邪悪なものではない」と注記しているように、「悪鬼」の意味ではなく、「ある人物の精神性、その人の創造的なインスピレーションの源、守護霊（daemon）」を指すとして『オックスフォード英語辞典』の七番目の定義に相当する。その定義の注にもあるように、現在では動物の形をとって外的に存在するその人の魂ないし精神との連想が強い。「メッツェンガーシュタイン」の作品解題も参照のこと。

# ポーを読み解く人名辞典

河合祥一郎

ポーの時代、アメリカ文学は萌芽《ほうが》期にあり、ポーは新たなアメリカ文学を打ち立てようと努力していた。そのためには、商品として売れる単なる読み物ではなく、文学として「効果の統一性」を有した優れた作品を生み出す必要があると考えたポーは、過激な文学批評を積極的に繰りひろげた。それというのも、当時、「パフ」(puffing)という悪弊があったためだ。「パフ」という語は「プッと吹く、ふくらます」が原意であるが、そこから「過剰に吹聴する、誇大に喧伝《けんでん》する」という意味で用いられた。影響力のある新聞雑誌編集者たちが、文学作品の芸術的価値を正しく評価せずに、ただ商品として売れればよいとばかりに玉石同架で宣伝活動を行い、文壇を牛耳っていたのだ。作品の中身も確認せずに不当に褒めて吹聴喧伝する行為――それがパフだった。たとえば、ポーが嫌った雑誌『ニッカーボッカー』の主筆クラークは、彼が「吹聴《パフ》」した本はよく売れ、けなせばその本はおしまいになるという強力な影響力を持っていたが、クラークは読まずに吹聴する本もあることを認めていた。しかもクラークは、その影響力を最大限に生かすために業界内の派閥も形成していた。たとえば、ロングフェローの旅行記『海を越えて』（*Outre-Mer*）はすでに一八三〇年代にその一部を小冊子の形で公刊しており、イギリスの出版社から出版を拒否されていたにも拘《かか》わらず、アメリカのハーパー社は一八三五年にこれを二巻本で出版したのみならず、前金で著者に印税も払うという異例な措置をとった。確実に売れる保証がなければこんなことをするはずがなかった。実は、裏でクラークが手をまわしていたのである。ポー研究で知られたモス教授の言葉を借りれば、「一八三五年にハーパー社が『海を越えて』を出版するとなると、クラークとその仲間――その多くは編集者仲間――が、一斉に書評の太鼓を打ち鳴らしたのである」(Sidney P. Moss, *Poe's Literary Battles*, Durham: Duke University Press, 1963, p. 27)。クラークは、五月九日付のロングフェロー宛ての手紙にこう記している。「本は飛ぶように売れます。大丈夫。宣伝記事を載せた『ニッカーボッカー』を送ります。それと『アメリカン・マンスリー』と……『クーリエ』、『アメリカン〔・レビュー〕』、『コマーシャル〔・アドヴァタイザー〕』、『イヴニング・スター』も、きちんとやることをやってくれます。『ペンシルベニア・インクワイア』も『フィラデルフィア・ガゼット』なども。この件に関して、私は確かなこととしか言っていません」こうしてロングフェローの本の販売促進をする代わりに、クラークは彼に『ニッカーボッカー』誌への継続執筆を安い謝礼で五年近くさせたのである。ボストンとニューヨークを中心にこの派閥主義が横行しており、そこに君臨していたのがクラークだった。どんな才能のある新進作家が出てきても、この派閥に認められなければ、売れることはありえなかったし、どんな価値のない作品でも派閥が売ると決めれば売れたのだ。ポーはこれを腐敗と断じて打破しようとしたが、「吹聴《パフ》」の悪弊はあまりにも蔓延《まんえん》しており、グリズウォルドも一八四二年七月十日にティックノー出版社に「貴社の本を、その品質に関わりなく吹聴します」と平然と書き送っていた。グリズウォルドもクラークも同じ穴の狢《むじな》だったのである。

　ポーは猛然と文壇に攻撃を仕掛けた。そのような批判を行ったのはポー一人だけではなかった。フリーランスのニューヨークの批評家グールドも、ポーと非常によく似た批判活動を行った。ポーの戦いの詳細については次の「ポーの文学闘争」にまとめたが、人物がかなり錯綜《さくそう》するので、本書所収の作品内で言及された主要な人物と併せて、人物に関する注記をここにまとめることにした。『ポー・ログ』(Dwight R. Thomas and David K. Jackson, *The Poe Log: A Documentary Life of Edgar Allan Poe 1809–1849*, pp. xv–l) も参照した。

## ア

**アーヴィング**　ワシントン・アーヴィング（一七八三〜一八五九）　マンハッタン生まれ。アメリカ短編小説の父と呼ばれる重要な作家。ポーはその才能を認めており、「アッシャー家の崩壊」と「ウィリアム・ウィルソン」を贈った。代表作に「リップ・ヴァン・ウィンクル」（一八一八年刊行の短編集『スケッチブック』所収）。

**アリオスト**　ルドヴィーコ・アリオスト（一四七四〜一五三三）　物語詩『狂えるオル

ランド』（一五一六）で有名なイタリアの詩人。『ブラックウッド』誌流の作品の書き方」で言及されるが、言及されているのはマッテーオ・マリーア・ボイアルド作『恋するオルランド』のフランチェスコ・ベルニ版からの引用。これはポーが依拠した十七世紀のフランス人神父ブーウールが犯した誤謬《ごびゅう》に因《よ》る。

**イングリッシュ**　トマス・ダン・イングリッシュ（一八一九～一九〇二）　ポーが名誉《めいよ》毀損《きそん》で訴えた宿敵。一八四〇年代では有名な文人だった。特に一八四三年に『ニューヨーク・ミラー』紙に掲載したバラッド詩はネルソン・アネスにより作曲され、「ああ、素敵なアリスを覚えてないのか、ベン・ボルト」という出だしを知らない人はいないくらい十九世紀では広く歌われていた。ポーとは友人だったが、殴り合いの喧嘩《けんか》をし（『ポー傑作選2』「ポーの死の謎に迫る」参照）、その後激しく対立し、裁判で争った（「ポーの文学闘争」参照）。

**ウィリス**　ナサニエル・パーカー・ウィリス（一八〇六～六七）「オムレット公爵」で揶揄された人物。イエール大学卒業後『ニューヨーク・ミラー』の海外特派員となり、執筆を開始。一八三九年の戯曲『高利貸しトーテサ』をポーが絶賛した。ディケンズとも親交を結び、人気作家としての地位を確立。一八四四年にジョージ・P・モリスとともに、週刊だった『ニューヨーク・ミラー』を日刊『イヴニング・ミラー』に改編した。一八四四年十月から翌年二月までポーをこの新聞の編集助手として雇った。一八四五年一月二十九日には、この新聞にポーの「大鴉」を掲載し、称賛。ポーが妻ヴァージニアの病気で困窮していたときやイングリッシュとの裁判沙汰《さいばんざた》の際にもポーを経済的に援助するなどポーの味方だった反面、ポーが批判したロングフェローの著作を多数出版。ポーは「ニューヨーク市の文学者たち、その一」（一八四六）で、「名声という点では確かに成功を収めたが、その三分の一は精神的能力、三分の二は人柄のおかげである……フランス語はある程度流暢《りゅうちょう》に話す」などと書いている。一八四九年十月九日のグリズウォルドの悪意に満ちた死亡記事を訂正するために、同月二十日の『ホーム・ジャーナル』にポーに同情的な追悼文を掲載した。

**ウィルソン**☞　ジョン・ウィルソン（一七八五～一八五四）　ポーにとって最も唾棄《だき》すべき批評家。『ブラックウッド』誌にクリストファー・ノースの筆名で寄稿したスコットランド人批評家・作家、エジンバラ大学倫理学教授。ウィルソンの詩「囚人」（一八一六）で、強盗犯とまちがえられて死刑になるところを真犯人が捕まって助かったという筋が「息の喪失」で利用されており、息満氏のモデルと考えられる。マージナリア「アメリカ文学の国民性」及びホッグの項参照。

**ウォルター**☞　コーネリア・ウェルズ・ウォルター（一八一五～九八）　アメリカで女性初の主要新聞の編集長。兄が一八三〇年に創刊した『ボストン・イヴニング・トランスクリプト』紙に演劇評論を書いていたが、一八四二年に兄が死ぬと、一八四七年まで同紙の編集長となった。ポーのロングフェロー批判、ボストン批判に激しく反対し、ボストン文化会館《ライシーアム》事件〔「ポーの文学闘争」参照〕をきっかけにほぼ毎号ポーを容赦なく攻撃しつづけたため、ポーも『ブロードウェイ・ジャーナル』一八四五年十一月二十二日号に長い反論を掲載した。

**エマソン**☞　ラルフ・ウォルドー・エマソン（一八〇三～八二）ボストン生まれの思想家・作家・詩人。ワーズワースやカーライルの友人で、ホイットマンやソローらに影響を与えた。一八三六年の評論「自然」で超絶主義を打ち出し、超絶主義詩人マーガレット・フラーとともに『ダイヤル』誌の編集に当たった。神は万物とつながっており、真理は自然から直接かつ直観的に体得できると考えた。ポーが敵と定めた一人。コンコルドの賢人と呼ばれた。ポーのことを「ジングル・マン」（ベルのように調子よく韻を響かせた詩を書いた男）と揶揄した。

**エリザベス**☞　エリザベス・レベッカ・ヘリング（一八一六～八九）ポーが詩「エリザベス」を送った従妹《いとこ》。ポーの父親ディヴィッドの妹エリザベス・ポー（一七九二～一八二二頃）とヘンリー・ヘリングの娘としてボルティモアで生まれ、一八一六年一月二十三日洗礼を受けた。十八歳でヴァージニア州ウッドヴィル在住のアンドルー・タットと結婚するが、夫と死別し、一八四〇年代にボルティモアの男子校の校長エドマンド・M・スミスと再婚した。ポーは一八四二年七月七日にも、近況を知らせる手紙を彼女に書き送って親愛の情を示している。

**エレット**☞　エリザベス・F・エレット（一八一八～七七）ポーの怨念《おんねん》の宿敵。サウスカロライナ大学教授と結婚したが、ニューヨークに住んで詩人として活躍した。ポーにオズグッドから受け取った恋文めいた手紙を本人に返すべきだと主張し、ポーがエレットは自分の手紙のことを心配したほうがいいと言い返したことから、彼女の兄が彼女の手紙の返却を要求。イングリッシュとの殴り合いの喧嘩に発展した（『ポー傑作選2』「ポーの死の謎に迫る」参照）。ポーの病弱の妻ヴァージニアは、ポーの浮気を示唆する匿名の手紙を受けつづけ、ポーに拠れば、死の床で「私はエレット夫人に殺されたようなものだ」と言ったという。

**オズグッド**☞　フランシス・サージェント・オズグッド（一八一一～五〇）　詩「ヴァレンタインに捧《ささ》ぐ」にその名が秘められたボストン生まれの詩人。「ファニー」とも呼ばれた。既婚だったが、ポーとロマンティックな詩を交わし、噂となった。ポーは一八四五年二月のニューヨーク市での講演で彼女の詩を絶賛し、自分が編集する雑誌『ブロードウェイ・ジャーナル』にその詩を多数掲載し、『ニューヨーク市の文学者たち』でも彼女を褒めた。オズグッドから詩集を献呈してもらっていたグリズウォルドは、彼女の好意を求めてポーと対立した。

## カ

**カーライル**☞　トマス・カーライル（一七九五～一八八一）　スコットランド人作家。エマソンの超絶主義思想に影響を与えた。その文体は「悪魔に首を賭《か》けるな」や「マージナリア」で揶揄されている。ポーは超絶主義詩人のチャニングをこきおろす際に、「カーライルのウィルスでももらったらしく……奇妙なものすべてに崇高さがあり、意味のないものすべてに深遠さがあるというカーライル病に罹《かか》っている」と断じた。代表作に『英雄崇拝論』『衣装哲学』。

**カント**☞　イマヌエル・カント（一七二四～一八〇四）超越論哲学を展開したプロイセンの哲学者。『純粋理性批判』の中で、物自体は前提されなければならないが、完全に認識できないとして、主観的認識の重要性を説いた。時空は我々の外に存在するのではなく、主観によって超絶主義的に形成されたものと考える。「『ブラックウッド』誌流の作品の書き方」と「悪魔に首を賭けるな」で揶揄されている。ポーは、カントと同様の超越論哲学者であるフィヒテやシェリングに「息の喪失」の削除部分や「モレラ」で言及している。

**クーパー（1）**☞　ジェイムズ・フェニモア・クーパー（一七八九～一八五一）一八二三年ニューヨークを拠点とする知的集団「パンとチーズクラブ」を組織。一八二〇年代にベストセラー作家となった。代表作に『モヒカン族の最後』。ポーは『サザン・リテラリー・メッセンジャー』と幻の新雑誌への執筆依頼を一八三六年と一八四一年にクーパーに書き送っている。

**クーパー（2）**☞　ウィリアム・クーパー（一七三一～一八〇〇）イギリスのロマン派詩

人。ポーはそれなりに評価している。その長詩『課題』（一七八五）の第一巻「ソファー」の一節が「オムレット公爵」のエピグラフに用いられている。

**クラーク（1）**☞ ルイス・ゲイロード・クラーク（一八〇八〜七三）　ポーの批評活動に於ける最大の敵。『ニッカーボッカー』誌主筆を務め（一八三四〜六一）、アーヴィング、ブライアント、ウィリス、ロングフェローといった大物作家らの寄稿を得てアメリカ最大の影響力ある文芸誌とした。同誌に作品を掲載されることが名誉であるとされ、クラークの書評如何《いかん》で新刊の運命が決まったが、クラークは個人的につながりのある新刊書をよく称賛し、読まずに吹聴する本もあることを認め、ポーはこれを激しく批判した。ポーは「ニューヨーク市の文学者たち」でも彼をこきおろし、クラークは激怒した。二人の対立の詳細は、モス教授の論考（Sidney P. Moss, "Poe and His Nemesis: Lewis Gaylord Clark," *American Literature*, 28.1 (Mar., 1956): 30–49）に詳しい。なお、双子の兄弟に詩人ウィリス・ゲイロード・クラークがいて、『フィラデルフィア・ガゼット』主筆だったが、一八四一年六月に肺結核で死亡した。

**クラーク（2）**☞ トマス・コトレル・クラーク（一八〇一〜七四）　フィラデルフィアの週刊紙『サタデー・ミュージアム』発行人兼主筆。『サタデー・イヴニング・ポスト』と『サタデー・クーリエ』の編集者。当初、ポーの新雑誌『スタイラス』の資金援助をする予定だったが、経済状況の悪化もあり、態度を変えた。ポーを揶揄するイングリッシュの小説を自誌に掲載した。

**グリズウォルド**☞ ルーファス・ウィルモット・グリズウォルド（一八一五〜五七）ポーを貶《おとし》めた、ポー死後の敵。フィラデルフィアやニューヨークで活躍した編集者、詩人、批評家。一八四二年に『アメリカの詩人と詩歌』を刊行し、文壇に大きな影響力を持った。ポーが一八四二年四月に『グレイアムズ・マガジン』の主筆の席を去ったあとにその後釜《あとがま》となり、ポーより高い給与を得てポーを見下した。詩人フランシス・サージェント・オズグッドの気を引こうとしてポーと対立もした。ポーを誹謗《ひぼう》する死亡記事を書き、ポーの文学的遺産執行者となってポーの最初の全集を一八五〇年に刊行し、ポーを中傷する回想録を載せ、ポー像を歪《ゆが》めた。傲岸不遜《ごうがんふそん》な性格ゆえ評判は悪く、ジョン・サーテンは、グリズウォルドのことを「悪名高きゆすりであり……私自身『サーテンズ・マガジン』を中傷から守るために彼に金を払わなければならなかった」と記している。

**グリーリー**☞ ホレス・グリーリー（一八一一〜七二）『ニューヨーク・トリビューン』紙創刊者。自由共和党創始者。大統領選に出馬し、グラントに大敗した。

**グールド**☞ エドワード・シャーマン・グールド（一八〇八〜八五）『ニッカーボッカー』や『ミラー』に寄稿した文人。ポーと同様に派閥に反対した。ブルワー＝リットンの劇『リシュリュー、あるいは謀略』（一八三九）にある台詞《せりふ》「ペンは剣よりも強し」について、「ブルワーは後代に残る台詞を書いた」と評した。

**グレイアム**☞　ジョージ・レックス・グレイアム（一八一三〜九四）『バートンズ・ジェントルマンズ・マガジン』を買収して一八四〇年十二月に『グレイアムズ・マガジン』を発行した。ポーは一八四一年二月から年収八百ドルの契約で同誌の編集委員となったが、翌年四月にその席をグリズウォルドに譲った。同誌で「モルグ街の殺人」「メエルシュトレエムに呑《の》まれて」「赤き死の仮面」「楕円形の肖像画」「征服者蛆虫」「告げ口心臓」「天邪鬼」「構成の原理」やポーの書評や記事が発表された。グリズウォルドの書いたポーの死亡記事に抗議した一人。

**ゴデイ**☞　ルイス・A・ゴデイ（一八〇四〜七八）　女性向けのファッション図版を掲載して販売部数を誇った雑誌『ゴデイズ・レイディズ・ブック』（一八三〇〜七七）発行人。ポーは「鋸山奇譚」「長方形の箱」「おまえが犯人だ」「アモンティリャードの酒樽」「ニューヨーク市の文学者たち」をこの雑誌で発表した。

**ゴドウィン**☞　ウィリアム・ゴドウィン（一七五六〜一八三六）　イギリスのゴシック小説家・政治思想家。特にそのゴシック小説『ケイレブ・ウィリアムズ』はポーに大きな影響を与えた。代表作に『政治的正義』。『フランケンシュタイン』の作者メアリ・シェリーの父。

**コールリッジ**☞　サミュエル・テイラー・コールリッジ（一七七二〜一八三四）　イギリスのロマン派詩人。ポーは超絶論者と一緒にして揶揄《やゆ》している。代表作に『老水夫行』、『クーブラ・カーン』、『クリスタベル姫』。

# サ

**サーテン**☞ ジョン・サーテン（一八〇八〜九七） フィラデルフィア在住の版画家であり、『サーテンズ・ユニオン・マガジン』主筆。同誌にポーの「鐘の音」「アナベル・リー」「ヴァレンタインに捧ぐ」を発表。ポーの謎の死の直前にポーを匿《かくま》った人物（『ポー傑作選2』「ポーの詩の謎に迫る」参照）。

**シムズ**☞ ウィリアム・ギルモア・シムズ（一八〇六〜七〇） ポーがアメリカ一の作家と称賛した南部出身の詩人・作家。ポーが絶賛したのはシムズの探偵小説「グレイリング、あるいは殺しはばれる」（一八四五年刊行の『ウィグワムと小屋』所収）。シムズもまた、ポーを想像力豊かな作家として尊敬し、一八四五年八月か九月にニューヨークで出会ったのち、ポーのボストン文化会館事件を擁護する文章を発表した。アメリカ独立戦争期のサウスカロライナを舞台にした小説八編を書いており、その第一作『パルチザン』（一八三五）が特に人気を博した。

**ストーン大佐**☞ ウィリアム・リート・ストーン（一七九二〜一八四四） ニューヨークの『コマーシャル・アドヴァタイザー』の編集者として影響力を持ち、クラークと結託してポーと対立した。

**スノッドグラス**☞ ジョゼフ・エヴァンズ・スノッドグラス（一八一三〜八〇） 医者・

編集者・禁酒運動活動家。彼の『アメリカン・ミュージアム』にポーは「リジーア」を寄せた。ポーが頻繁に文通した友人であり、ボルティモアで倒れたときも彼の援助を求めた（『ポー傑作選2』「ポーの詩の謎に迫る」参照）。

## タ

**タッカーマン**☞　ヘンリー・セオドア・タッカーマン（一八一三〜七一）ボストンの詩人・作家・編集者。ポーは『グレイアムズ・マガジン』一八四一年十二月号で「耐えがたいほどつまらない退屈な作家」と、こきおろしている。この悪口はタッカーマン本人の耳に入っており、ポーが「告げ口心臓」を一八四二年末に掲載してもらおうと『ボストン・ミセラニー』誌へ送ったところ、編集長はポーが思っていたネイサン・ヘイル・ジュニアではなく、タッカーマンに代わっており、不採用の通知を受けてしまった。「告げ口心臓」が翌年一月『パイオニア』誌に掲載されたのには、そのような事情がある。

**ダニエル**☞　ジョン・モンキュア・ダニエル（一八二五〜六五）外交官。『リッチモンド・エグザミナー』主筆。一八四八年八月頃ポーに決闘を申し込まれたが、ポーが酩酊して現れ、事なきに至った。その後、ポーを正当に評価した。

**ダーリー**☞　フェリックス・O・C・ダーリー（一八二二〜八八）ディケンズ、クーパー、アーヴィングなど当時の代表的文学作品に挿絵を描いた画家。ポーの月刊誌『スタイラス』誌に新たな挿絵を描く予定だった。

**チャニング**☞ ウィリアム・エラリー・チャニング（一八一八〜一九〇一） 超絶主義詩人。超絶主義者ソローの親友。エマソンの友人。「『ブラックウッド』誌流の作品の書き方」で揶揄されている。「ポーの文学闘争」 蛙が池戦争の項参照。

**テニソン**☞ アルフレッド・テニソン（一八〇九〜九二） ポーが愛読し、影響を受けたイギリスの詩人。代表作に『イン・メモリアム』（一八四九）、『イーノック・アーデン』（一八六四）。一八五〇年に桂冠詩人。初代テニソン男爵。

**ディケンズ**☞ チャールズ・ディケンズ（一八一二〜七〇） ポーが敬愛したイギリスの作家。一八四二年にフィラデルフィアで会い、ポーの作品をロンドンで出版する手伝いをしようと言ったが、叶《かな》わなかった。ポーは「マージナリア」で『骨《こっ》董屋《とうや》』を絶賛、まだ連載中の『バーナビー・ラッジ』の謎解きを書評で行った。

**ディズレーリ**☞ アイザック・ディズレーリ（一七六六〜一八四八） イギリスの作家。その『文学珍品録』全三巻（一八二四） はポーの愛読書。息子のベンジャミン・ディズレーリは英国首相。

**デュソル**☞ ジョン・スティーブンソン・デュソル（一八一〇〜七六） ポーの味方。フィラデルフィアの『スピリット・オブ・ザ・タイムズ』紙編集者。のちにニューヨークに移住して他紙の編集者となった。

## ナ

**ニール** ジョン・ニール（一七九三〜一八七六）　アメリカで最初に口語体を用いた作家、ポーの才能を最初に評価した批評家。イギリスの有名文芸誌に初めて寄稿したアメリカ人作家でもあり、ポーに高く評価された。『ヤンキー』誌の創刊者・主筆。代表作にアメリカ独立選挙をヤンキー方言を用いて描いた『七十六年』（一八二三）、セーラムの魔女裁判を本として最初に描いた『レイチェル・ダイアー』（一八二八）。ホーソーン、ロングフェロー、ホイットマンらに影響を与えた。口語の勢いを重視して、会話を示す引用符の不使用、ダッシュの多用など、独特の文体を用いた。その詩はグリズウォルド編『アメリカの詩人と詩歌』に収められた。『ポー傑作選2』所収「詐欺《デイドリング》」の作品解説参照。グリズウォルドのポーの死亡記事に抗議した一人。

**ノヴァーリス** ドイツ・ロマン主義の詩人・小説家・鉱山技師（一七七二〜一八〇一）。ポーは、『グレイアムズ・マガジン』（一八四一年十二月号）で書評したサラ・T・オースティンの『ドイツ散文作家より断片』という本でノヴァーリスの一節を読み、「鋸山奇譚」で用いている。

## ハ

**バートン**☞ ウィリアム・エヴァンズ・バートン（一八〇二～六〇）。『バートンズ・ジェントルマンズ・マガジン』の発行人。俳優兼劇場支配人、批評家、作家。誘拐された少女の足取りを辿《たど》って犯人を逮捕するロンドン警官の努力を描いた「秘密の部屋」と題する探偵小説を執筆して、同誌一八三七年九月号に掲載。ポーは一八三九年から同誌の編集手伝いをした。バートンのもとで、ポーは「ロングフェロー戦争」を繰りひろげ、クラークはこれを許したバートンを非難した。一八四〇年六月にポーが『ペン』誌企画を発表すると、ポーを解雇した。

**バリー**☞ リトルトン・バリー。ポーの筆名。「息の喪失」作品解題参照。

**ビールフェルト**☞ ヤコブ・フリードリヒ・フォン・ビールフェルト（一七一七～七〇）。啓蒙《けいもう》時代のプロイセンで政治家として活躍し、フランス語で執筆したドイツ人作家。主著『政治制度』。ポーは『一般教養の主たる特徴』の英訳を参照してマージナリアの「詩」や「循環論法」を書いている。

**フェイ**☞ セオドア・セジウィック・フェイ（一八〇七～九八）。当時最も人気のあった文芸週刊新聞『ニューヨーク・ミラー』の共同編集者。ポーは『ミラー』化された（つまり、『ミラー』紙に吹聴《パフ》された）その小説『ノーマン・レズリー』（一八三五）を厳しく攻撃し、フェイの友人ら多くを敵に回した。

**フラー（1）**☞　ハイラム・フラー（一八一四～八〇）　ウィリスが去った一八四五年末より『ミラー』紙編集長。同紙にイングリッシュのポー批判を掲載。自らもポーを攻撃し、ポーに訴えられ、敗訴した。

**フラー（2）**☞　マーガレット・フラー（一八一〇～五〇）　超絶主義者たちの中で唯一ポーを評価した詩人。超絶主義の機関誌『ダイヤル』の初代編集長。「エレット手紙事件」でポーに手紙を返せと迫った女性たちの一人でもある。

**ブライアント**☞　ウィリアム・カレン・ブライアント（一七九四～一八七八）　マサチューセッツ州出身。長年『ニューヨーク・イヴニング・ポスト』編集者を務めたロマン派詩人。代表作に「タナトプシス（死の考察）」（一八一一）。ポーは一八四六年四月、『W・C・ブライアント詩作全集』を書評で褒めた。

**ブラウン**☞　チャールズ・ブロックデン・ブラウン（一七七一～一八一〇）　ポーが高く評価したアメリカの小説家。『ウィーランド』（推理小説的要素あり）、『オーモンド』、『エドガー・ハントリー』（「鋸山奇譚」に影響を与えた）などの幻想ゴシック小説を書いた。ウィリアム・ゴドウィンの影響を受けている。

**ブラウンソン**☞　オレステス・オーガスタス・ブラウンソン（一八〇三～七六）　超絶主義者。一八三八年に『ボストン・クォータリー・レビュー』誌を創刊。その半自伝的小説『チャールズ・エルウッドあるいは改宗した異端者』（一八四〇）についいて、ポーは「自筆に関する章」（『グレイアムズ・マガジン』一八四一年十一月号）でその論理的正確さ、理解力、率直さを褒めているが、神と不死を論ずる以上どうしても論理よりも感性が重要となるとしている。

**ブリッグズ**☞ チャールズ・フレデリック・ブリッグズ（一八〇四～七七）小説『ハリー・フランコの冒険』（一八三九）で有名になり、『ニッカーボッカー』誌に寄稿。一八四四年十二月に『ブロードウェイ・ジャーナル』を創刊し、翌年一月にポーを共同編集者として迎え、やがてポーは三分の一のオーナーとなる。十月に雑誌の権利をすべてポーに売り渡す。ポーは「ニューヨーク市の文学者たち」で、「生まれてこのかた文法的に正しい英語の文を三つつづけて書いたためしがない。恐ろしく無教育である」とこき下ろし、ブリッグズは無記名でポー批判を『ミラー』紙に掲載した。グリズウォルドやローウェルの友人。

**プレスコット**☞ ウィリアム・ヒックリング・プレスコット（一七九六～一八五九）歴史家。代表作にスペインの黄金期を扱った『イザベラとフェルディナンドの歴史』、『メキシコ征服史』、『ペルー征服史』など。

**ベーコン**☞ フランシス・ベーコン（一五六一～一六二六）シェイクスピアと同時代の哲学者・政治家。アリストテレスの演繹《えんえき》法に対し、観察等から知見を整合する帰納法を提唱。主著『ノヴム・オルガヌム』（一六二〇）で、四つのイドラを説いた。『随筆集』（一五九七）、『学問の進歩』（一六〇五）など著書多数。

**ホイットマン**☞ ウォルト・ホイットマン（一八一九～九二）影響力の大きな詩人、ジャーナリスト。ブルックリンの『デイリー・イーグル』主筆（一八四六〜四八）時代にポーの「大鴉」を褒めた。代表作に『草の葉』（一八五五）。

**ホーソーン**☞　ナサニエル・ホーソーン（一八〇四〜六四）　ポーが一目置いていた小説家。ボウディン大学でロングフェローと一緒だった。ポーから新雑誌への執筆依頼を受けた。代表作に『トワイス・トールド・テイルズ』（一八三七）、『緋文字』（一八五〇）、『七破風の屋敷』（一八五一）。

**ホッグ**☞　ジェイムズ・ホッグ（一七七〇〜一八三五）『ブラックウッド』誌で活躍したスコットランドの詩人。ジョン・ウィルソンやジョン・ロックハートらとともに『ブラックウッド』誌に諷刺《ふうし》を執筆して波紋を呼び起こし、同誌を販売部数最大の雑誌に仕立てた張本人である。

**ポープ**☞　アレグザンダー・ポープ（一六八八〜一七四四）　ポーがシェイクスピアとともに崇拝したイギリスの詩人。『愚人列伝』（一七二八〜四二）は、ポーの「ニューヨーク市の文学者たち」の模範。代表作に『批評論』『人間論』。

## マ

**マコーリー**☞　初代マコーリー男爵トマス・バビントン・マコーリー（一八〇〇〜五九）ポーが尊敬したイギリスの詩人・歴史家・政治家。ポーはその評論を詳しく分析し、『古代ローマ詩歌集』を褒めている。「鋸山奇譚」では、G・R・グレイグ著『ウォーレン・ヘイスティングズの人生録』に関するマコーリーの論考を参照したようだ。代表作に『イングランド史』。

**ムーア**☞ トマス・ムーア（一七七九～一八五二）ポーのお気に入りのアイルランド詩人・作家。死の旅に出たときポーが手にしていたのはムーアの『アイルランド旋律』（一八〇八～三四）だった。その諷刺小説『パリのファッジ家』（一八一八）の主人公ファッジ（fudge）には「たわごと」の意味もあり、これが「悪魔に首を賭《か》けるな」で言及されている。

**モンフルーリ**☞ 本名ザカリ・ジャコブ（一六〇〇頃～六七）モリエールと同時代のフランスの俳優。一六六七年十二月、ラシーヌの『アンドロマック』でオレステスを演じている際に血管破裂で死亡した。ポーは、アイザック・ディズレーリの『文学珍品録』に記載された逸話でこの話を読んだらしい。

## ラ

**ラブリー**☞ ローレンス・ラブリー（詳細不明）「ロングフェロー戦争」（「ポーの文学闘争」参照）の「無名氏《アウティス》」と目される人物。一八四三年からニューヨークの『ローヴァー』誌編集部に入り、一八四五年から自分の雑誌『ニューヨーク・イラストレーテッド・マガジン』を創刊した。

**リットン**☞　エドワード・ブルワー＝リットン（一八〇三〜七三）　イギリスの小説家・劇作家・政治家。初代リットン男爵。一八四一年にフィラデルフィアで刊行された『サー・エドワード・リットン・ブルワーの批評と雑文』二巻本を絶賛する書評を、ポーは『グレイアムズ・マガジン』一八四一年十一月号に執筆し、特に世評を気にせずに美を見定める判断力が必要と主張する「真の批評の精神について」に感銘を受けて、「稀《まれ》なる理想的な批評家には、大胆に非難する勇気、嫉妬《しっと》を避ける雅量、隠れた長所を探す好意がなければならない。鑑賞する才能と比較できる学識がなければならない」と記している。

**ルイス**☞　セアラ・アナ・ロビンソン・ルイス（一八二四〜八〇）　ニューヨーク出身の詩人、劇作家。筆名「エステル」ないし「ステラ」。ロビンソンは旧姓。弁護士の夫ルイスから謝礼を受け、ポーは彼女の詩に手を入れてさまざまな雑誌に彼女の作品として出版した。家族ぐるみの付き合いをし、とくに一八四七年にポーが愛妻ヴァージニアを亡くした際にポーに親身にした。グリズウォルド編のポーの二巻本の全集（一八五〇）の編集の手伝いもしている。

**ローウェル**☞　ジェイムズ・ラッセル・ローウェル（一八一九〜九一）　ロマン派詩人、批評家、編集者、外交官。ボストンで『パイオニア』誌を創刊し、創刊号にポーの「告げ口心臓」を掲載し、一八四五年まではポーと仲が良かった。人気を博した『批評家の寓話《ぐうわ》』（一八四八）では、「大鴉を連れたポーがやってきた。バーナビー・ラッジと同様に、五分の三は天才だが、五分の二はまったくのたわごと《ファッジ》だ」と揶揄《やゆ》した。一八五四年ハーバード大学言語学教授。一八五七年に『アトランティック・マンスリー』誌を創刊し、高級文芸誌としての評判を得た。『ノース・アメリカン・レビュー』の編集者でもある。スヴェーデンボリの心霊主義の影響を受け、詩作品も閃《ひらめ》きによって作り、秩序立てて詩作をすることはなかった。ロングフェローやブリッグズの友人。

**ロックハート**☞ ジョン・ギブソン・ロックハート（一七九四〜一八五四）スコットランドの作家・批評家・編集者。一八一八年八月『ブラックウッド』誌にキーツの詩の酷評を執筆し、これがためにキーツは死んだと噂された。

**ロングフェロー**☞ ヘンリー・ワズワース・ロングフェロー（一八〇七〜八二）当時絶大な人気のあった詩人。アメリカ人として初めてロンドンのウェストミンスター寺院の詩人のコーナーに胸像が置かれた人物でもあり、ポーはその才能を評価すると同時に剽窃《ひょうせつ》があると批判した。「ポーの文学闘争」ロングフェロー戦争の項を参照のこと。二十二歳でボウディン大学教授となり、ポーのように金に困ることなく詩作を続けられた。二十九歳でハーバード大学教授に就任。ハーバード大学のあるマサチューセッツ州ケンブリッジで後半生の四十五年間を過ごしたため、「ケンブリッジ詩人」とも呼ばれた。ローウェルの友人。

# ポーの文学闘争

河合祥一郎

ポーほど誤解され、敵の多かった作家は少ない。本書に収めた作品内で展開されるポーの諷刺がどこに向けられ、誰を攻撃しているのか、そもそもポーがどうして文学上の闘争をくりひろげたのかを知ることは、作品理解のために必須《ひっす》であろう。ここに、多岐に亘《わた》るポーの文学闘争の内容をまとめておく。

## グリズウォルドによる中傷

ポーの死後の一八四九年十月九日、グリズウォルドは『ニューヨーク・トリビューン』紙に「ルートヴィヒ」という筆名で次のように始まる死亡記事を掲載した。

エドガー・アラン・ポーが死んだ。一昨日、ボルティモアで死んだのだ。この訃報に驚く人は多いだろうが、悲しむ人はいないだろう。あの詩人は本国じゅう個人的にも名声に於《お》いても有名だった。イギリスにもヨーロッパ大陸の数か国にも読者がいた。しかし、友達はほとんどいなかった。死が惜しまれるのは、極めて優れた、だが常軌を逸した一つの星《スター》を文学界が失ったと思われるからである。

このあと悪口雑言が延々とつづく。「反論しようものなら、ポーはカッとなって怒った。……もって生まれたその自信は傲慢《ごうまん》となり……怒りっぽくて嫉妬深《しっとぶか》くて手がつけられなかったが、最悪なのはその根っこに冷徹で嫌らしい冷笑主義《シニシズム》があったことだ。……名誉を微塵《みじん》も重んじることなく……病的なまでに名声にこだわる野望があったが、人から尊敬されたいとか、愛されたいとかではなく、ただ成功したいというだけだ。人のために輝きたいわけではなく、ただ成功して、自惚《うぬぼ》れた自尊心を傷つけた世の中を見返してやりたいというだけの人だった」という調子である。

死者を鞭打《むちう》つようなこんな憎悪を訃報で吐き出してしまうグリズウォルドという人自身がかなりきつい性格であったことも否めないが、恨みは骨髄に徹していたらしい。彼はポーの文学的遺産管理人という立場で、ポーの死後最初の全集の編集を担当しながら、その全集に「作者の思い出」(“Memoir of the Author”)という文章を載せ、そこでもポーを「薬物依存で酒飲みの卑劣漢」として誹謗《ひぼう》中傷した。証拠を捏造《ねつぞう》してまで、あることないことを書き立てたのである。ポーを直接知る人たちは吃驚《びっくり》した。グリズウォルドの『ポー全集』編纂《へんさん》を手伝ったN・P・ウィリスは、『ホーム・ジャーナル』誌一八五〇年三月三十日号でも、「この告発(そうとしか呼びようがない)は真実ではない。残酷な誤謬《ごびゅう》に満ちている。影を深めて異様な闇とし、影を救い出すべき日の光を排除している。影があったことを否定はしない。気まぐれな性格と波乱に富んだ生涯は、天才にはよくあることであり、この才能ある男の運命だったのだ」と反論した。

『サザン・リテラリー・メッセンジャー』一八五〇年三月号では、ジョン・M・ダニエルが、死者を攻撃する卑怯《ひきょう》なやり方だと批判し、「今日の人々がプレスコットやウィリスといった作家を追いかけ、チャニングやアダムズ家やアーヴィングを誉めそやしていても、我らが末裔《まつえい》は、文学史に於ける我らが時代を振り返って、『これはポーの時代だった』と言うであろう」と予言した。しかし、グリズウォルドの作り出したポー像は、そのほかのポーの敵たちがまき散らした歪《ゆが》んだポー像とともに、世間が求める「四十歳の若さで斃《たお》れた、常軌を逸した天才」というイメージと合致して、そのまま深く世の中に、そしてその後の受容史に浸透してしまったのである。

ポーがグリズウォルドと出会ったのは、一八四一年、ポーが三十二歳、グリズウォルドが二十六歳のときだった。この年の十二月、ポーは『グレイアムズ・マガジン』に掲載した「自筆に関する章」で、グリズウォルドのことを「趣味がよく、判断力に優れた紳士」と記した。グリズウォルドはこのとき、アメリカの現代詩を選《よ》りすぐって『アメリカの詩人と詩歌』と題する詩集を刊行するという、編集者として最初の大きな仕事にとりかかっていた。ポーは自らの詩三編を提供し、同時に他の詩人の数編の名を挙げて収録することを勧めたが、グリズウォルドはこのポーの提案を無視して独自の判断で詩集を編集して一八四二年四月に刊行した。

その直後グリズウォルドは、鋭敏な批評家として名を成していたポーに好意的な書評を書いてもらおうと十ドル渡したらしい。ポーはこれを賄賂《わいろ》と感じながらも受け取り、『ボストン・ミセラニー』誌に好意的な書評を載せたが、収められた何人かの詩人については「あまりに凡庸で注目するに当たらない」と非難した。この本が刊行されたことには諸手《もろて》を挙げて賛意を表するが、取るに足らない詩人を収録した点は同意しかねるし、二、三のケースでは編者の個人的嗜好《しこう》の偏りがあると言わざるをえないと断じたのだ。これはグリズウォルドが求めていた絶賛ではなかった。

さらに、一八四三年から東海岸へ講演旅行に出かけたポーは、グリズウォルドがこの詩集に収めるべき優れた詩を無視して、代わりにくだらない友人らの詩を収録していると公言した。ポーをよく知る編集者G・R・グレイアムは、「ポー氏は、グリズウォルドの痛いところをついて、ぴしゃりとやっつけ、グリズウォルドはその痛みを忘れなかったわけだ」と記している。

ポーの公然たる批判を聞き知ったグリズウォルドは、直接ポーに抗議の手紙を書き、ポーは一八四五年一月十六日に謝罪の手紙を書いたので、とりあえず表面上、二人は仲直りした。『アメリカの散文作家』の編纂にとりかかっていたグリズウォルドは、ポーを外すわけにはいかず、「アッシャー家の崩壊」を収録することにした。これで表向きは和解できたかのように思えたが、実際は微妙な関係がつづいていた。

ポーは一八四四年十月に発表した短編「不条理の天使」で、グリズウォルドがディズレーリ『文学珍品録』に加えた補遺を退屈極まるものとして取り上げたのみならず、『ブロードウェイ・ジャーナル』一八四五年八月十六日号に「悪魔に首を賭けるな」を再録する際に、ダミットの頭をぶん殴る本をマックヘンリーの『ノア以前の話』からグリズウォルドの『アメリカの詩人と詩歌』に変えて、くだらない本の代名詞として扱った。そんなことをしながらも、九月二十八日には、『ブロードウェイ・ジャーナル』の運営維持のためにグリズウォルドから五十ドルを借用しているのである。

グリズウォルド編纂の詩集『アメリカの詩人と詩歌』は、半年のうちに第三版が出るほどの大ヒットとなった。批評家ルイス・ゲイロード・クラークは、この詩集に収録されることは現代アメリカ文学の礎に永遠に刻まれることであると高く評価した（実際、この詩集は一八五〇年には第十版が出て、一八四九年を除いて一八五六年まで毎年新編が出るほどの重要な書となっていく）。これによりグリズウォルドは自らを文壇の支配者と看做《みな》す自負を持ち、ポーを見下すようになる。一方、ポーの目からすれば、グリズウォルドは、文学的才能もないくせに社会的連携から一時的な世評をつかんだ凡庸な文人でしかなかった。北東部の文人たちと手を組んだグリズウォルドは、ポーの嫌悪する連中の一人となっていた。そしてグリズウォルドにとっても、憎悪は募るばかりであり、ポーの死後、誹謗中傷に及んだのである。

一八四七年に、グリズウォルドを諷刺《ふうし》する小冊子が出版された。題名は、そのものずばりの『アメリカの詩人と詩歌』であり、作者は「ラヴァンテ」となっている。ポーの文体とはまったく異なる韻文（英雄詩体）で書かれており、多くのポー研究者たちは、「ラヴァンテ」はポーではないと考えている（Killis Campbell, "The Poe Canon," *PMLA*, 27. 3 (1912): 325-353）。ただし、一八八七年、ジェフリー・クォールズなる人物（本名はオリヴァー・リー）が、書いたのはポーであると論じる序文をつけてこの小冊子を再版した。その論調は次のようなものである。

この「ラヴァンテ」諷刺は、ルーファス・グリズウォルドへの攻撃で始まる。ポーの評判を汚すこの悪名高き男は、『グレイアムズ・ジャーナル』主筆としてポーの後釜《あとがま》に収まった男である。一八四三年〔原文ママ〕にグリズウォルドはアメリカの詩人に関する本を出したが、これは詩人の順位付けを行い、永遠にその順位を定めようという厚顔無恥な試みである。グリズウォルドのペットたち〔お気に入りの詩人たち〕は今となっては名声の点呼表からほとんど脱落してしまったが、彼らが生きていた頃、グリズウォルドがしぶしぶわずかな称賛をしながら呪ってやろうと目《もく》した詩人の一人がエドガー・アラン・ポーだった。「ラヴァンテ」諷刺が書かれた主たる理由は、「この俺が詩人を作っているのだ」というグリズウォルドの思い上がりをこらしめることにあり、神様気取りのグリズウォルドに残酷な嘲笑《ちょうしょう》を浴びせ、その気まぐれに雷を落とそうとするものである。

この序文は状況を正しく把握しているものの、グリズウォルドを攻撃しているから作者がポーだと決めつけるのは短絡的に過ぎる。なにしろ、グリズウォルドの敵はごまんといたのだ。グリズウォルドは傲慢で嘘つきとして知られ、「でっちあげ」の代名詞ともなり、当時「それってグリズウォルド？　それとも事実？」という言い方もされたという。彼の友人が彼のことを「すぐカッとなって執念深い」とも述べているし、ローウェルは彼のことを「馬鹿であるだけでなく、悪党」と呼んでいる。

それでも、ポーがこの諷刺詩を書いたと信じたいクォールズは、こんな謎解きにまで挑戦している。すなわち、ポーはフランシス・サージェント・オズグッドの名を隠した詩「ヴァレンタインに捧《ささ》ぐ」を書いたり、セアラ・アナ・ルイスの名を隠した詩「謎の人物」を書いたりしているのだから、この詩にも「エドガー・アラン・ポー」の名が隠されているのではないかというのだ。そして、この詩の最後の二行を取り出して、こう謎解きをしてみせている。

Should public hate upon my pen react,　世間が私のペンを嫌ってもかまわない
No matter this — I will not aught retract.　それでもいい——私は何も取り消さない

そして、「この二行には、EDGAR ALLAN POE の文字がすべて含まれている」という。ここまでくると、本気なのか冗談なのかわからなくなる。なにしろ、この理屈は、シェイクスピアの喜劇『十二夜』で、執事マルヴォーリオが、拾った恋文が自分宛てのものだと論証する際に使う滑稽《こっけい》な理屈と酷似しているのだから。マルヴォーリオはこう言うのだ。「『M・O・A・I』──この謎はさっきのようには解けないが、ちょっと無理をすれば、私のことだとわかる。なにしろ、どの文字も私の名前にあるからな」

## 新雑誌創刊へ向けての取り組み

詩人・短編作家としての成功を望むポーにとって、広く読者をつかめる雑誌こそが活躍の場だった。ポーは、「時代の趨勢《すうせい》は雑誌に向かっている」と信じて、『サザン・リテラリー・メッセンジャー』(一八三五〜三七)、バートンの『ジェントルマンズ・マガジン』(一八三九〜四〇)、『グレイアムズ・マガジン』(一八四一〜四二)、『イヴニング・ミラー』(一八四四〜四五)、『ブロードウェイ・ジャーナル』(一八四五〜四六)の編集者として雑誌新聞編纂《へんさん》に専念しつづけたが、あちこちの雑誌を転々としてしまったのは、雇われ編集者では自分の思いどおりの雑誌が作れないという不満があったからである。ポーには自分の雑誌を創刊したいという大きな夢があった。

最初にその夢の実現に向けて動き出そうとしたのは、一八四〇年六月初旬、『ペン・

マガジン』を創刊するという企画書を発表したときだった。雑誌名を「ペン」(Penn)とした理由は、『ニッカーボッカー』誌のクラークが跋扈《ばっこ》するニューヨークや、エマソンら超絶主義者たちが活躍するボストンがポーの進出を阻んでいると考えて、それと対抗すべく自らの活躍の拠点をペンシルベニア州と想定したからである。もちろん「筆」のペンの意味も掛けてあるだろう。『ペン』誌創刊の抱負を語ったポーは、優れた文学作品や鋭い批評の掲載、豊富な挿絵、高品位の紙質によってこれまでの雑誌を遙《はる》かに凌駕《りょうが》して、「形式では『ニッカーボッカー』に迫り、紙質では『ノース・アメリカン・レビュー』と肩を並べる」と宣言しており、この二誌を特に目の敵にしていたことがわかる。クラークの双子の兄弟ウィリス・ゲイロード・クラークは逸早《いちはや》くこのニュースをキャッチして、『フィラデルフィア・ガゼット』誌六月四日号に次のように報じた。

「エドガー・A・ポー氏が来年一月一日にこの町で月刊誌『ペン・マガジン』を刊行する。ポー氏は明晰《めいせき》で精力的な作家であり、優劣をはっきりつける恐れを知らぬ批評家である。彼が自らの領域を支配するのは——西洋古典に精通して純然たる良い趣味を持ち、身動きのとれぬ卑しい人間関係に囚《とら》われぬ場所を自分のものとするのは——喜ばしいことだ」

これは正確にポーの状況を把握して書いた文章だと言えるが、「彼が自らの領域を支配するのは喜ばしい」という表現には、場所的にポーの活動領域が限定されるのがよいという意味も籠《こ》められていると解釈できなくもない。いずれにしても、ポーがニューヨークやボストンといった東部を敵視していたことはまちがいない。

このあたりの事情がわかってくると、「Xだらけの社説」に於《お》いて、自分の雑誌をどこで展開するかを大問題とする主人公の心理が見えてこよう。冒頭の「東方」への揶揄《やゆ》は、そのままボストンやニューヨークへの揶揄であり、「蛙は帰れ」とは、超絶主義者どもはボストンに引っ込んでいろという謂《い》いにほかならない。

『ペン』誌創刊のニュースは、いろいろな雑誌で報じられたにも拘《かか》わらず、購読予定者の確保と銀行の融資獲得に失敗したポーは「病気のため発刊を三月一日に延期する」と発表せざるを得なくなった。ちなみに、六月までポーが編集を担当していた『ジェントルマンズ・マガジン』誌の発行人バートンは、ポーに裏切られた気持ちでいた。ポーが独立を発表する以前からバートンは自分の雑誌を売却する予定ではいたのだが、ついに十月、同誌はグレイアムに三千五百ドルで売却された。グレイアムはこれをそれまでの自分の雑誌『キャスケット』と合体させて、新たに『グレイアムズ・マガジン』として一八四〇年十二月から刊行した。

翌年二月、フィラデルフィアじゅうの銀行が経済危機に陥るという大事件が起こり、ポーは新雑誌発刊をさらに延期せざるを得なくなってしまう。そして、四月からの『グレイアムズ・マガジン』誌の主筆の席をオファーされ、これを受けた。いわば古巣に戻ったわけだが、『キャスケット』の販売部数と合体したこの新雑誌は、ポーの編集力のおかげもあって、有力誌『ニッカーボッカー』の主たるライバルにまでのぼりつめることになる。クラークに一矢を報いたわけだが、これがクラークの敵意を掻《か》き立てることにもなる。

しかし、ポーは『グレイアムズ・マガジン』も一年で辞めて、グリズウォルドに主筆の席を譲ってしまう。やはり、雇われ編集長では自分のやりたいように雑誌が作れないし、給料も割に合わないという不満があったからだった。

一八四三年一月、ポーは新たな雑誌『スタイラス』（Stylus）の刊行を構想し、同年二月二十五日には『スタイラス』の一面広告も出すが、これもまた結局夢のまま終わることになる。最後の死の講演旅行に出かけたのも、資金集めと購読予約者獲得のためであり、ポーは夢を抱えたまま死ぬのである。

徒党を組まず、忖度《そんたく》をしないポーにとって、互いに繫《つな》がり合って強い影響力を持つ文壇の派閥こそ敵だった。クラークの『ニッカーボッカー』は最大の敵だったので、ポーは一八四三年三月、『グレイアムズ・マガジン』に「われらが素人詩人たち、その一――フラッカス」という記事を書いて、『ニッカーボッカー』の継続的寄稿者トマス・ウォードをこき下ろした。これを読んでクラークやグリズウォルドら派閥連中がムッとしなかったとは考えられない。

さて「フラッカス」〔ローマ帝国時代の詩人〕の愛称で理解されている詩人は、クィントゥス・ホラティウスの古い友人でも彼の幽霊でもなく、かつてニューヨークの『アメリカン〔・レビュー〕』とニューヨークの『ニッカーボッカー』に寄稿していたゴッサム・シティのウォードとかいう人だ。グリズウォルドはその『アメリカの詩人と詩歌』で、彼のことを優雅な有閑の紳士としている。〔中略〕もちろんウォード氏は詩人として長所がないわけではない。もしないなら、皆さんはこんなものを読まずにすんだ。だが、彼の長所はすべて、派閥によって盛られたものだ。派閥は、キャンペーンと「優雅な有閑」が関わると、何でもかんでも一括《くく》りにしてしまう癖があるのだ。

このあと長々とウォード氏の詩の分析があってから、最後に「誰がウォード氏を詩人と呼ぶのだろう? 彼は二流、三流、いや九十九流のへぼ詩人だ」と断定し、グリズウォルドの形容である「優雅な有閑」を揶揄して終わっている。

ポーの敵には、ほかにクラークと共同戦線を張るストーン大佐の『ニューヨーク・コマーシャル・アドヴァタイザー』、ローウェルの『ノース・アメリカン・レビュー』、エマソンとマーガレット・フラーらが一八四〇年に創刊した超絶主義の機関誌『ダイヤル』などがあったが、そのほか当時最も売れていたニューヨークの文芸紙『ミラー』も、ポーにとっては倒すべき巨大な敵に見えていたようだ。

## 『ミラー』紙との確執

ポーは、「煙に巻く」（一八三七）で鏡《ミラー》を粉砕して『ミラー』紙を攻撃したが、それにはこんな経緯があった。一八三五年七月十一日、『ミラー』紙は、同紙の共同編集者のフェイが書いた二巻本の小説『ノーマン・レズリー』を吹聴《パフ》した。出版前から大いに宣伝され、十一月にはポーの宿敵クラークが『ニッカーボッカー』で吹聴《パフ》した。ポーは徹底的にこの本を読み、『ブラックウッド』の敏腕執筆者ジョン・ウィルソンの流儀を真似て、『ノーマン・レズリー』の書評を次のように『サザン・リテラリー・メッセンジャー』十二月号に書いた。

さあ、ついに出た！　これが例の本だ――抜群のあの本――吹聴《パフ》され、こてこてに塗り上げられ、『ミラー』化された本。何某氏の「作とされ」、某氏の「筆になる」とされ、「もうすぐ発売」――「印刷中」――「近々発売」――「まもなく」――「近刊」とされ、「待ちきれない」――出る前から「才能あり」とされ――一体何が出てくるかわからない。吹聴《パフ》され、吹聴《パフ》して、吹聴《パフ》できるすべてにかけて、ちょいと中身を覗《のぞ》いてみよう！

読者諸賢よ、『ノーマン・レズリー』――現代の物語』は、つまるところ、ほかならぬセオドア・S・フェイによって書かれており、セオドア・S・フェイは、ほかならぬ「『ニューヨーク・ミラー』の編集者の一人」なのです。

このあとポーは、小説の筋を詳細に語り、「アメリカの善良な人々の常識をあからさまに不当に侮辱する、まったく計り知れないたわごと」だと切り捨て、フェイの文体は小学生の作文にも及ばず、文法が誤りだらけだと糾弾した。『ピーターズバーグ・コンスタレーション』や『リンチバーグ・ヴァージニアン』などの南方の雑誌は、ポーの批評が当を得ていると評価したが、ニューヨーク系の雑誌は「ポーは個人攻撃をしている」などとして守りに入った。

ポーの書評にも拘《かか》わらず、あるいはその お蔭《かげ》で、『ノーマン・レズリー』は増刷となり、芝居にもなって、ニューヨークで公演が一か月もつづいた。『ノーマン・レズリー』を出版したハーパー社はポーの作品を出版するのを拒絶し、『ミラー』紙は、「どこぞの『南方《サザン》の』月刊誌が誹謗《ひぼう》の喧《かまびす》しさで悪名を得ようとしている」と反撃した。クラークやストーン大佐といったニューヨーク系雑誌編集者からの攻撃に対して闘志を燃やしたポーも、南部の仲間として連帯を組んでいたはずの『サザン・リテラリー・ジャーナル』から「立派な方々への個人的な悪意を表明する卑怯《ひきよう》な批評家」と非難されると、意気阻喪したかもしれない。一般的に南部の雑誌はポーの批評は正しいと認めながらも、ポーの論調の厳しさに行きすぎを感じたらしかった。この件は、ポーが『サザン・リテラリー・メッセンジャー』を辞めるという通知が一八三七年一月号に掲載されて、突然終止符が打たれた。

一八四五年に、ポーはこの件について最後の発言をしている。ポーが南部出身の作家ウィリアム・ギルモア・シムズの本『ウィグワムと小屋』の書評（『ブロードウェイ・ジャーナル』一八四五年十月四日号）で、シムズを「アメリカ一の小説家」と持ち上げたのに対して、『ミラー』紙に匿名でこんな記事が出たのに反応したのである——ポー氏は「人や本に対して、まったく独自の奇妙な判断基準を持っているようだ。成功こそが才能を測る当たり前の基準である。シムズ氏の全集を編んだとしても、アメリカであれイギリスであれ、フェイの『ノーマン・レズリー』やアーヴィングの『スケッチブック』一冊ほどの値段もつけられないだろう」——これに対して、ポーはこう反論した。『ノーマン・レズリー』の作者を『スケッチブック』の作者と並べるのは、鼠をマストドン（象のような巨大古生物）と並べるようなものだ。どちらが、この世で書かれた最も馬鹿馬鹿しい本かと言えば、たちどころに『ノーマン・レズリー』だと答えよう」（『ブロードウェイ・ジャーナル』一八四五年十一月号）。この評価の正しさは歴史が証明していると言えよう。

なお、ウィリスが編集者となった一八四三年から一八四六年までは『ミラー』紙は、むしろポーの味方となった。ウィリスは一八四五年、ポーの批評や「大鴉」を掲載してポーを有名にしたが、一八四五年末にウィリスは去り、新編集長ハイラム・フラーのもとでイングリッシュのポー批判が同紙に掲載されることになる（文人戦争の項参照）。

## ロングフェロー戦争

ポーは、当代一の評判を博していた詩人ロングフェローの才能を半ば認めつつ、詳細な分析を行い、激烈な言葉で批判していった。それは「ロングフェロー戦争」が勃発《ぼっぱつ》する六年前、ロングフェローの初期作品『ヒュペリオン』(一八三九)の酷評から始まった。作品には「効果の統一性」が必要であると、「構成の原理」や「マージナリア」でも主張するポーは、一八三九年十月『バートンズ・ジェントルマンズ・マガジン』誌上、『ヒュペリオン』を「計画性がなく、形がなく、始まりも中も終わりもない……彼の本は一体どんな目的を達成したのか?──いかなる明確な印象をこの本は残すか?」と非難した。ポーの攻撃に先行して『ボストン・クォータリー・レビュー』や『マーカンタイル・ジャーナル』などのボストンの新聞雑誌が『ヒュペリオン』のとりとめのなさを批判しており、ロングフェローは、「ボストンの新聞がひどく野蛮で、私を罵倒《ばとう》していてショッキングだ」と友人への手紙(十月一日付)でこぼしている。

三か月後、ロングフェローは『夜の声たち』と題する詩集を刊行した。「夜への賛歌」を含むいくつかの詩はすでに『ニッカーボッカー』で発表済みのものの再録だった。ポーはこの本を『バートンズ・ジェントルマンズ・マガジン』一八四〇年一月二十九日号で書評してこう記した──以前に「夜への賛歌」を雑誌で読んだとき、「ついに我らの中に高い才能を有した詩人が現れた」と確信し、「我らの時代の最高の詩人であるだけでなく、あらゆる時代に於ける最も気高い詩人」とまで言えると思ったのだが、『夜の声たち』全体を読んで意見が変わった、と。

そして、ロングフェローの詩「死にゆく年の真夜中のミサ」（"Midnight Mass for the Dying Year"）は、テニソンの詩「古き年の死」（"Death of the Old Year"）の剽窃《ひょうせつ》だと攻撃したのである。しかも、「あまりにも明白でまちがえようがない。文学上の盗みの中でも最も野蛮な部類だ。被害を受けた作者の言葉をそのまま用いておらず、作者の最も形にならない、それゆえに守りようのない、取り返すことのできない財産が盗難に遭ったのだ」と断じた。古き年を死にゆく老人とイメージしたことと、その描き方がそっくりだというのである。

剽窃の嫌疑を受けたロングフェローはかなり吃驚《びっくり》したらしく、「テニソンがそのテーマで詩を書いていることすら知らなかった」と友人に書き送っているが、ロングフェローは問題の詩が収められたテニソン詩集を所有していたので、ひょっとすると一度読んだことを忘れていた可能性も否めない。また、偶然の一致だった可能性もある。

ポーは激しい口調で剽窃だと断定しているが、実際はどうなのだろうか。二つの詩を比較検討すると、主題は確かに酷似しているが、現在の意味での「剽窃」であると断じることはできない。どうやら、独創性を重視するポーにとって、イギリスの詩の伝統を主題や技法もすっかりそのままに取り込むロングフェローの手法が耐えがたかったというのが真相らしい。

当然ながら、ポーの攻撃に対する反撃が出た。『フォーリン・クオータリー・レビュー』一八四四年一月号掲載の「アメリカの詩人たち」という記事が、「アメリカの詩人はいずれも真似か剽窃をしているが、唯一の例外はロングフェローだ」と断じたうえで、ポーのことを「テニソンの剽窃者だ」と非難したのである。確かにポーの「アナベル・リー」や「レノーア」はテニソンの歌う月影の乙女の影響を受けているし、「大鴉」はテニソンの「ロックスレー・ホール」の強弱格のリズムと酷似していることは否めない。影響ということで言えば、ポーは明らかにテニソンの影響を受けているのである。

これに対しポーは、自分のことを棚に上げ、一八四五年一月中旬、ウィリスの『イヴニング・ミラー』紙上でロングフェローの新刊詩集『宿なし』（一八四四）を書評して、ロングフェローを「他人の発想を常に真似し、巧みに移し替える人」だと非難して、特にテニソンの詩を剽窃していると論じた。すると、同年三月一日、『イヴニング・ミラー』紙上で、無名氏《アウティス》（Outis）なる人物がロングフェローの擁護に入ってきたので、ポーは五週間に亘《わた》り、『ブロードウェイ・ジャーナル』誌上で五回連載の反論を掲げた。「ロングフェロー戦争」の火蓋《ひぶた》が切って落とされたのである。

無名氏《アウティス》は極めて多くの先例を挙げながら明晰《めいせき》な分析を行い、コールリッジの「老水夫行」で二行ずつ同じフレーズを繰り返す手法がポーの「大鴉」のスタイルと酷似しているが、「ポーの言う剽窃とはそういうことを言うのだろうか」とチクリとついた（「大鴉」のほうが後に書かれている）。さらに五年前に公表された作者不明の「夢の鳥」という詩は、ポーの「大鴉」と主題や描き方が酷似しているが、これも「ポーが剽窃したことになるのだろうか」と皮肉を浴びせてやり、これにはポーも大あわてをしたようだ。ちなみに、マボット教授のみならずポーリン教授までが、この無名氏《アウティス》の正体はポー自身——つまり、これは自作自演の狂言——だと論じた（Burton R. Pollin, "Poe as Author of the 'Outis' Letter and 'The Bird of the Dream'," *Poe Studies / Dark Romanticism*, 20. 1 (June 1987): 10–15）。けれども、そのあとでユンクヴィスト教授がこの説を否定している。すなわち、『ヤンキー』誌のジョン・ニールがウィリスを剽窃で訴えた過去の事件について無名氏《アウティス》が論じている内容をポーが理解していないことから、二人が同一人物ではありえないと指摘し、無名氏《アウティス》の正体は『ローヴァー』誌主筆のローレンス・ラブリー（「ポーを読み解く人名辞典」参照）であろうと堅固な論証を行ったのである（Kent Ljungquist and Buford Jones, "The Identity of 'Outis': A Further Chapter in the Poe–Longfellow War," *American Literature*, 60. 3 (Oct., 1988): 402–15）。ユンクヴィスト教授は二〇〇九年にも追加の論考でしっかり念押しをしたので、この件には決着がついたと言えそうだ（Kent Ljungquist, "A Further Note on Lawrence Labree," *The Edgar Allan Poe Review*, 10. 2 (Fall, 2009): 122–28）。

それにしても、なぜポーはこんなに激しく剽窃だと騒ぎ立てたのだろうか。この点について、ポーの私情から離れて事態を理解するには、ポーの議論を支持したフランシス・フラーの冷静な判断が参考になる。フラーは最初議論に巻き込まれるのを躊躇《ちゅうちょ》したが、『ニューヨーク・トリビューン』紙主筆のホレス・グリーリーに勧められて、ロングフェローの詩集の書評を同紙の一八四五年十二月十一月号に発表したのである。まず、ロングフェローに対してなされた吹聴《パフ》について彼女は次のように述べている。

これまでロングフェロー氏に対してなされてきた過剰な称賛を考えると、氏に対して冷淡な態度をとってしまいたくなるものだ。中庸の能力の人物が最高の人物に与えられるべき名誉を受けているのを見ると、つい襲いかかって、もっと立派な人に与えるべき冠をひっぺがしたくなるからだ。そんなことをしては不寛容ではあろうが……。

氏が剽窃をしているというポーの争点については、こう記している。

ロングフェロー氏は剽窃の罪で訴えられている。そのような嫌疑を氏にかける人がいること自体、驚きである。氏が考えつくものの大部分は他の人の作品から来ていることは明々白々なのだから。氏は、自分自身の経験から出てきた文体や自然の観察といったものは一切持ち合わせていない。氏にとっての自然とは、人間的なものであれ、外面的なものであれ、常に文学の窓を通して眺めたものなのである。

つまり、フラーに拠《よ》れば、ロングフェローは意図的に人の作品から盗んだわけではなく、そもそも彼の精神世界がこれまでの文学作品で成り立っているために、彼にとっては、これまでの文学の主題や表現を焼き直したり組み直したりして作品を書くのが自然だったというわけである。

ポーは「ニューヨーク市の文学者たち、その四」（一八四六）で、フラーのこの文章を称賛して、こう記している――「私見では、これはアメリカでこれまで公表されたロングフェローの詩についての評のなかで、批評家が大いに恥ずかしく思わなくてよい数少ない批評の一つである。ロングフェロー氏は国じゅうの詩人の中でかなり高い位置に立っているが、その国というのが、明らかなこびへつらい主義《トーディズム》に毒されており、彼の社会的立場や影響力を称賛し、その本の上質さや大きな活字だの、そのモロッコ製本や金縁だの、作者の実物よりよく描かれた肖像画だの、詩に添えられたハンティントンの挿絵だのを褒めるものでしかない。その見境のない膨大な称揚は詩それ自体に与えられていないし、与えようと思ってもできないのだ」。そのうえでポーは、ロングフェローの詩に猛攻撃を行った自分を革命家で詩人のハロ・ハリング（一七九八～一八七〇）になぞらえ、ピリッピカ（古代ローマに於《お》いて特定の政治家を非難する演説）をフラーが援護してくれたとしている。

要するに、派閥の吹聴《パフ》によって必要以上に崇《あが》め奉られるようになったロングフェローを少し引きずり下ろしてやりたいという思いがポーにはあり、詩そのものにも、独創性――ポーが独創性こそが文学作品の命と考えていたことは「構成の原理」や「マージナリア」に記されているとおり——がないことが致命的欠陥だと思えたらしい。しかも、ロングフェローがたとえ記憶の澱《おり》の中で見失った過去の作品に浸りながら書き上げたとしても、博覧強記のポーにとってはいちいち出典が見えているので、つい「剽窃だ」と言い立てたくもなるのだろう。たとえば『ブロードウェイ・ジャーナル』一八四五年三月二十九日号で、ポーはロングフェローの詩の長い比較分析を行っているが、その一節にこうある——

ロングフェロー氏はその「夜の声たちのプレリュード」中にこう書いている。

Look then into thine heart and write!　では、汝《なんじ》の心を覗《のぞ》いて書け！

サー・フィリップ・シドニーの「アストロフェルとステラ」には、こうある。

Foole, said my Muse to me, look in thy heart and write!

愚か者め、とわが詩の女神が私に言う、汝の心を覗いて書け！

（中略）

そしてロングフェローの『夜の声たち』で最も有名な詩行と言える次の四行についても——

Art is long and time is fleeting,
And our hearts, though stout and brave,
Still like muffled drums are beating
Funeral marches to the grave.

芸術は長く、時は消えゆく
逞《たくま》しく勇敢だった我らが心、
くぐもった太鼓の音のごとく
葬列の歩み刻みて行くは死にどころ。

ポーは、一八一〇年にロンドンで出版されたヘンリー・ヘッドリーの『古代英国詩華精選』の六十六ページを開ければ、チチェスター司教ヘンリー・キングがその妻の死を謳《うた》った「葬列」に於いて、妻の墓のもとへ歩みを刻むときの私の脈が「柔らかな太鼓の音」のようだとある詩行の描写と酷似していると指摘する。

こうした類似にいちいち気づいて膨大な指摘を行うポーの教養の深さにも驚くが、ロングフェローに悪気はなかったというのも理解できなくはない。ロングフェローにしてみれば、こうした表現はいずれもクリシェ（常套《じょうとう》表現）と思えたのかもしれない。パクリ（剽窃《ひょうせつ》）なのかクリシェなのかの線引きはむずかしい。しかし、オリジナルなアメリカ文学を打ち建てようと必死に努力しているポーにしてみれば、イギリス文学のクリシェを使いまくってアメリカの文人としての栄誉を 恣《ほしいまま》にしているロングフェローは許しがたかったのだろう。しかし、剽窃という言葉を用いるなら、ポーだってブラウニング夫人の詩を剽窃したと言われても仕方がない（『ポー傑作選1』「作品解題」参照）のだから、剽窃だと攻撃する手法はあまり効果的ではなかった。

ともかく、ロングフェローは『夜の声たち』で一躍、売れっ子詩人となり、ポーもその才能を認めざるを得なくなり、一八四一年五月三日、ポーは自分が編集する『グレイアムズ・マガジン』への執筆依頼の手紙を直接ロングフェローに書くに至る。

ポーは丁寧に手紙を書き、「私のことをよくお思いになっていないでしょうから、グレイアム氏本人がこの交渉を始めてくれたほうがよかったとは思いますが」と書き添えた。すると、ロングフェローから、忙しいのでお求めに応じることはできないが、「私があなたのことをよく思っていないなどというのは、お考えちがいです。それどころか、あなたのお書きになったものすべてから、あなたの力の高邁《こうまい》な思想を感じ取っています。あなたは今世紀最初の物語作家に伍《ご》することでしょう。それがあなたの狙いであれば」と、丁寧な返答が来た。これですっかり気をよくして、「今はお忙しくても、今私が企画している新雑誌は一八四二年一月一日までは刊行されませんので、そちらにぜひお書きいただきたい」などと書いてしまうところがポーらしいところだ。

ポーはこのあと、ロングフェローの才能を称《たた》える記事を書くが、彼が剽窃者であるという自説を取り下げることはなかった。彼に才能があることは認めるが、独創性がないという点だけは譲れなかったのであろう。

## 蛙が池戦争

ポーの生まれ故郷のボストンにある公園ボストン・コモンには、有名な蛙が池《フロッグポンド》がある。そこで、蛙が池と言えばボストンのことを指し、蛙が池の蛙とはボストンで活躍していた超絶主義者たちを意味したことは「Xだらけの社説」の作品解題で述べたとおりである。「悪魔に首を賭けるな」で、超絶主義風にジャンプした男が首をなくすというのは、超絶主義の書き方がまったく論理を超越した直観重視であることを揶揄《やゆ》するものであり、そんなに論理や構成力を無視するなら、構成力の器官である頭がなくてもよいのではないかというジョークになっている。でも、やはり頭がないと「あまり長くは生きられなかった」ので、葬儀代は超絶主義者連中に請求しなければ、とオチがつく。

「『ブラックウッド』誌流の作品の書き方」では、初出（一八三八）で形而上《けいじじょう》学的書き方を馬鹿にしていたのだが、一八四五年にこの短編を『ブロードウェイ・ジャーナル』に再録した際、ポーは超絶主義を馬鹿にするように大きく書き直している。コールリッジの『テーブルトーク』を読みなさいとあったところを、初出時にはまだ刊行されていなかった超絶主義の雑誌『ダイヤル』（一八四〇年創刊）を読みなさいと書き換え、カントら超絶哲学を揶揄していたところを削除して、超絶主義者の牧師チャニングの詩から『怪しげな技をひけらかす太った小男』について書かれたところを引用なさいと書き加えたのだ。

これは、ポーが「われらが素人詩人たち、その三」（『グレイアムズ・マガジン』一八四三年八月号）で酷評したチャニングの詩集に収められた詩「思想」に言及するものである。超絶主義思想は主観的直観を重視して経験的客観性を排除し、個々人の内側にこそ真理があると主張するので、チャニングはこの詩でも次のように歌っている。

My empire is myself and I defy
The external; yes, I rule the whole or die!
わが帝国は私自身。外なるものには抗《あらが》うべし。
然《しか》り、私は全てを支配する、さもなくば死すべし！

ポーは、この行を引用したあと、こんなふざけたコメントを加えている――「チャニング氏の帝国は彼自身ということだ（が、小さな帝国だ）。『外なるもの』が何を指すのかわからないが――ひょっとすると地獄で、要するに彼は地獄のすべてを支配するか、さもなくば死んでくれるということで、これはまさにチャニング氏に期待したいところにほかならない」。

『ブラックウッド』誌流に書くために引用すべき箇所とは、次の二行である。

Thou meetest a common man
With a delusive show of can,
【直訳】汝は普通の男に出くわす、
男は怪しげに can をひけらかす

ポーはこの can（『オックスフォード英語辞典』には、稀《まれ》な用法として「技、知識」を意味する名詞としての定義がある）は誤植ではないかとしており、わけのわからない表現の一例として「引用しなさい」と勧めてふざけていると思われる。

熱烈にわけのわからないことを語る超絶主義の文体は、ポーの理想とする「効果の統一性」を持つ文学に相反するので、絶対に排斥されるべきものと思えたのだろう。ポーは、超絶主義者らの代表であるエマソンについては、カーライルよりもカーライルぶりを発揮しようとしている神秘主義者で、書いていることはくだらない「たわごと」だとしている（「自筆に関する章」、『グレイアムズ・マガジン』一八四二年一月号）。

また「オムレット公爵」の中に「霧に霞《かす》むボストン市のように雲の中《パルミ・レ・ヌー》に見えなくなっていた」とある「ボストン市」は、初版では「コールリッジ」とあったのを再版で「カーライル」と書き換え、それをさらに超絶主義者たちが活躍した「ボストン市」に直しており、ポーの意識の変遷が見える。

ただし、ボストンで活躍していたのは超絶主義者にかぎらない。ポーが蛙池連中《フロッグポンディアン》というとき、そこにはボストンの文人すべてが含まれる場合もあることも付記しておかなければならないだろう。ポーは一八四五年十月十六日に「ボストン文化会館《ライシーアム》事件」と呼ばれる事件を起こしていた。ボストンに招かれて文化会館で新作の詩の発表を依頼されていたのだが、新作ができなかったポーは、十代のときの詩「アル・アーラーフ」を

「メッセンジャー・スター」という題で読み上げ、そのことを直後の食事会でボストンの文学者たちにばらしたのである。これに憤慨した『ボストン・イヴニング・トランスクリプト』紙主筆ウォルターは、それ以来何かにつけてポーを攻撃するようになり、彼女とも批判の応酬がつづいたために、これもまた蛙が池戦争の一翼を成したのだ。

ポーはボストン文化会館事件のことをhoax（一杯食わせるいたずら）としたが、反撃の機会を窺《うかが》っていた批評家たちはここぞとばかりにポーを叩《たた》いた。ポーを敬愛する小説家シムズは同年十一月十日、『サザン・パトリオット』で、道徳的ないし愛国的なつまらない詩しか期待していないような連中のためにポーがそんな仕事を引き受けてしまったのがそもそもの失敗であり、「ピューリタンの古い縄張りの報道関係の小者たちが、ポーの頭に批評の斧《おの》を振り下ろさんと夢中になっている」と弁護した。ポーは同月二十二日に『ブロードウェイ・ジャーナル』でこの文章を紹介して「南と西の州にいる我らが仲間は同志である」として、「蛙が池に棲《す》む派閥がいかなる状況でも我々をけなそうと決めてかかっていることは重々承知している」と記した。この場合の蛙が池の「派閥」とは、超絶主義者ではなく、ウォルターの一派を指していることは明らかであろう。

いずれにしても、ポー・バッシングがボストンで盛んになり、そこからひろがっていったという経緯がある。小説家のヘンリー・ジェームズやT・S・エリオットもポーに対して好印象を抱いていなかった（cf. B. R. McElderry, Jr., "T. S. Eliot on Poe," *Poe Newsletter* 2. 2 (April 1969): 32-33）が、それというのも、一八六〇年代にローウェルの講演でポー批判を聞いたヘンリー・ジェームズが、それを蛙が池に近いハーバード大学のT・S・エリオットに伝えたためであって、蛙が池からは皮肉なことに蛙の声がいまだに聞こえていると、ポー研究協会《スタディーズ・アソシエーション》（PSA）元会長のボストン・カレッジ教授ポール・ルイスは指摘する（Paul Lewis, "From Emerson to Edmundson: The Case Against Poe," *The Edgar Allan Poe Review*, 11. 2 (Fall 2010): 73–84)。

## 文人戦争

一八四三年、フィラデルフィアの週刊新聞『サタデー・ミュージアム』紙の発行人兼主筆のトマス・コトレル・クラークが、ポーの長年の夢だった『スタイラス』誌創刊に必要な資金を提供すると申し出てくれた。同年一月三十一日に、高名な挿絵画家フェリックス・O・C・ダーリーと毎月三点以上五点以下、一点七ドルで『スタイラス』誌に挿絵を描くという契約まで取り付けてくれて、ポーは『サタデー・ミュージアム』紙一八四三年三月四日号に『スタイラス』誌創刊企画書を掲載し、夢は軌道に乗ったかに思えた。のちにボルティモアでポーが倒れているのを発見することになるあのスノッドグラス医師は、文人として『サタデー・ヴィジター』三月十一日号に、『スタイラス』誌は「センセーションを起こすだろう」と記し、「真の批評を我々は大いに必要としており、真の批評ということになれば、わが国でポーの右に出る人はいない」と記した。

ポーは『サタデー・ミュージアム』紙の編集助手となることも同時に告知されたが、ポーが同紙の編集を手伝うことはなかった。ポーは『スタイラス』誌のためにホーソーンに書き下ろしを依頼し、ホーソーンは引き受けたのだが、筆が進まず、「思考が開いた窓から飛んでいってしまって戻ってこない……ポー氏に何か送るとしたら、受け取るにふさわしいものであってほしいが、今はどうにもいいものが書けそうにない。彼に手紙を書くとき、私が謝っていたと伝えてくれないか」とローウェルに書き送っている。

そうこうするうちに、T・C・クラークは財政的危機に見舞われ、五月上旬にポーの新雑誌企画の一切から手を引くと言ってきたため、翌六月、ポーは『スタイラス』誌で発表しようとしていた「黄金虫」をフィラデルフィアの『ドラー新聞』の懸賞に応募し、入賞して賞金百ドルを獲得する。こうしてポーは一つの成功をつかみとるのだが、その代わりに再び新雑誌創刊の夢を潰《つぶ》したのである。

それまで支援しようと言っていたT・C・クラークがここにきて突如『スタイラス』誌の企画から手を引いた理由について、『ポー・ログ』の編者らは「クラークはポーの飲酒に不安を感じていたかもしれないが、彼の『サタデー・ミュージアム』紙が財政的危機に見舞われた事実に拠《よ》るものであることはほぼまちがいない」と記している（*The Poe Log*, p. 412）。『サタデー・ミュージアム』紙は一八四四年一月に売却されるのでクラークが経済的に行き詰まっていたのは確かだが、ポーに対してかなり態度を硬化させた面もあったようだ。というのも、クラークの依頼によって書かれた新作短編「ウォルター・ウルフ、あるいは酔っ払いの運命」（一八四三年春頃書かれ、十一月から『サタデー・ミュージアム』で連載され、同時に同年十月、十一月、十二月の三回に分けてフィラデルフィアの禁酒運動の機関誌『冷水誌』にも掲載された）の第三部で主人公ウルフは父の友人の家で開かれた飲み会に参加するのだが、そこにこんな描写があるのだ。

彼の隣に座っていたのは、蒼白《あおじろ》い顔をした紳士らしい人物で、突き刺すようにすばやく動く落ち着かぬ目をした、奇妙な形のとても広い額をした男だった。酒の勢いで、ときどきすばらしい冗談を口にし……才能のある作家で、通常の天才を超えていたが、何よりも批評家として知られていた。その優れた分析能力と、歯に衣着せぬ毒舌とで、能なしのくせに本を出している馬鹿どもを怯《おび》えさせ、金持ちの愚者らを呪う悪霊となっていた。だが、自分の都合に合わせて断りもなく人の考えを採り入れる男で、人間としては、まさに裏切りと虚偽の権化であった。(Dwight Thomas, "Poe, English, and 'The Doom of the Drinker': A Mystery Resolved," *The Princeton University Library Chronicle*, 40. 3 (Spring, 1979): 257–268)

当時の文学関係者には、すぐポーとわかる描写である。特にポーの秀でた額、分析能力、毒舌は有名だった。この短編の作者の名はしばらく伏せられていたが、業界の権威であるウィリスが『パブリック・レジャ』一八四三年十二月二十九日号に、トマス・ダン・イングリッシュの作としてこの小説を褒めている。

イングリッシュは、ポーの友人だった男だが、一八四三年三月十二日にワシントンの集まりで酩酊《めいてい》したポーにからかわれ、ぎくしゃくした関係がつづいていた。そして、ついに一八四六年一月、エレット手紙事件で殴り合いの喧嘩《けんか》をして決裂した（『ポー傑作選2』「ポーの死の謎に迫る」参照）。

一方、自分の好きなように編集できる唯一の雑誌であった『ブロードウェイ・ジャーナル』の運営資金に窮し、同誌の一月三日号で廃刊を告知したポーは、雑誌上でセンセーションを引き起こす作戦に打って出た。すなわち、アレグザンダー・ポープの『愚人列伝』（一七二八）の向こうを張って、同時代の有名なニューヨーク市の文学者たちについておもしろおかしく書き立てて注目と金とを得ようというのである。こうして始まった「ニューヨーク市の文学者たち」の「その一」が、販売部数の多さを誇る『ゴディズ・レイディズ・ブック』に同年五月に掲載されると、世間はおもしろがり、ポーの企みは成功したかのように思えた。

しかし、ポーの宿敵クラークが、「その二」ではクラークも取り上げられるとの情報を雑誌発行人のゴディから入手して、先制攻撃を始めた。ボストンの『イヴニング・トランスクリプト』のウォルターも、その尻馬《しりうま》に乗ってポーへの攻撃を再開した。

さらに大きな事件が、「ニューヨーク市の文学者たち」の「その三」（六月二十日）で起こった。この回でポーは、医学博士でもあるイングリッシュのことを「基本的な学校教育もないのに、文学界で人を指導しようとしている」などとこき下ろし、これに対してイングリッシュは、『イヴニング・ミラー』紙（六月二十三日）に「ポー氏への返答」という長い記事を載せ、ポーのことを酔っ払いで卑しい下種《げす》野郎とし、嘘をついてイングリッシュから金を巻き上げ、偽造の罪を犯したと罵《ののし》った。このあとポーの反論、それに対するイングリッシュの反論がつづき、七月、ポーは名誉毀損《きそん》で、記事を掲載した『イヴニング・ミラー』社を訴えたのである。

抗争中も中傷合戦は止まらなかった。一八四六年九月五日から『ウィークリー・ミラー』に七回連載されたイングリッシュの短編小説『一八四四年あるいはS・Fの力』（SFは秘密結社 Startled Falcon「仰天の鷲《わし》」の頭文字）では、批評家マーマデューク金槌頭《ハンマーヘッド》なる人物がこう描写されていた。

よく知られた作家で……批評家志望だが、自分を紳士とは思っていない。「黒いカラス」という詩の作者で、文学界ではちょっとした波紋を起こしている……。一週間のうち酔っ払うのは五日までで、ときどきまちがえて真実を語ってしまうこともある。殴って当然と思うときに妻を殴る程度の道徳心はある。

ポーがこの直後に書いた「アモンティィリャードの酒樽」にはこのイングリッシュの短編との類似が多々あるため、「アモンティィリャードの酒樽」は「やられたらやり返す」

ためにに書かれた作品であろうという説もある。

裁判は、ようやく一八四七年二月一日――ポーの妻ヴァージニアの訃報《ふほう》が新聞に掲載された日――に行われた。イングリッシュは、ポーに金を貸した証拠やポーが偽造したという証拠を提出できずじまいとなり、二月十七日、ポーは勝訴して、賠償金二百二十五ドルを勝ち得た。

これで事件は落着したものの、裁判で「ポーが酔っ払っていた」等の証言は確認され、ポーの悪評を世間に広める結果となってしまう。『ミラー』紙などは、法廷でポーが酔っ払いであることは確認されたのに、「なんと判決は弊社が敗訴！」と裁判の様子をおもしろおかしく書き立てた。第三者であるはずの『デイリー・トリビューン』さえ、二月十九日に、『ミラー』社がポー氏に賠償金二百二十五ドルと手数料六セントを支払う判決が下った。これはすべてまちがっている。名誉毀損の相場は二十五ドルであろう」などと書いた。二十一日にポーは、『デイリー・トリビューン』主筆グリーリーへ宛てて「この記事はあなたが書いたものではないと言ってください」と私信を送っている。

なお、この際の裁判記録は、「ポー氏（前述の被告を指す）が私（前述のトマス・ダン・イングリッシュを指す）から虚偽の口実で取った金のことを彼（前述の被告を指す）が認めることを私（前述のトマス・ダン・イングリッシュを指す）は主張する」といった調子で延々とつづいていた。ポーは、これを「Xだらけの社説」でタッチ－アンド－ゴー弾丸頭氏が攻撃的な社説を書く際の奇妙な表現として用いるだけのユーモアだけは失わなかったわけである（Sidney P. Moss, *Poe's Major Crisis: His Libel Suit and New York's Literary World*, Durham University Press, 1970, pp. 81-84）。

## まとめ

ポーの文学闘争に関してモス教授は、その研究書（*Poe's Literary Battles*）の序文の冒頭にこう書いている。「ポーの文学戦争の目的はただ一つ――真に才能のある作家の活躍の場を整え、その結果きちんとしたアメリカ文学の場を整えることだった」

一八四二年、ポーは『グレイアムズ・マガジン』の主筆の座をグリズウォルドに譲った直後の七月六日に、友人のダニエル・ブライアンに宛ててこんな手紙を書いている。

「今こそ打って出るときだ。〔新雑誌『ペン』の創刊が〕遅れたからといって、何の問題もない。……とにかく派閥と真っ向から拮抗《きっこう》して、我が国の真の才能が示されるべき雑誌にしたいのだ。偉大な名士に何も譲歩するつもりもないし、立場に忖度《そんたく》するつもりもない。ルーファス・W・グリズウォルドの『アメリカの詩人と詩歌』に於《お》いておぞましくも明白になっている《お上品ぶりと才能は同じ》であるかのようなニューイングランドの発想とは、死闘を繰りひろげる覚悟だ」

残念ながらその死闘は泥沼化し、ポーは自らの評判を傷つけていくばかりであったが、ポーの理解者がいないわけではなかった。一八四七年一月八日、週刊新聞『スピリット・オブ・ザ・タイムズ』に、ジョン・S・デュソルは、「ポー氏によほどの胆力がなかったら、彼の天才的才能が作り出した大勢の敵によってとっくに食い尽くされていただろう」と記し、ポーが「やることはたくさんあり、やるまでは死ねない」と述べたことを称賛した。その二年後にポーが死んでしまったことは運命の皮肉である。

しかし、ポーが『ヒュペリオン』の書評（一八三九）で「彼〔ロングフェロー〕に高い品位があるのは認めるが、将来はない」と断じたことを思うと、ポーには将来があったし、彼の必死の闘争は決して無駄ではなかったと言うことができるだろう。

ポー研究協会《スタディーズ・アソシエーション》（PSA）元会長のポール・ルイス教授は、ポーの戦いを、ボストンを中心に広まっていた教訓主義――「悪魔に首を賭けるな」の冒頭参照――との戦いであると総括している（Paul Lewis, "From Emerson to Edmundson," pp. 73-74）。ポーは、『サザン・リテラリー・メッセンジャー』発行人トマス・ウィリス・ホワイト宛ての手紙（一八三五年四月）で、読者が求めているのは「グロテスクにまで高められた滑稽《こっけい》さ、おぞましいものに彩色された恐怖、バーレスクへと誇張された才知、不思議で神秘なものとなった異常さ」であるとし、おもしろいと思ってもらえるには読まれなければならないと語っていた。読まれるためにポーは、自分の雑誌の人気を高めようと過激な批評を展開し、派閥に抵抗したのだ。

最後に、ポーがアメリカ独自の文学を打ち立てようと必死の努力をしたのは、彼の生きた時代こそアメリカ文学創成期であったからにほかならないことを強調して本書を締め括《くく》ることにしたい。「アメリカ・ルネサンス」と呼ばれるその時代、ロマン主義の影響のもとに超絶主義思想が生まれ、ボストンを中心に大きな渦が生じ、ポーはこの大渦《メエルシュ》巻き《トレエム》に巻き込まれまいと必死の努力をしたのだ。もちろん、ポー自身ロマン主義の影響下でゴシック文学を生んだものの、西欧の伝統とは別個の独自のアメリカ文学を打ち立てるべきと信じていたからである。だからこそ、あまりに楽天的なエマソン――エマソンには「アメリカン・ドリーム」の孕《はら》む毒性が見えていなかった――や、英国の伝統に胡坐《あぐら》をかいて悦に入るロングフェローらを激しく批判したのである。ポーは、推理小説、怪奇小説、SF、ブラックユーモア、詩、批評、雑誌編集と、さまざまに手掛けたジャンルで確実に種を蒔き、その才気や機知《ウイテイシズム》は、ボードレールらフランス象徴主義《サンボリズム》にも大きな影響を与えた。ポーが夭逝《ようせい》しなければ、彼が死んだ翌年に出たホーソーンの『緋文字』、翌々年に出たメルヴィルの『白鯨』にポーがどんな批評を書いたのだろうか、そしてそれらに刺激を受けてポーがどんな新作を書きつづけたことだろうかと惜しまれる。

　死闘の中でポーは斃《たお》れたが、ポーが果敢に生み出していった〝新たな〟文学作品は、今も私たちの財産となっている。

本書は訳し下ろしです。

ポー傑作選《けっさくせん》3　ブラックユーモア編《へん》

# X《エックス》だらけの社説《しゃせつ》

エドガー・アラン・ポー　河合祥一郎《かわいしょういちろう》=訳


令和5年 3月25日　初版発行
令和6年 11月25日　3版発行

発行者●山下直久

発行●株式会社KADOKAWA
〒102-8177　東京都千代田区富士見2-13-3
電話　0570-002-301(ナビダイヤル)

角川文庫 23597

印刷所●株式会社KADOKAWA
製本所●株式会社KADOKAWA

表紙画●和田三造





ISBN 978-4-04-113078-0　C0197

◆◇◇

# 角川文庫発刊に際して

角川源義

第二次世界大戦の敗北は、軍事力の敗北であった以上に、私たちの若い文化力の敗退であった。私たちの文化が戦争に対して如何に無力であり、単なるあだ花に過ぎなかったかを、私たちは身を以て体験し痛感した。西洋近代文化の摂取にとって、明治以後八十年の歳月は決して短かすぎたとは言えない。にもかかわらず、近代文化の伝統を確立し、自由な批判と柔軟な良識に富む文化層として自らを形成することに私たちは失敗して来た。そしてこれは、各層への文化の普及滲透を任務とする出版人の責任でもあった。

一九四五年以来、私たちは再び振出しに戻り、第一歩から踏み出すことを余儀なくされた。これは大きな不幸ではあるが、反面、これまでの混沌・未熟・歪曲の中にあった我が国の文化に秩序と確たる基礎を齎らすためには絶好の機会でもある。角川書店は、このような祖国の文化的危機にあたり、微力をも顧みず再建の礎石たるべき抱負と決意とをもって出発したが、ここに創立以来の念願を果すべく角川文庫を発刊する。これまで刊行されたあらゆる全集叢書文庫類の長所と短所とを検討し、古今東西の不朽の典籍を、良心的編集のもとに、廉価に、そして書架にふさわしい美本として、多くのひとびとに提供しようとする。しかし私たちは徒らに百科全書的な知識のジレッタントを作ることを目的とせず、あくまで祖国の文化に秩序と再建への道を示し、この文庫を角川書店の栄ある事業として、今後永久に継続発展せしめ、学芸と教養との殿堂として大成せんことを期したい。多くの読書子の愛情ある忠言と支持とによって、この希望と抱負とを完遂せしめられんことを願う。

一九四九年五月三日